VERMÄCHTNIS DES PHARAO

Anton Gill

VERMÄCHTNIS DES PHARAO

Roman

Aus dem Englischen
von Rainer Schmidt

Eichborn Verlag

Titel der Originalausgabe:
CITY OF THE HORIZON

Umschlaggestaltung: Uwe Gruhle.
Lektorat: Doris Engelke.
Satz: ELJOT Fotosatz, Frankfurt am Main.
Druck und Bindung: Wiener Verlag, Himberg.
ISBN 3-8218-0264-2.
Verlagsverzeichnis schickt gern:
Eichborn Verlag, Kaiserstraße 66,
D-60329 Frankfurt am Main

Für M.H.L.

Für Huy, den Schreiber, begannen mit dem Tod König Echnatons schwierige Zeiten. Die Anhänger des reformistischen Pharao, die sich seiner visionären Philosophie verschrieben hatten (was unter anderem bedeutete, alle alten Götter hinauszuwerfen und durch einen einzigen zu ersetzen: durch Aton), sahen sich von Enteignung, ja, vom Tod durch die Hand derer bedroht, die die ehemalige Glorie Ägyptens wiederherstellen wollten. Die kurze Regentschaft der drei Könige, die ihm folgten – und von denen Tutenchamun noch am längsten herrschte –, waren von Unsicherheit überschattet, denn Haremheb, ehemals Echnatons Oberkommandierender, der indes selbst mit dem Pharaonenthron liebäugelte, setzte seine Geheimpolizei, die gefürchteten Medjays, ein, um jegliche Opposition auszumerzen, die echte wie die vermutete.

Vor diesem Hintergrund begegnen wir Huy. Er hat keine Stellung (Schreiber unter Echnaton gewesen zu sein, ist eigentlich *per definitionem* subversiv), und er fristet sein karges Dasein in der Stadt des Horizonts – der neuen Stadt, einhundert Meilen weit stromaufwärts von Theben gelegen, die jetzt verfällt und die Echnaton einst als seine neue Hauptstadt geplant hatte. Huy ist geschieden; sein ehemaliger Schwager, erheblich geschickter als er darin, auf der Seite derer zu sein, auf die es ankommt, hat für ihn nur höhnische Verachtung.

Die Aussichten sind düster. Eine Zufallsbegegnung mit Amotju, dem Eigentümer einer Schiffahrtsline und einem alten Freund, läßt sie noch düsterer werden. Amotju hat eine Mätresse, Mutnofret, eine Frau, für die man sterben möchte. Und genau das könnte passieren, denn Amotju teilt Mutnofret mit Rechmire, dem Wächter des Osiris-Tempels, mit dem nicht zu spaßen ist. Amotju ist offenbar zufällig einer Grabräuberbande auf die Spur gekommen und hat Todesdrohungen erhalten. Könnte Huy, den in Theben keiner kennt, vielleicht ein paar Ermittlungen in der Sache anstellen?

Und so beginnt die Karriere des ersten Privatdetektivs der Welt. Huy tappt in eine zunehmend gewalttätige und gefahrvolle Situation hinein und nimmt sich nur hin und wieder Zeit, um mit der entzückenden Aset, Amotjus Schwester, zu tändeln, derweil im seichten Wasser die Krokodile lauern ...

Anmerkung des Autors

Der historische Hintergrund der folgenden Geschichte ist im Großen und Ganzen korrekt, aber die meisten Personen sind erfunden. Wir wissen eine Menge über das alte Ägypten, weil seine Bewohner hochentwickelte, schreibkundige Menschen mit einem Sinn für Geschichte waren. Dennoch schätzen Fachleute, daß in den zweihundert Jahren seit Beginn der ägyptologischen Wissenschaft nur fünfundzwanzig Prozent dessen, was es zu wissen gäbe, entdeckt worden sind, und noch immer ist man sich unter Gelehrten über bestimmte Daten und Ereignisse höchst uneinig. Gleichwohl entschuldige ich mich bei Ägyptologen und Puristen, die dieses Buch vielleicht lesen und an derart unwissenschaftlichem Verhalten Anstoß nehmen, für gelegentliche Freiheiten, die ich mir herausgenommen habe.

Anmerkungen zu Huys Ägypten

Die neun Regierungsjahre des jungen Pharao Tutenchamun – 1361 bis 1352 v.Chr. – waren unruhige Jahre für Ägypten. Sie lagen am Ende der achtzehnten Dynastie, der glorreichsten unter den insgesamt dreißig Dynastien des Reiches. Tutenchamuns Vorgänger waren hauptsächlich ruhmreiche Soldatenkönige gewesen, die ein neues Imperium geschaffen und das alte konsolidiert hatten, aber unmittelbar vor ihm hatte ein seltsamer, visionärer Pharao auf dem Thron gesessen: Echnaton. Er hatte all die alten Götter hinausgeworfen und sie durch den einen ersetzt, durch Aton, der sein Wesen im lebensspendenden Sonnenlicht hatte. Echnaton war der erste Philosoph der Welt, von dem wir wissen, und der Erfinder des Monotheismus. In den siebzehn Jahren seiner Herrschaft bewirkte er gewaltige Veränderungen im Denken und in der Führung seines Volkes; aber er verlor auch das gesamte Nordreich (das moderne Palästina und Syrien) und brachte sein Land an den Rand des Ruins. Nun bedrohten mächtige Feinde die Grenzen im Norden und im Osten.

Echnatons religiöse Reformen hatten Zweifel in die Herzen des Volkes getragen, nachdem viele Generationen lang unverrückbare Gewißheit geherrscht hatte, eine Gewißheit, die noch aus der Zeit des Pyramidenbaus tausend Jahre zuvor stammte; und obwohl das Reich Ägypten, das zur Zeit unserer Geschichte bereits mehr als tausendfünfhundert Jahre alt war, schon früher schlimme Zeiten erlebt hatte, begann nun ein kurzes finsteres Zeitalter. Echnaton war nicht beliebt gewesen – nicht bei den Priester-Beamten der alten Religion, denen er ihre Macht genommen hatte, und nicht beim einfachen Volk, das in ihm einen Frevler an seinem alten Glauben sah, vor allem an seinem Glauben an das Leben im Jenseits und an die Toten. Seit Echnatons Tod im Jahre 1362 v.Chr. verfiel die neue Hauptstadt, die er für sich gebaut hatte (Achetaton, »der Horizont des Aton«) rapide, und die Macht kehrte nach Theben zurück (in die Hauptstadt des Südens; die Nordregierung hatte ihren Sitz in Memphis). Echnatons Name wurde aus allen Denkmälern herausgeschlagen, und die Menschen durften ihn nicht einmal mehr aussprechen.

Echnaton starb ohne einen direkten Erben, und die kurzen Regierungszeiten der Könige, die auf ihn folgten – wobei die des Tutenchamun die zweite und mit Abstand längste war –, waren von Unsicherheit geprägt. In dieser Zeit sahen sich die Pharaonen in ihrer Macht beschnitten und beschränkt, und zwar durch Haremheb, den ehemaligen Oberkommandierenden der Armee Echnatons, der es jetzt darauf abgesehen hatte, seine eigenen Ambitionen zu verwirklichen, das Reich und die alte Religion wiederherzustellen und selbst Pharao zu werden – was ihm 1348 v.Chr. auch gelang; er regierte achtundzwanzig Jahre lang und war der letzte König der achtzehnten Dynastie. Um seinen Anspruch auf den Thron zu bekräftigen, heiratete er Echnatons Schwägerin.

Unter Haremheb sollte Ägypten wieder zu Kräften kommen, und in der Frühzeit der neunzehnten Dynastie erreichte es einen letzten glorreichen Höhepunkt unter Ramses II. Es war mit Abstand das mächtigste und reichste Land in der bekannten Welt, reich an Gold, Kupfer und Edelsteinen. Handel wurde auf dem ganzen Nil getrieben, von der Küste bis hinauf nach Nubien, und auf dem Mittelmeer (dem »Großen Grünen«) sowie im Roten Meer bis Punt (Somaliland). Aber nur ein schmaler Landstreifen säumte die Ufer des Nils, umklammert im Westen und im Osten von Wüsten und beherrscht von drei Jahreszeiten: Der Frühling, *Schemu*, war die Zeit der Trockenheit von Februar bis Mai, der Sommer, *Achet*, war die Zeit des Nilhochwassers und dauerte von Juni bis Oktober, und der Herbst, *Peret*, war die Zeit des Hervorkommens, in der die Ernte auf den Feldern wuchs. Die alten Ägypter lebten in engerer Beziehung zu den Jahreszeiten als wir. Und für sie war das Herz der Sitz der Gedanken.

Das Jahrzehnt, in dem unsere Geschichte stattfindet – ein kurzer Augenblick in der dreitausendjährigen Geschichte Ägyptens –, war gleichwohl ein entscheidendes für das Land: Das Wissen um die Welt jenseits seiner Grenzen erwachte, und auch die Möglichkeit, daß es eines Tages vielleicht erobert werden und untergehen könnte, wurde erahnt. Es war eine Zeit der Ungewißheit und der Zweifel, der Intrige und der Gewalt. Ein ferner Spiegel, in dem wir ein wenig von uns selbst sehen können.

Die alten Ägypter verehrten eine große Zahl von Göttern. Einige wurden nur in Städten oder bestimmten Landstrichen verehrt, andere nahmen im Laufe der Zeit an Bedeutung zu und wieder ab. Bestimmte Götter verkörperten mehrfach ein und dieselbe »Idee«. Hier ein paar der wichtigsten, die auch in der Geschichte vorkommen:

AMUN
der oberste Gott der südlichen Hauptstadt Theben. Dargestellt als Mann und assoziiert mit dem obersten Sonnengott Ra. Ihm geweihte Tiere waren der Widder und die Gans.

ANUBIS
der Schakalgott der Einbalsamierung.

ATON
der Gott der Sonnenenergie, dargestellt als Sonnenscheibe, deren Strahlen in schützenden Händen enden.

BES
ein Zwergengott, teils in Löwengestalt. Beschützer des Küchenfeuers.

CHONS
Gott des Mondes, Sohn des Amun.

GEB
der Erdgott, dargestellt als Mann.

HAPY
der Gott des Nils.

HATHOR
die Kuhgöttin, Amme des Königs.

HORUS
der Falkengott, Sohn von Isis und Osiris und damit Mitglied der wichtigsten Dreiheit in der antiken ägyptischen Theologie.

ISIS
die göttliche Mutter.

MAAT
Göttin der Wahrheit.

MIN
Gott der menschlichen Fruchtbarkeit.

MUT
Gattin des Amun, ursprünglich eine Geiergöttin. Der Geier war das Tier des oberen (südlichen) Ägypten. Das untere (nördliche) Ägypten wurde durch die Kobra dargestellt.

OSIRIS
der Gott der Unterwelt. Das Leben nach dem Tod war von zentraler Bedeutung für das Denken der alten Ägypter.

RA
der große Sonnengott.

SETH
der Gott der Stürme und der Gewalt, Bruder und Mörder des Osiris. Entspricht, sehr grob betrachtet, dem Teufel.

SOBEK
der Krokodilgott.

THOTH
der ibisköpfige Gott des Schreibens. Das mit ihm assoziierte Tier war der Pavian.

Die wichtigsten Personen unserer Geschichte (in der Reihenfolge ihres Auftretens; die historischen Gestalten in fetter Kleinschrift)

Semenchkare: Pharao, 1362-1361 v.Chr.
Ay: Echnatons Schwiegervater
Nofretete: Echnatons Gattin
Echnaton: Pharao, 1379-1362 v.Chr.
HUY: Schreiber
Haremheb: Ehemaliger Oberkommandierender in Echnatons Armee
AAHMES: Huys geschiedene Frau
MAIHERPRI: Feldwebel der Medjay
Tutenchamun: Pharao, 1361-1352 v.Chr.
TEHUTY: Huys Ex-Schwager
AMOTJU: Besitzer einer Schiffahrtslinie und Freund Huys
MUTNOFRET: Ein Mädchen aus Mitanni, Amotjus Geliebte
RECHMIRE: Ein mächtiger Priester-Beamter
RAMOSE: Amotjus verstorbener Vater
ASETH: Amotjus Schwester
Amenophis III.: Pharao, 1417-1379 v.Chr.
ANI: Kapitän einer Barke
TAHEB: Amotjus Ehefrau
INTEF: Medjay-Offizier

EINS

Im Augenblick seines Todes bedeckte Dunkelheit das Land. Die Sonne wurde mittags von einer schwarzen Scheibe verfinstert – Seth, der Dämon, hatte sie dorthin geschickt, sagten manche –, und eine Stunde lang herrschte Mitternacht. War es ein Zeichen dafür, daß die Sonne seinen Tod betrauerte – oder daß die alten Götter ihn billigten?

König Semenchkare hätte sich keinen schlechteren Zeitpunkt zum Sterben aussuchen können. Der Schreiber Huy überlegte, daß er vielleicht mehr als irgend jemand sonst dieser Meinung war; die Leute hatten es dieser Tage nämlich so eilig, ihre Verbundenheit zu Echnaton, seiner Anbetung des einen Gottes, des Aton, und seinen Theorien über Frieden und Licht und universelle Brüderlichkeit zu vertuschen, daß der Wind ihrer Widerrufsbeteuerungen am Flußufer den Staub aufwirbeln ließ. Sogar Ay, der Pferdemeister des alten Königs und Vater der großen Königin Nofretete, äußerte in aller Vorsicht gewisse Vorbehalte, was den Aton betraf.

Jetzt, wo Semenchkare, Adoptivsohn und letzter loyaler Anhänger Echnatons mit echter Machtposition gestorben war, fragte sich Huy, wie lange diese Vorsicht noch anhalten würde. Schließlich hatten die letzten zwölf Jahre den Verlust des ganzen nördlichen Teils des Reiches gebracht. In seiner kurzen Herrschaft hatte Echnaton mit dem, was die meisten Leute als verrückte religiöse Ideale ansahen, all das verloren, was sein Ururgroßvater gewonnen hatte, als er die wagemutige Macht des Oberen Retennu mit den neu erfundenen Kriegswaffen zerschlug: mit dem Streitwagen, dem Langbogen aus zwei Hölzern und mit Speeren aus Bronze, die härter und haltbarer waren als die aus Kupfer. Ein volles Jahrzehnt hindurch waren die Botschaften zum Pharao gekommen, zum Gott auf Erden, zur Unanzweifelbaren Macht, und sie hatten ihm gesagt, daß er angezweifelt und herausgefordert und seine Macht dort oben im Norden vernichtet wurde. Aber der König hatte auf den Strom der Hilferufe seiner zunehmend verzweifelten Vasallen und Gouverneure nicht ein einziges Mal geantwortet.

Huy war nicht der einzige, der angesichts der Geschwindigkeit, mit der der Sturz des Aton vonstatten gegangen war, niederschmetternde Zweifel empfunden hatte. Der Aton war ein frischer Wind gewesen; in zehn hektischen und grausamen Jahren waren zwei Jahrtausende eines immer verbohrteren und korrupteren Denkens hinweggefegt worden aus einer Welt, in der priesterliches Ritual das Getriebe einer Regierung blockierte. Die dreißig dekadenten Friedensjahre, die dem Aufstieg des jungen Ikonoklasten zum Sitz des Gottes vorausgegangen waren, hatten diese Regierung kraftlos werden lassen. Aber zu Anfang hatten sich zahlreiche junge Männer und Frauen vom Neuen Denken einfangen lassen; das Schwarze Land war auf dem Höhepunkt seiner Macht, es stand an der Spitze der Welt und regierte bis zu den Gestaden des Großen Grünen im Norden und darüber hinaus, es regierte bis tief hinein in das Rote Land im Westen und bis in die Goldminen, die zwischen dem Fluß und dem

Östlichen Meer lagen, und nach Süden bis zu den Rändern des Waldes, von dem die Kundschafter berichteten.

Es war Zeit, Atem zu schöpfen, Fragen zu stellen. Die Menschen hatten die Gelegenheit beim Schopf ergriffen, den Dschungel von Göttern hinwegzufegen, dieses Geflecht von Aberglauben, durchsetzt vom Streben der Amunpriester nach persönlichem Vorteil. Huy gestattete sich ein schiefes Lächeln, als er an die Freude dachte, mit der sie von der Südlichen Hauptstadt aufgebrochen waren, um die Neue Stadt zu bevölkern, die Stadt des Horizonts: eine neue Haut, nachdem die alte abgestreift worden war.

Wie lange war das her? Jetzt mußte Huy wirklich lachen. Sechs Jahre. Gegen zweitausend Jahre eingefleischten Denkens einen Damm zu bauen – aus sechs Jahren und einer neuen Stadt. Was hatten sie sich bloß gedacht? Die große Masse des Volkes, die noch immer den Rücken beugte, wenn der Pharao vorüberkam, damit sie sein Gesicht nicht sah – so weit hatten Echnatons Reformen nämlich nicht gereicht –, hatte nicht einmal den Hauch eines vorüberziehenden Gedankens verspürt. Es war eine Revolution der Elite für die Elite gewesen, und während die Besessenheit den alten Pharao in den Wahnsinn getrieben hatte, hätte sie das Schwarze Land um ein Haar seine Vormachtstellung gekostet.

Und nun war Semenchkare, der Pharao, der Gott auf Erden, der die Macht des Aton verkörperte, die Scheibe der lebensspendenden Sonne – nun war er dahin, und mit seinen zwanzig Jahren hatte er seinen Mentor um sechs Monate überlebt. Weit hatte er den Stab nicht getragen.

Wie jung sie starben, dachte Huy. Echnaton war auch nur neun Jahre älter gewesen, aber sein Körper war schon von Geburt an ausgemergelt gewesen und – als wäre das nicht genug – auch noch jenen Anfällen heiliger Ekstase ausgeliefert, die seine zerbrechliche Gestalt mit der präzisen Gewalt eines Berufsringkämpfers auf die hartgestampfte Erde geschleudert, dort festgehalten und mit solcher Wut geschüttelt hatten, daß ihm der Schaum vor den Mund getreten war. Huy hatte es einmal mitangesehen; der König hätte sich die Zunge durchgebissen und die mageren Glieder durch die Vehemenz des Drucks gebrochen, wäre nicht jemand dagewesen, der es verhindert hatte. Wer so gering war wie Huy, wagte keine Deutung des ächzenden, rasenden Gurgelns, mit dem der Gott bei solchen Gelegenheiten durch den König sprach, und sein Sinn wurde niederen Beamten niemals mitgeteilt.

Der König war bei einem solchen Anfall gestorben und seine Seele war hinaufgeschwebt, wo immer sie hingegangen sein mochte, aufwärts zu seinem speziellen Gott gekreist. Ein einsames Schicksal, aber auch Huy hatte daran glauben wollen. Besser hinauf zur Sonne, als unten im Grab zu bleiben, egal, wie üppig, wie reichhaltig es ausgestattet sein mochte mit magischen Speisen und Dienern aus Ton und geschützt durch Bannsprüche aus dem *Buch der Toten*. Huy hatte es glauben wollen, aber er war auf diesem Weg nicht weit genug gekommen, hatte die sicheren Gewißheiten seiner Vorväter noch nicht abwerfen können; doch da er ihre Gräber von ihren Nachfolgern vernachlässigt sah, stellte er fest, daß er nur an das Leben glaubte. Was vorher und was nachher kam, war ein leerer Raum, den zu betrachten sein Geist nicht über sich brachte.

Semenchkare war im Schlaf gestorben; niemand wußte, warum. Er war ein kräftiger, gesunder junger Mann gewesen, ein tüchtiger Jäger und zärtlicher Ehemann, allerdings noch kein Vater. Nur der alte Ay und der General, Haremheb, hatten den Leichnam besucht, ehe er den Einbalsamierern übergeben worden war.

Der König hatte die Zügel der Macht nicht sehr fest gehalten. Die Wüstenpiraten des Nordens waren gefährlich nahe ans Delta herangekommen, wo der Fluß ins Große Grüne mündete, und noch immer beschränkte sich die Armee auf Patrouillen und Manöver und schlug nie wirklich zu. Gleichzeitig kamen die Bauarbeiten in der Stadt des Horizonts zum Stillstand. Mit dem Tod Echnatons waren Menschen in kleinen Gruppen fortgezogen. Die Stadt lag auf einem Plateau oberhalb des Flusses, aber in der Wüste; in der Trockenzeit herrschte Gluthitze, und in den Zeiten der Überschwemmung und des Hervorkommens wurden die Moskitos zur Plage. Halbfertig, hastig hochgezogen, voller Misthaufen anstelle von Abflußkanälen, erschien Huy die Stadt wie eine Blüte, die der Nachtfrost vernichtet hatte, kaum daß sie sich zu öffnen begonnen hatte. Mit dem Tod des alten Königs war das Leben aus der Stadt gewichen; zwar wurde im Norden, wo aus Bergen von Bauschutt die großen Paläste aufragten wie mächtige Seebarken, die man zur Überholung an Land gezogen hatte, noch immer halbherzig gearbeitet, aber die Siedlungen in den Vororten verfielen bereits.

Die Menschen mußten gesagt bekommen, was sie tun sollten, und statt dessen war der alte König gestorben; es war, als sei er weggelaufen. Dann war die Sonnenfinsternis gekommen, und das alles war mitten im *Peret* geschehen, in der Jahreszeit des Hervorkommens, als das Hochwasser des Flusses zurückgegangen war und auf den Feldern dick den schwarzen Lehm hinterlassen hatte, der dem Land seinen Namen gab. Das hätte aber auch die Arbeitskraft jedes Einzelnen erfordert, um die Bewässerungskanäle zu reinigen und die Felder zu bestellen, damit die Erde aus dem Wasser wiedergeboren werden konnte. Siebzig Tage würden die Einbalsamierer für ihre Arbeit brauchen, aber das Grab des Pharao war noch nicht annähernd fertig. Viele Leute, die jetzt dringend auf dem Land gebraucht wurden, wurden jetzt statt dessen zwangsverpflichtet zur Arbeit in den Steinbrüchen und bei den Grabungen. Sie mußten Kalkstein aus den Felswänden schlagen und hinausschleppen, um der Behausung des Toten wenigstens einen Anschein von Ordnung zu verleihen. Die Toten waren meist nicht rachsüchtig, aber den Zorn eines Königs jenseits des Grabes galt es doch zu vermeiden.

Während Huy zusah, wie komplizierte Rituale und Vorbereitungen stattfanden, fragte er sich, ob nicht doch eher die Lebenden zu fürchten seien. Schon hatte er mitangesehen, wie etliche seiner älteren Kollegen – große Schreiber am Ende des dritten und vierten Lebensjahrzehnts – auf Missionen nach Nubien und in die Goldminen der Wüsten im Osten entsandt worden waren. Solche Aufträge waren weit unter ihrer Würde, aber schon vor dem Tod des alten Königs war klar geworden, daß ihre Stellung nicht mehr so sicher war wie zu der Zeit, da der Ruhm des Aton auf seinem Gipfelpunkt stand. Unter Semenchkare war die Macht mehr und mehr auf den General und auf Ay übergegangen. Auch diese beiden waren einmal loyale Anhänger Echnatons gewesen. Vielleicht hatten die beiden als erste erkannt, daß die Zukunft eben doch nicht bei diesem Pharao lag.

Keiner dieser älteren Schreiber war von seiner Mission zurückgekehrt. Huy, der mit neunundzwanzig eben eine langwährende und mühselige Lehrzeit beendet hatte, fragte sich allmählich, ob die investierte Zeit sich lohnen würde. Als er über den festgestampften Lehmboden der engen Straße stapfte, die zu seinem Haus führte, dachte er mit Bedauern an seine geringen Erfolge. Sein Haus zum Beispiel. Es stand in einer unregelmäßigen Reihe identischer Behausungen für niedere Beamte – jede aus Lehmziegeln erbaut, mit einem kleinen Hof, einem Zimmer im Erdgeschoß und einem oben. Seit seiner Scheidung vor drei Jahren wohnte er dort. Er merkte immer noch, daß er Aahmes vermißte, und die Kinder noch mehr. Sie waren längst ins Delta zurückgekehrt, und er sah sie nicht mehr; allerdings konnte er durch Freunde bei den amtlichen Kurieren zumindest unregelmäßig brieflichen Kontakt halten.

Seine Laufbahn hatte von vornherein festgestanden; er war in die Fußstapfen seines Vaters Heby getreten, eines Chefschreibers am Hofe Amenophis III. in der Südlichen Hauptstadt. Seit seinem neunten Lebensjahr kannte Huy kaum etwas anderes als das Studium; er hatte die Drei Schriften gelernt, aber auch – von Prügeln unterbrochen (»Ein Knabe hat die Ohren auf dem Rücken«) – die anderen für eine Beamtenlaufbahn erforderlichen Fächer: Arithmetik, Zeichnen, Buchführung, Geometrie, Vermessungskunde und sogar die Grundlagen des Ingenieurwesens. Es war ein weiter Weg gewesen. Jetzt hoffte er, daß nicht alles umsonst gewesen war. Die Warnungen seines vorsichtigen Vaters – Heby hatte bis zu seinem Tode jede Parteinahme vermieden – hatte er in den Wind geschlagen und sich auf Echnatons Seite gestellt. Ohne sich zu besinnen, war er in die Stadt des Horizonts gekommen, durchdrungen von jener Art von Pioniergeist, die Echnaton so gern um sich sah. Jetzt kam ihm der Staub der vernachlässigten, trockenen Straße vor wie der Staub jenes Geistes.

Die Hitze verstopfte die Straße wie gefaltetes Leinen. Ihre erstickende Allgegenwärtigkeit erfüllte Huy manchmal mit Sehnsucht nach dem Land im Norden, wo der gesegnete Wind herkam. Die Kuriere, die dort gewesen waren, erzählten ihm von der unbeschreiblichen, grünen Ebene des Meeres, das Huy noch nie gesehen hatte und sich nicht vorstellen konnte. Auf der Flucht vor der Bedrückung, die der Gedanke an seine unmittelbare Zukunft in ihm erweckte, verfiel er in einen Tagtraum, in dem er sich mit Aahmes vertrug und Kapitän auf einem der großen Byblos-Schiffe wurde, die entlang der Küste Handel trieben und bis zur Nördlichen Hauptstadt herunterkamen, wo ihre Fracht zum Transport flußaufwärts auf kraftvolle Barken umgeladen wurde.

Bei seiner Träumerei merkte er nicht, wie leer die Straße war, obgleich das *Matet*-Boot der Sonne fast seinen höchsten Punkt erreicht hatte und es hier hätte wimmeln müssen von Leuten, die heimkehrten, um zu essen und den Nachmittag zu verdösen, bevor die Arbeit wieder anfinge. Er kam erst wieder zu sich, als er um die letzte Ecke vor seinem Haus bog; er sah, wie allein er war, und gleichzeitig fiel ihm ein Mann auf, der an dem schon von Blasen bedeckten Türrahmen aus Akazienholz lehnte. Er wußte sofort, was für ein Mann das war und überlegte kurz, ob sein Kommen wohl schon bemerkt worden war oder ob er sich noch verdrücken und irgendwo verstecken konnte. Aber der Mann starrte ihn bereits so absichtlich gelangweilt und unbeteiligt an, wie das Polizisten tun, wenn sie unangenehme Neuigkeiten zu überbringen haben. Ohnedies öffnete sich in der gewundenen Straße nirgends auch nur ein Gäßchen, in das er hätte schlüpfen können. Und warum sich gegen das Schicksal wehren? Die Sonne schien, und der Fluß floß. Was gab es mehr – letzten Endes?

Der Polizist – ein Medjay – war groß, älter als Huy, der klein und stämmig war. Er machte sich seine Körpergröße zunutze, als er sich jetzt träge vom Türpfosten löste, während Huy herankam. Aber da war keine Spur von der Ehrerbietung, die ein Medjay einem Hofschreiber gegenüber zu zeigen hatte. Die Medjays hatte man ursprünglich bei einem Nubier-Stamm rekrutiert, der gute Späher hervorbrachte und der Polizeitruppe ihren Namen gegeben hatte. Heutzutage kamen die Polizisten aus allen Bereichen der Gesellschaft. Dieser hier hatte die knochige Eckigkeit, die dunkle Haut und die flachen Gesichtszüge eines Mannes aus dem tiefen Süden – vielleicht aus Napata. Sein Gesicht war Huy irgendwie vertraut, aber er wußte es nicht unterzubringen. Er trug einen schlichten, hellbraunen Leinenkilt. Seine langen Gliedmaßen schimmerten in der Hitze. An seiner Hüfte hing ein Kupferschwert in einer Scheide aus Palmblättern. Kein Hochrangiger also, dachte Huy. Aber seine Anwesenheit erklärte, warum die Straße so leer war. In den wenigen Monaten seit Semenchkares Tod, während die meisten Leute zu sehr auf den Feldern beschäftigt gewesen waren, als daß sie hätten Notiz nehmen oder sich Sorgen machen können, war der General Haremheb nicht untätig gewesen. Mit der wachsenden Anzahl Menschen, die die Stadt des Horizonts verließen, schwoll auch der Strom der Gerüchte über die neuerliche Macht der Priester-Beamten in der Südlichen Hauptstadt. Es war wieder erlaubt, die Namen der alten Götter laut auszusprechen. Diejenigen, die Echnaton nahegestanden hatten, vertuschten dies, wenn sie konnten.

»Huy?«

»Ja.«

Es hatte keinen Sinn, das zu leugnen, und es hatte ebenso wenig Sinn, Aufmerksamkeit auf den unterlassenen Titel – Hofschreiber – und damit den Mangel an Höflichkeit zu lenken.

»Maiherpri, Feldwebel.« Wollte Huy seinen Namen in Erinnerung rufen. Schaute ihn einen Moment lang mit schüchterner Vertraulichkeit an – aber enttäuscht verschloß sich seine Miene wieder, als Huy nicht begriff.

Warum kam ihm das Gesicht vertraut vor? Aber war das wichtig?

»Willst du dich hier unterhalten oder drinnen?« fragte der Medjay.

»Du hättest drinnen warten können.«

»Nicht ohne Erlaubnis.«

Das war wenigstens etwas. Huy warf noch einmal einen Blick über die staubige Straße. In einiger Entfernung ragte der inzwischen verlassene königliche Palast empor wie ein Gebäude in einem Traum.

Huy schob den Riegel an seiner Haustür auf und betrat den kleinen Hof. Maiherpri folgte ihm und schaute sich um. Er sah ein säuberliches Geviert unter freiem Himmel, teilweise überschattet von einer müden Weinranke.

»Du wohnst hier allein?«

»Ja.« Seit der Scheidung von Aahmes gab es keine Hausmagd mehr. Hapu war mit Aahmes fortgegangen; hier war nicht einmal für ein syrisches Sklavenmädchen Platz.

Es war üblich, irgendeine Erfrischung anzubieten, selbst einem amtlichen Besuch. Maiherpri blieb stehen und wartete offensichtlich ab.

»Bier? Brot?« fragte Huy und wies auf einen niedrigen Schemel im Schatten.

Der Polizist setzte sich steif. Er hatte lange in der Sonne gewartet, aber trotz seiner Erleichterung wollte er sich nicht entspannen. Er war ein junger Mann, auf seine Würde bedacht; er spürte, daß er nicht willkommen war und schob seine Nachricht hinaus, um ihr mehr Gewicht zu geben. Jetzt fragte er sich, ob das Hinsetzen ihn nicht eines Vorteils beraubt hatte.

»Zum ersten gibt es Kunde vom Nachfolger des Gottkönigs.«

Sie hatten also keine Zeit verschwendet, dachte Huy. Wie sein Vorgänger war Semenchkare kinderlos gestorben; aber er war offensichtlich ein Liebling Echnatons gewesen und hatte die älteste Prinzessin geheiratet, noch ehe er Mitregent geworden war. Die Verbindung war besiegelt worden, als Echnaton selbst in aller Feierlichkeit auch seine älteste Tochter geheiratet hatte; Semenchkare aber hatte keinen Favoriten oder Nachfolger benannt. Er war jung gewesen und hatte geglaubt, noch genügend Zeit zu haben, um über solche Dinge nachzudenken. Im Geiste überflog Huy rasch die Möglichkeiten. Es gab zwei naheliegende Thronbewerber. Aber würden sie es wagen, sich so rasch zu Wort zu melden?

»Es ist Tutenchaton.« Semenchkares Halbbruder also. Aber Tutenchaton war erst neun Jahre alt; es würde also einen Protektor geben müssen.

Der Medjay machte keine Anstalten, sich zu rühren. Es kam also noch mehr. Bis jetzt hatte es kaum eine Erklärung für seinen Gesichtsausdruck gegeben. Nun zog er aus einer Falte seines Kilts eine Papyrusrolle hervor und stand auf, um sie dem Schreiber zu überreichen. Huy zögerte einen Moment, bevor er sie entgegennahm. Er merkte plötzlich, wie still die Mittagsluft war. Es war zu heiß für Vogelgezwitscher, und das unablässige Zirpen der Zikaden klang so vertraut, daß es als Stille gelten konnte. Huy fragte sich, ob der Medjay den Papyrus gelesen hatte; aber dann wurde ihm klar, daß Maiherpri nur ein Feldwebel war und wahrscheinlich gar nicht lesen konnte.

Die Botschaft war knapp; es war offensichtlich eine von mehreren ähnlichen, denn sie war plump und hastig abgeschrieben. Huy fragte sich, wer von seinen Kollegen sie wohl auch erhalten hatte. Ein letzter Absatz war offenbar eigens für ihn angefügt worden.

Es kam nicht völlig unerwartet. Im wesentlichen wurde ihm unter dem Siegel des neuen

Pharao mitgeteilt, daß Schreiber und Hofbeamte seines Ranges mit sofortiger Wirkung von ihren Dienstpflichten befreit seien. Der Zugang zu ihren Büros sei ihnen fortan verwehrt und sie hätten dem Medjay, der ihnen diese Mitteilung überbringe, sämtliche Papiere, Amtssiegel, ja, selbst Notizen auf Kalksteinspänen, die sich noch in ihrem Haus befänden, auszuhändigen. Ihres Amtes enthoben, hätten sie die Anweisungen, jeglichen weiteren, geschäftlichen wie privaten, Umgang mit ihren früheren Kollegen zu unterlassen, und zwar bei Strafe des sofortigen Exils. Huy wußte, daß dies die Verbannung in eine der Oasen in der westlichen Wüste bedeutete, im Roten Land, oder in die Goldminen, die zwischen dem Fluß und dem Östlichen Meer lagen. Der Zusatz für ihn lautete schlicht: *Siehe! Bei dem großen Gott Amun, dem Vater des Karnak, dem Vater und der Mutter des Schwarzen Landes, sowie bei seiner Verkörperung, dem König Tutenchamun, daß du deinen Beruf nicht mehr ausüben wirst, weder für den Staat noch für dich selbst.*

Huy blickte auf und sah Maiherpri in die Augen; zu seiner Überraschung entdeckte er dort zurückhaltendes Mitgefühl.

»Du erinnerst dich nicht an mich, wie?«

»Nein. Tut mir leid. Das hier ist ein Schock.«

»Vorher hast du dich auch nicht erinnert.«

»Dein Gesicht kommt mir bekannt vor.«

»Das war es auch, bevor ich zur Polizei ging.

Noch unter Neferchepprure Amenophis IV.« Huy bemerkte, daß der Beamte sorgsam darauf bedacht war, den Namen zu verwenden, mit dem Echnaton geboren war, nicht den, den er sich selbst verliehen hatte. »Mein Bruder und ich waren beschuldigt worden, aus dem südwestlichen Kornspeicher in der Südlichen Hauptstadt Gerste gestohlen zu haben. Du hast uns geholfen.«

Jetzt erinnerte sich Huy, und er wunderte sich, wieso es ihm nicht schon eher eingefallen war. Es war einer jener kleinen, zufälligen Erfolge gewesen – eine Abweichung von der Routine seines Berufes –, auf die er stolz gewesen war. Sieben Jahre war es her; Aahmes war damals mit dem kleinen Heby schwanger gewesen. Zwei Halbwüchsige, flüchtig in der Dämmerung gesichtet, hatten den Kornspeicher bestohlen. Diese beiden Brüder waren verhaftet und angeklagt worden – ein solcher Routinefall, daß Huy, damals ein blutiger Anfänger, mit dem Papierkram betraut worden war; nicht einmal Papyrus hatte die Sache gelohnt, sondern bloß Kalksteinspäne. Aber das Indizienmaterial war dermaßen dünn gewsen, daß er Einwände hatte erheben müssen, und er hatte sich von seinem Vorgesetzten Urlaub erbeten, um den Fall noch einmal zu untersuchen. Es war ein mageres Jahr gewesen, mit niedrigem Hochwasser und einer schlechten Ernte. Die beiden jungen Männer mußten damit rechnen, daß ihnen zur Strafe die Nase und die Finger der rechten Hand abgeschnitten wurden.

»Es war nicht schwer, diese Anklage niederzuschlagen. Die Aufseher des Kornspeichers brauchten einen Sündenbock. Sie waren nachlässig gewesen«, sagte Huy. Wie alt war dieser Medjay jetzt? Jetzt verstand er den Mangel an Ehrerbietung. Es war Vertraulichkeit gewesen, eine unbeholfene Freundlichkeit – und Huy war zu sehr auf der Hut gewesen, um es zu bemerken.

»Tut mir leid, daß ich dir heute schlechte Nachrichten bringe.«

»Einiges davon hatte ich erwartet. Nach dem, was passiert ist ...« Huy zögerte; er wollte weitersprechen, wollte fragen, weshalb der neue Pharao seinen Namen von Tutenchaton zu Tutenchamun gemacht hatte, wollte Fragen stellen wegen der Anrufung des Amun im Brief. Aber wie weit konnte er Maiherpri trauen? Der Mann war jetzt ein Medjay, und Huy war ein arbeitsloser Unterbeamter eines Regimes, das mit dem Tod Semenchkares offiziell in Ungnade fallen würde. Er wechselte die Richtung.

»Hast du Zeit für ein Bier?« Er erinnerte sich an seine Gastgeberpflichten.

Der Medjay warf einen Blick zur Sonne, die über ihnen langsam durch das blaue Stück Himmel wanderte. Er entspannte sich und nahm wieder Platz. »Ja. Aber ich kann nicht lange bleiben und auch nicht viel sagen.«

Huy holte einen Krug mit rotem Bier und zwei glasierte Becher, dazu ein flaches würziges Brot. Während er damit hantierte, überlegte er sich, wie er die Fragen, die jetzt nach vorn drängten, am besten stellte. Gleichzeitig versuchte er, sich mit dem, was ihm geschehen war, abzufinden. Der vorherrschende Gedanke war der, daß er keine Familie mehr hatte, die mit ihm zusammen in Ungnade fiel. Gleichzeitig fühlte er sich einsamer denn je.

Maiherpri nahm sein Bier und trank in kleinen Schlucken. »Natürlich wird es Edikte geben. Ich kann nicht sagen, wie sie aussehen werden. Ich weiß aber, daß man vielen Schreibern deines Ranges angeboten hat, ihre Laufbahn fortzusetzen, wenn sie dem Aton abschwören und sich wieder dem Amun zuwenden. Der neue König erwartet von allen seinen Beamten, daß sie seinem Beispiel folgen.«

»Mir hat man diese Möglichkeit nicht angeboten. Nicht in diesem Brief.« Und bei sich dachte Huy: Der König ist neun Jahre alt. Wer steckt hinter all dem?

»Nicht allen hat man es angeboten. Ich weiß nicht, warum. Viele der höheren Beamten wurden ins Exil geschickt und manche umgebracht.«

»Wann hat das alles angefangen?«

»Ich weiß nicht. Sie wollten alle Anhänger des alten Regimes rasch beseitigen. Der neue

Gottkönig wird in zwei Tagen ausgerufen, einen Tag, bevor Anchkeprure Semenchkare ins Grab gelegt wird. So kann er die Zeremonie der Öffnung des Mundes vollziehen.«

Semenchkare wurde im neuen königlichen Gräberkomplex in der Stadt des Horizonts zu seinen Vorfahren gebracht. Sein Grabgewölbe und der Totentempel waren hastig und oberflächlich vollendet worden. Die Arbeitskolonnen hatten nicht einmal Zeit gehabt, ihren Bauschutt vom Eingang fortzuräumen, und der Tura-Kalkstein der Fassade trug noch die Spuren der Klauenmeißel – man war nicht dazu gekommen, sie zu polieren. Keine große Menschenmenge säumte den Weg vom Tempel der Sonne, wo die Prozession ihren Anfang nahm. Huy sah mit Bedauern, daß das große Gebäude mit den klaren, zum Himmel hin offenen Linien, bereits ausgeplündert worden war. Es war als einziges zu Echnatons Lebzeiten vollständig fertiggestellt worden und sein Stolz und seine Freude in strahlender Farbenpracht gewesen. Enten, junge Stiere und Lotosblüten in Fayencen tanzten und sprangen lebendig und kraftvoll im Sonnenlicht, das sie anbeteten und das ihnen neues Leben brachte. Heute waren die meisten der Leute, die dieses Wunderwerk der Kunst geschaffen hatten, verschwunden. Wie schnell etwas verfällt, wenn seine Lebenskraft erloschen ist, dachte Huy. Echnatons

Körper hatten sie einbalsamiert, aber seine Ideen, sein Herz waren im Winde verweht.

Nur wenig von dem einfachen Ritual, das Echnaton eingeführt hatte, fand sich bei Semenchkares Bestattung wieder. Man kehrte zu den Gepflogenheiten zurück, die unter den alten Göttern geherrscht hatten. Auf dem Bestattungsschlitten ruhte, geschützt in einem Schrein, die Mumie in ihrer bunt bemalten Zedernholzhülle. Zwei Ochsen zogen den Schlitten mühsam über die Straße zu den Grabfelsen, und dahinter zogen acht Hausbedienstete einen zweiten Schlitten mit den Eingeweiden, bewacht von den Söhnen des Horus: Duamutef, der Schakal, für den Magen; Qebhsenuef, der Falke, für die Gedärme; Hapy, der Pavian, für die Lunge und Imsety, der Mensch, für die Leber. Neben der Mumie gingen zwei Frauen, Hofschauspielerinnen, die die Göttinnen Isis und Nephthys darstellten, die göttlichen Beschützerinnen. Dem zweiten Schlitten folgten fünfzig Frauen, berufsmäßige Trauerweiber, deren formeller Klagegesang den Morgenhimmel erfüllte. Es folgten die Neun Freunde und die Palastdiener, die das Mobiliar des Grabes trugen, denn Semenchkares *Ka* würde darin wohnen und es nie mehr verlassen.

Huy sah, daß an der Spitze des Zuges Meryre, der Hohepriester des Aton, gegen einen Mann ausgetauscht worden war, den er nicht kannte. Ihm folgten Ay und Haremheb, und der junge Pharao ging zwischen ihnen wie ein Gefangener.

Huy folgte der Prozession, hielt sich aber in einigem Abstand, denn nur am Eingang zum Totentempel waren viele Zuschauer, und er hatte kein Verlangen danach, Aufmerksamkeit auf sich zu lenken. Am Eingang warteten die *Muu*-Tänzer und der Anubis-Priester mit seiner Schakalkopfmaske. Der Leichenzug erreichte den Eingang in dem Augenblick, als die Sonne den Rand des Horizonts durchbrach und das blaugraue Licht einem blassen Goldglanz wich. Das Geheul der Klageweiber verstummte, und während die Tänzer den Willkommenstanz vollführten, näherten Haremheb und der junge König sich dem Schakalköpfigen. Huy sah, daß Nebcheprure Tutenchamun dabei sehr nervös war, sich aber beherrschte. Vielleicht würde er eines Tages einen König abgeben, der sogar Haremheb im Griff hatte.

Die begleitenden Priester hatten große Mühe, den schweren Sarg hochzutragen und auf die Füße zu stellen; ihre schwitzenden Handflächen rutschten an dem glatten Holz ab und hinterließen dunkle Spuren. Dann hob der neue Pharao, geführt von dem Schakalköpfigen, die Hand und berührte den Mund des alten Pharao mit dem Heiligen Querbeil und den Vier Heiligen Amuletten.

»Dies sind die Zeichen, mit denen ich, der

Sohn-den-du-liebst, deinen Mund, deine Augen, deine Ohren, deine Nase öffne; ich gebe Gefühl in deine Fingerspitzen und in die Sohlen deiner Füße; ich öffne die Schleusen der Kanäle deines Körpers: Sei nun, wie du warst im Leben, bewacht von deinem *Ka.*«

Huy blieb nicht bis zum Ende der Zeremonie, der rituellen Einrichtung des Tempels, dem Auftragen des ersten Mahles und dem Versiegeln des Grabes. Nicht ohne schlechtes Gewissen verließ er diese wichtige Bestattung, aber er war zu sehr Anhänger der Doktrin, die Echnaton ihn gelehrt hatte, als daß er wirklich den Zorn der alten Götter gefürchtet hätte. Er brauchte Antworten auf einige Fragen. Solange die Aufmerksamkeit der Behörden durch die Bestattung abgelenkt war, konnte er vielleicht unter den Seilen des Gesetzes hindurchschlüpfen und mit einem seiner früheren Kollegen sprechen. Ihm war kein Medjay aufgefallen, der eigens abkommandiert worden wäre, um ihn zu beobachten, und für derartige Aufmerksamkeit war er wohl auch nicht wichtig genug; aber er mußte vorsichtig sein. Weshalb hatte man ihm nicht die Möglichkeit gegeben, zu widerrufen?

»Die halten dich für einen Unruhestifter – deshalb. Und natürlich haben sie recht«, schniefte Tehuty, den er in einem staubigen Archiv ausfindig gemacht hatte – zum Glück weit weg von allen anderen, denn sonst wäre der Mann niemals bereit gewesen, mit ihm zu reden – Ex-Schwager hin, Ex-Schwager her. »Die wollen Leute, auf die sie sich verlassen können. Die alte Art ist tot. Sie hat das Land auf die Knie gezwungen.«

»Sie wollen Leute, die nicht aus der Reihe tanzen, sondern tun, was man ihnen sagt«, stellte Huy fest. Das war allerdings plausibel.

»Genau. Man weiß Bescheid. Du hast deine Befugnisse schon früher überschritten; du warst einer der ersten, die herkamen, als die Stadt eröffnet wurde. Und du bist geschieden.«

»Das ist die Hälfte der Bevölkerung.«

»Nicht die verantwortungsbewußte Hälfte.«

Huy wandte sich entmutigt ab. Aus Tehuty würde er kein vernünftiges Wort herausbekommen; der vorwurfsvolle Ton verhieß, daß sein ehemaliger Schwager die Unterhaltung auf rein persönliche Dinge beschränken wollte. Tehuty war ein Jahr älter als Huy, hatte aber für die kurze und unwichtige Regierung Tutmosis II. Archivar bleiben müssen, während Huy Gerichtsschreiber geworden war. Huys Ehescheidung hatte seinen Groll besiegelt.

»Ich weiß nicht, weshalb du zu mir kommst, wenn du Hilfe brauchst. Mir scheint, du hast unsere Familie immer verachtet.«

»Das stimmt nicht.«

»Warum hast du Aahmes dann verlassen?«

»Du weißt, warum. Es war einfach gestorben. Sie wollte die Scheidung so sehr wie ich.«

»Na, nun bist du erledigt.«

Tehuty wandte sich wieder den Schriftrollen zu, die er auf einem Regal zu ordnen hatte, und schob sie mit nervösen, knochigen Händen hin und her. Einige darunter waren hundertfünfzig Jahre alt, trocken und brüchig.

»Ich freue mich, daß es doch auch Vorteile hat, einfacher Archivar zu sein.«

»Aber auch du bist hergekommen.«

»Mir hat man Gelegenheit zum Widerruf gegeben.«

Huys Schwager hatte einen neuen Einfall.

»Nicht wichtig genug, um *nicht* behalten zu werden, könnte man wahrscheinlich sagen«, fügte er mit neuerwachter Bitterkeit hinzu. »Aber ich habe nie geglaubt, daß die Theorie von dem einen einzigen Gott etwas anderes als Wahnwitz sein könnte.«

Huy versuchte es anders. »Was für Veränderungen gibt es denn? Wie werden sie aussehen?« Tehuty hatte vielleicht keine besondere Karriere gemacht, aber er war krankhaft mißtrauisch und eifersüchtig dazu, und seine Neugier war unersättlich; diese Eigenschaften, gepaart mit einem hochentwickelten Gefühl für Selbsterhaltung und einer natürlichen Unterwürfigkeit, machten ihn zum perfekten Spion. Wenn er intelligent gewesen wäre, hätte ihn vielleicht jemand als solchen beschäftigt.

Huy sah, daß Tehuty beschlossen hatte, den Mund zu halten. »Ich weiß es nicht, und wenn ich es wüßte, würde ich mich kompromittieren, wenn ich es dir sagte.« Bei den letzten Worten senkte er die Stimme abrupt, und der nörgelnde Ton ging in ein rauhes Flüstern über, denn er hatte Schritte vom anderen Ende des Archivs näherkommen hören. Sie hielten jedoch inne. Wer immer es war, hatte sich abgewandt und ein Dokument aus einem der Stöße in der Nähe des Eingangs konsultiert. »Warum sprichst du nicht mit deinen alten Freunden, falls du noch welche hast?«

Diese Bemerkung traf ins Schwarze. In den zwei Tagen seit Maiherpris Besuch hatte Huy nur sehr wenig in Erfahrung bringen können – nur, daß drei oder vier Schreiber, darunter sein früherer Chef, von denen er wußte, daß er ihnen vertrauen konnte, nicht mehr in ihren Häusern oder aber unter Bewachung und deshalb unerreichbar waren.

»Ich habe gehört, daß neue Edikte veröffentlicht werden sollen. Weißt du wenigstens, wann die Proklamationen stattfinden sollen?« Huy bemühte sich, seine Worte mit Sorgfalt zu wählen. »Ich brauche wirklich Hilfe.«

»Aus einem anderen Grund würdest du auch nie zu mir kommen«, meinte Tehuty. Aber da er sich in einer Position der Überlegenheit sah, wurde er ein wenig freundlicher. »Ja, von den neuen Edikten habe ich auch schon gehört.«

»Und? Werden sie bei der Krönung verlesen werden?« Das war normal, aber soweit Huy wußte, war für Tutenchamuns Inthronisierung noch kein Termin festgesetzt worden.

Tehuty schaute angestrengt. Noch jemand war in das Archiv gekommen, hatte sich zu dem ersten Mann bei den Dokumentenstapeln am Eingang gesellt, und die beiden begannen ein Gespräch. Wenn er sie hören konnte ... Wieder senkte er seine Stimme zu einem, wie er hoffte, verschwörerischen Flüstern. »Es wird keine Krönung geben, nur eine Investitur. Gleichzeitig wird ein Protektor berufen, bis der König alt genug ist, um selbst zu regieren.«

»Und wer wird das sein?«

»Kannst du dir das nicht denken? Haremheb natürlich – ich wage allerdings anzunehmen, daß es auf dem Papier eine Ko-Regentschaft zusammen mit Ay sein wird.«

»Man darf Ay nicht unterschätzen.«

»Es wird lange dauern, bis er sich von seinem Schwiegersohn reingewaschen hat.«

»Aber dann ...«

»Du ziehst gern Schlußfolgerungen, nicht wahr? Bist du auch schon in der Frage, was du jetzt selbst anfangen wirst, zu einem Schluß gekommen?« Tehuty wollte ihn daran erinnern, daß sie keine Freunde waren. Er wollte sich von Huy nicht in eine Diskussion über die Zukunft verwickeln lassen.

Huy seufzte. »Kannst du mir sonst noch etwas erzählen?«

»Nein«, sagte Tehuty.

»Heißt das ‚ja', aber du willst es nicht sagen?«

Tehuty suchte eine große Schriftrolle aus und zog sie vom Regal; er hantierte so umständlich, daß an einem Ende Sand herausrieselte. Ein dicker Käfer, den er aufgestört hatte, krabbelte in die Dunkelheit hinter dem Stapel. Tehuty warf Huy einen Blick zu und klemmte sich die Rolle sorgfältig unter den Arm, bevor er durch den düsteren Korridor weg vom Eingang und auf einen anderen Dokumentenstapel zuging. Huy folgte ihm. Als Tehuty das Gefühl hatte, in sicherer Entfernung zu sein, drehte er sich um und schob sein Gesicht dicht vor Huys. Huy konnte die Süßzwiebeln riechen, die er anscheinend zu Mittag gegessen hatte.

»Tja, es ist wohl kaum Geheimsache, aber wenn ich erwischt werde, wie ich es vor der öffentlichen Bekanntgabe einem wie dir erzähle, dann wird mich das bestimmt die Nase und die Lippen kosten.«

Huy verkniff sich den Satz, daß wohl kein wirklich Mächtiger so kleine Fische wie sie auch nur eines Blickes würdigen dürfte. Statt dessen machte er ein gebührend ehrfürchtiges Gesicht.

»Sie bringen die ruhmreichen alten Götter zurück«, sagte Tehuty. Sogar im Geheimen war er streng auf der Parteilinie. »Amun wird seinen rechtmäßigen Platz im Pantheon wieder einnehmen. Darum hat der König beschlossen, seinen Namen zu ändern und den ketzerischen abzulegen, mit dem er unglücklicherweise geboren wurde. Der Name dieses erfundenen Gottes aber, dieses sogenannten Aton, wird ausgelöscht werden.«

Huy hielt in der Dunkelheit den Atem an. Die Neuigkeit überraschte ihn nicht. Haremheb war ein praktisch denkender Mensch und mußte diesen Weg einschlagen, wenn er das sinkende Staatsschiff verlassen wollte. Das Neue Denken hatte sehr viel mehr Feinde als Freunde gefunden, und der Verlust des Nördlichen Reiches hatte Echnatons Sturz beschleunigt. Gleichwohl, und obschon der alte König am Ende dem Wahnsinn verfallen war, trauerte Huy. Das Land gehörte dem Pharao. Das Volk gehörte dem Pharao. Der Pharao durfte nicht in Frage gestellt werden. Auf dieser Ordnung hatte die Stabilität von zweitausend Jahren basiert. Jetzt war sie erschüttert. Nicht so sehr, daß es den meisten Leuten etwas ausgemacht hätte; für die ließ sich alles wiederherstellen, und Haremheb war der richtige Mann dafür. Aber Huy war anderer Meinung. Er hatte entdeckt, was es bedeutete, ein Individuum zu sein und Fragen zu stellen, und so trauerte er auch um sich selbst.

Er wandte sich zum Gehen, aber Tehuty hielt ihn zurück. »Da ist noch mehr. Der Name des alten Königs wird getilgt werden. Aus jedem Monument wird sein Name herausgemeißelt werden, so wie er den Namen Amuns herausmeißeln ließ. Ohne seinen Namen wird er den Tod jenseits des Todes sterben. Er wird nicht einmal mehr *sein.*«

Huy starrte ihn mit einer Leidenschaft an, derer er sich unter soviel Druck gar nicht für fähig gehalten hätte. »Sein Name wird ewig leben.«

»Das ist ein Kapitalvergehen. Blasphemie, mein Freund.« Tehuty lächelte sein schmales Lächeln, und Huy sah, daß er sich jetzt prächtig amüsierte. »Ich würde nicht 'rumlaufen und sowas vor allen Leuten aussprechen.«

Zehn Tage später zog Huy daheim eine Abschrift der Beschreibung der Stadt heraus. Sie stammte vom leitenden Architekten, Bek; er hatte sie Jahre zuvor angefertigt, kurz nach seiner Ankunft. Dem Medjay hatte er sie vorenthalten. Jetzt las er den kurzen Abschnitt noch einmal. Es war eine Lehrlingsarbeit gewesen, und die Hieroglyphen waren wunderschön gearbeitet. Im staubigen Hof seines Häuschens erschien ihm die Hoffnung, die darin lag, wie ein Hohn.

Nach zwölf Jahren ist der zentrale Teil nun fertiggestellt. Noch haben wir nur ein Zehntel des vom Aton für die Stadt auserwählten Landes genutzt, aber jetzt rasten wir. Bald, wenn der Feind im Norden durch die Weisheit des Aton zur Ruhe gebracht ist, werden wir fort-

fahren. Gott muß nur den König schützen. Darauf richten sich alle unsere Gedanken. Hier in der Stadt hören wir nur noch wenig von der Welt dort draußen.

Unterdessen wird die Stadt wachsen, und sie wird die Ewigkeit überdauern. Wenn sie fertig ist, wird sie die größte Stadt der Welt sein. Die Südliche Hauptstadt mit ihren falschen Göttern und ihrer Inhumanität wird zu nichts zerfallen, und das Licht des Aton wird die ganze Erde bescheinen. Sogar die Finsternis des Nordens wird vor seinem Licht vergehen.

Wie freue ich mich darauf, wieder mit der Arbeit zu beginnen! Wieviel habe ich noch zu tun, jetzt, da ich weiß, was ich tun muß! Die Stadt beschäftigt mich vollständig. Sie muß wachsen wie ein Wald: natürlich, in Schönheit und ohne Symmetrie. Die Säulen werden mit Ranken verziert und ihre Kapitelle Büschel von Trauben sein. Schon ist der Palast von Gemälden bedeckt; alle Tiere und Blumen des Schwarzen Landes huldigen dem einen Gott. Die Flußvögel brechen aus den Papyrusbüschen und entkommen dem Vogeljäger. Kälber tanzen auf den Wiesen und Rehe springen durch den Wald. Decken und Säulengänge sind übersät von Gänseblumen und Disteln, von Lotos und Binsen. Jeder Hof hat seinen Brunnen, und die Sakkieh-Räder schöpfen das Wasser aus dem Fluß, so daß wir aus der Wüste das Grün hervorgelockt haben.

In der Halle der tausend Säulen sind die Einlegearbeiten aus schwarzem Granit und rotem Quarzit; die Zellen der Konkubinen sind ausgeschmückt mit Szenen der Vorbereitung auf die Ankunft des Königs. Die bemalten Fußböden sind ein Triumph und ein Genuß für die Augen. Wir haben einen Boden aus Lehmziegeln gelegt und ihn mit einer Mörtelschicht bedeckt. Diese wurde mit einer mit feinem Mädchenhaar gebundenen Putzschicht überzogen, und darauf haben wir gemalt. Die Farben haben wir aufgetragen, als der Putz noch naß war und sich mit dem Pinsel sogar noch modellieren ließ – die Formen sollten so natürlich wie möglich sein. Als die Malereien vollendet und eingetrocknet waren, wurden sie poliert und wasserfest gemacht. So werden die Farben niemals verblassen, und wenn das Reich doppelt so alt ist wie heute.

Wir haben jetzt vier Glasfabriken und zwei Glasierwerkstätten, aber noch immer bringen Barken von der Küste Töpfereigefäße aus Kheftyu und Glas aus Byblos. Es ist nie genug, um auch nur den Palast und den hohen Tempel zu schmücken. Nur aus Jaspis und Alabaster will der König seine eigenen Figurinen gefertigt sehen, und auch die der Königin und der Prinzessinnen. Doch nicht nur diese. Auch die Votivskarabäen, -fische und -skorpione dürfen aus nichts Geringerem gemacht sein. Aller Reichtum ist hier, und unsere Handwerker arbeiten mit einer Schöpferkraft, so fruchtbar wie Weizen auf gutem Boden. Die Zedernholztüren sind überzogen von gehämmertem Gold.

In den Jahren des Bauens ist der König durch die Stadt geschritten wie jemand, dem die Zeit selbst auf den Fersen ist; er hat dies ausgewechselt, jenes geändert, derweil Gott mit ihm geht und sein Auge schärft. Er gewähre uns nur ...

Huy ließ das Papier fallen. Wie töricht waren Menschen, die solcher Begeisterung nachgaben. Der Lärm draußen auf der Straße kam von Leuten, die ihre Habseligkeiten auf Karren packten. Einen Tag nach der Investitur des jungen Königs hatten General Haremheb und der Regent Ay bekanntgegeben, daß der Hof in die Südliche Hauptstadt zurückkehren werde. Die Südliche Hauptstadt war überdies das Zentrum der Amun-Verehrung. Die Wiederherstellung des gigantischen alten Palastes Amenophis' III. hatte schon begonnen; er würde rechtzeitig zum Neuen Jahr fertig werden, zum Fest des Opet nach Beginn des nächsten Hochwassers im Mittsommer. Mit außergewöhnlicher Geschwindigkeit hatte die Stadt des Horizonts begonnen auszubluten. Die Menschen strömten davon, auf der Suche nach Arbeit, und sie nahmen mit, was sie gebrauchen konnten. Tehuty und seine Kollegen arbeiteten bis zum Umfallen daran, die Archive auszuräumen und zu verpacken. Die Gebäude, von denen Bek nur ein Kinderleben zuvor mit so viel Stolz geschrieben hatte, waren bereits vom Schutt der Plünderung übersät. Bevor der Herbst zu Ende ginge, wäre der Ort eine Geisterstadt.

Und ich bin einer der Geister, dachte Huy. Er konnte nichts außer dem, was er gelernt hatte, und ohne diese Möglichkeit, seine natürliche Weisheit zu kanalisieren, würde seine Intelligenz verkümmern. Anscheinend waren nur sehr wenige in seiner Lage; Vergebung bei Widerruf, das war die allgemeine Regel für diejenigen gewesen, die im Dienste des alten Königs gestanden hatten – dies, oder Verbannung oder der Tod. Vielleicht hätte ein solches Schicksal auch ihn ereilt, wäre da nicht ein anonymer Vorgesetzter, der für ihn eingeschritten sein mußte.

Der Gedanke ermutigte ihn. Er war in seiner Bewegungsfreiheit nicht eingeschränkt, und er hatte sein Haus behalten dürfen. Aber wie sollte er seinen Lebensunterhalt verdienen? Seine Vorräte an Bier und Weizen schwanden dahin und er sah sich gezwungen, Gerstenbrot zu essen – eine geringfügige Demütigung vor dem Bäcker, die ihm aber trotzdem zu schaffen machte.

Das einzige, was ihn stets als Alternative zum Schreiberleben gelockt hatte, war die Arbeit auf dem Fluß. Selbstverständlich war es unmöglich, eine solche Veränderung tatsächlich in Angriff zu nehmen, ebenso unmöglich wie ein Wohnungswechsel ohne Erlaubnis Höherstehender, des Systems, ja, letzten Endes des Pharao. Aber das Leben hatte alles in beunruhigender Weise verändert und inzwischen war Huy sogar – mit einem gewissen Vergnügen, das er sich nicht einzugestehen wagte – bereit, das eingewurzelte Gefühl von Status, den seine Arbeit mit sich brachte, wegzuwerfen. *Sei ein Schreiber, auf daß deine Glieder schlank seien und deine Hand leicht müde werde, auf daß du nicht verlöschest wie eine Lampe, wie der, dessen Glieder weich sind, denn du hast nicht die Knochen eines Mannes in dir. Du bist groß und feingliedrig. Nähmest du eine Last auf sie zu tragen, so würdest du niedersinken, und deine Füße würden schleifen über die Maßen, denn du bist jämmerlich schwach, alle deine Glieder sind elend, und dein Körper ist schmächtig. Richte deinen Sinn darauf, ein Schreiber zu werden, denn das ist ein ausgezeichnetes Handwerk und gut geeignet für dich. Rufst du einen, so antworten tausend. Ungehindert wirst du auf der Straße einhergehen und kein Ochse sein, den einer dem anderen weitergibt. Du wirst anderen vorstehen.* Etwas ähnliches hatte in einem der frühen Lehrbücher gestanden, aber Huy hatte an der Behauptung, es sei gut, einen weibischen Körper zu haben – als Nebenprodukt und Zeichen der Gelehrsamkeit –, nie Gefallen finden können. Er war unmodern klein und stämmig, und sein Körper war von Natur aus muskulös. Was die Aussicht betraf, einen zu rufen und tausend antworten zu hören und zudem ungehindert auf der Straße einherzugehen – diese Erfahrung hatte er nie gemacht, und jetzt schon gar nicht. Er war nicht länger Mitglied des exklusiven Clubs, den seine Lehrer ihm als letzte Ermunterung immer wieder vorgegaukelt hatten.

Er gewöhnte sich an, zum Hafen hinunter zu spazieren; es war der einzige Teil der Stadt, in dem noch Betrieb herrschte, obwohl nur noch wenige Schiffe hier ihre Ladung löschten. Die Palmenholzpiers auf ihren Zedernpfählen trugen eine stetige Prozession kupferfarbener Männer von den Ländereien am Rande der Wüste, gekleidet in schmutzig-weiße Lendenschurze, die endlos Körbe voll Besitztümer an Bord der hohen Barken trugen für die Reise nach Süden oder andere Schiffe, die zur Küste hinauf oder von dort herunter fuhren, mit frischem Proviant ausrüsteten; Ladungen von Gold, Elfenbein und Granit gingen hier nach Norden, Zedern- und Ahornholz und Tura-Kalkstein nach Süden. Er hockte am Kai, und als die Matrosen und Schauerleute sich an ihn gewöhnt hatten, plauderte er mit ihnen oder spielte eine Partie *Senet*; er genoß ihre Gesellschaft als eine ganz neue Erfahrung und erfuhr den Tratsch des Flusses ohne die Formalitäten höfischer Politik. Aber als er einmal davon sprach, mit ihnen zu arbeiten, da reagierten sie mit einem Gelächter von so entschlossener Ungläubigkeit, daß er wußte, er mußte davon ablassen. Für einen Augenblick hatte er vergessen, daß er ein Außenseiter geworden war, denn nur ein Außenseiter konnte Tabus brechen, die im Laufe von hundert Generationen entstanden waren.

Je weiter seine Lebensmittelvorräte schwanden, desto schmaler wurde er. Im ersten Monat des *Schemu* war er bei seinem letzten Sack Mehl und seinem letzten Krug Bier. Das kleine Haus war so freudlos, daß er nur noch zum Schlafen hinging. Wenige Leute lebten inzwischen in seiner Straße und er kannte sie nicht. Er stand vor der Wahl, sein Leben als Herumtreiber in den Docks fortzusetzen oder sich eine Arbeit zu suchen. Die zweite Möglichkeit war die einzig gangbare, und schon zwei- oder dreimal hatte er inzwischen seine paar Habseligkeiten und seine Schreiberpalette gepackt, ehe ihn bei dem Gedanken, fortzuziehen, wieder die Trägheit überkommen hatte.

So wanderte er wieder einmal zum Hafen hinunter. Es war Abend. Er konnte erst am nächsten Morgen abreisen, sagte er sich. Egal, wohin er reisen wollte.

Ein gewaltiges Seeschiff hatte festgemacht; es ließ den Anleger winzig erscheinen, wie es so, leicht beladen, flußaufwärts deutete. Ein Goldschiff auf der Rückreise.

Er sah einen großen Mann im Wollmantel am Bug stehen, nur eine Silhouette vor der Sonne, die am anderen Ufer blutrot versank.

Huy wollte sich seinen vertrauten Gefährten zuwenden, als die Gestalt auf dem Schiff seinen Namen rief.

Zwei

Huy erwachte vom Rufen der Bootsleute beim Ablegen. Er warf die leichte Decke ab, in die er sich gewickelt hatte, und schaute den hohen Bug an, der sich langsam in den Fluß drehte; eine Gruppe von Männern rollte geschäftig die Taue auf, die von der Landungsbrücke herübergeworfen worden waren. In der Mitte des Schiffes, gleich unterhalb des erhöhten Decks, auf dem die Kajüte stand, zerrte eine zweite

Gruppe an ihren Tauen das viereckige Segel hoch, damit der nie nachlassende Nordwind es füllte. Huy rieb sich den Schlaf aus dem Gesicht und streckte sich. Er war es nicht gewöhnt, auf harten Planken und der allerdünnsten Leinenunterlage zu schlafen.

Jetzt war die Barke frei, und schwerfällig schwang sie hinaus in die Strommitte, gelenkt von zwei Männern, die das große Steuerruder im Heck bedienten. Das Segel flatterte unschlüssig, und als der Bug in die Strömung schnitt, füllte es sich mit Wind, so zuverlässig wie ein sich spannender Muskel. Das sanfte Ächzen von Holz wurde plötzlich begleitet von drängendem Plätschern des Wassers, und dann waren sie unterwegs.

Huy ließ die Lederklappe des Kajüteneingangs sinken und setzte sich im Halbdunkel auf. Er sah, daß Amotjus Schlafstelle auf der anderen Seite des schmalen Raumes schon aufgeräumt war. Im zarten Licht des nahenden Morgens, das durch die Luftschlitze in den Kajütenwänden sickerte, sah er das ordentlich zusammengerollte Bettzeug, und Amotjus Segelausrüstung hing in einem Leinensack an einem Haken darüber.

Er lehnte sich zurück und berührte seine eigene Ledertasche, die an einem ähnlichen Haken baumelte. In sie hatte er endlich, nach langem Zögern, seine Habe verstaut. Am Ende hatte er nur eine Viertelstunde dafür gebraucht, und nicht mehr als doppelt so lange, um sein Haus zu verschließen und ihm Lebewohl zu sagen. Und wie lange war das jetzt her? Er öffnete die Klappe wieder. Die Dunkelheit verging allmählich und im Osten glomm es kaum merklich mattlila. Die Klippen der Wüste waren noch schwarz, aber er erkannte winzige Lichtpunkte versteckt dazwischen; Leute entfachten ihre Morgenfeuer auf dem schmalen Streifen bewohnbaren grünen Landes zu beiden Seiten des Flusses, dem sein Land die lange, schlangenförmige Gestalt verdankte. Bis zum Morgengrauen war es vielleicht noch eine Stunde, und der Abend hatte gedämmert, als Amotju ihn gerufen hatte.

Er ließ den Blick über das Deck wandern, konnte aber seinen alten Freund nicht entdecken. Der Koch hatte den Feuerstein geschlagen und das Schiffsfeuer angezündet, und sein Helfer füllte einen großen Kupferkessel mit Wasser und zerstoßener Gerste. Dann hängte er ihn an den Dreifuß, um Grütze zu kochen. Das aufflackernde Feuer beleuchtete das fettige, ungewaschene Morgengesicht des Kochs. Ringsumher ließ die Betriebsamkeit der Matrosen allmählich nach, das Schiff gewann an Geschwindigkeit. Alles war auf die gedämpfte Art und Weise geschehen, mit der die Menschen vor Tagesanbruch arbeiten, und die gelegentlich gebrüllten Befehle oder Warnrufe hatten irgendwie erschreckend geklungen. Huys frühere Bootsreisen – sie hatten selten und in großen Abständen stattgefunden, und gar nicht mehr, seit er in die Stadt des Horizonts gekommen war – waren offizielle Besuche mit Staatsbarken gewesen. Auf einem Arbeitsschiff war er noch nie gewesen, und die Aufregung, die er jetzt empfand, übertönte die vorsichtigen Einwände, die ein anderer Teil seines Verstandes erhoben hatte, als er die überstürzte Eile bedachte, mit der er Amotjus Einladung gefolgt war.

Seit er die Stimme des Freundes zuletzt gehört hatte, war viel Zeit vergangen, und dennoch hatte Huy sie sofort erkannt, und Amotju schien ihm von einem Gott oder doch wenigstens von einem Beschützer gesandt, vielleicht von seinem *Ka*, um ihn zu retten, als sein Leben auf dem tiefsten Punkt angelangt war. Dennoch hatte er es nicht glauben können.

»Ja?«

»Erinnerst du dich nicht an mich?« Die Stimme war hell vor Begeisterung; vielleicht lag sogar eine Andeutung von Erleichterung darin. Die hochgewachsene Gestalt tanzte geradezu vom Bug herunter – Amotju war schon immer elegant gewesen – und war einen Augenblick später neben ihm auf dem Kai. »Sechs Jahre muß es her sein.«

»Seit ich herkam – ja.«

Amotju hatte die Südliche Hauptstadt nie verlassen. Die Flotte der sechs Barken, die er von seinem Vater geerbt hatte, war dort beheimatet, und sie befuhr den Fluß mit unterschiedlicher Ladung in Nord- und Südrichtung, aber immer wieder segelte sie nach Süden, um Gold zu holen und es stromabwärts bis zum Delta zu transportieren, wo es auf die Seeschiffe umgeladen wurde, die den Küstenhandel betrieben. Die Barke, von deren Deck aus er Huy gerufen hatte, war das Flaggschiff. Wenn Amotju, was selten vorkam, einmal selbst mit seiner Flotte fuhr, dann immer an Bord der *Herrlichkeit-des-Aton*.

»Jetzt hat sie ja wieder ihren alten Namen«, grinste Amotju. »*Pracht-des-Amun*. Man muß mit der Zeit gehen.«

»Was machst du hier?«

Amotju grinste wieder, flüchtiger diesmal. »Wichtiger Auftrag. Eine große Lieferung in die Nördliche Hauptstadt. Und mein bester Kapitän plötzlich krank. Aber wichtig ist: Wenn ich nicht gekommen wäre, hätte ich dich nie wieder getroffen. Was treibst du denn so?«

Huy wußte nicht, wie weit er diesem Freund nach so langer Zeit noch trauen konnte; er schilderte sein Leben so ausführlich, wie er es für ratsam hielt. Aber von seiner Arbeitslosigkeit zu erzählen, war unvermeidbar, und es gab auch keinen Grund, sie zu verschweigen. Amotju hatte seine unbestreitbar schäbige Erscheinung bereits registriert, und die hatte zweifellos ihre eigene Sprache gesprochen.

»Was gibt's dann hier noch für dich zu tun?« fragte Amotju, als er fertig war.

Huy zuckte die Achseln. »Sehr wenig.«

»Ohne Arbeit und ohne Familie gäbe es doch nichts Besseres, als diesen Ort zu verlassen.«

»Aber ich kann ohne Grund nicht fort von hier.«

»Möchtest du in den Norden?«

Huy sah, was er dachte. »Daß ich zu Aahmes zurückkehre, kommt nicht in Frage.«

»Aber einen Grund zum Fortgehen hast du trotzdem. Diese Stadt ist erledigt. Noch ein Jahr und sie ist leer. Und noch eins, dann hat die Wüste sie wieder. Dann ist es ein Ort für die Ratten und die Toten.«

»Das stimmt. Und dennoch, ich kann dir nicht sagen, was für Hoffnungen wir hier hatten.«

»Das ist vorbei. Du mußt dir anderswo welche suchen.«

Huy konnte nicht bestreiten, daß all das wahr war. Vielleicht hatte er nur jemanden gebraucht, der es ihm sagte.

Diejenigen Mitglieder des Hofes, die nicht schon wieder in ihre lange vernachlässigten Wohnungen in der Südlichen Hauptstadt zurückgekehrt waren, wo Haremheb bereits geschäftig den Wiederaufbau des Palastes leitete, hatten Ay und den Pharao flußabwärts begleitet zu einem Staatsbesuch beim neuernannten

Wesir des Nordens. Im Sommer würden sie auf dem Rückweg in den Süden nur kurz hier haltmachen, um den Stadtaufseher abzuholen, der bis dahin die Gräber der Großen versiegeln sollte, um sie so vor Räubern zu schützen, bis ihre Leichname in das neue Heim geschafft werden konnten, das für sie im Großen Tal der Untergehenden Sonne am Westufer des Flusses, der Südlichen Hauptstadt gegenüber, gebaut wurde.

»Du siehst aus, als brauchtest du ein Bad, eine Rasur, Essen, Wein, eine Frau – vielleicht zwei Frauen – und Arbeit«, stellte Amotju fest. »Die ersten vier Dinge könnten wir dir hier bieten. Über das letzte können wir reden. Der Rest liegt bei dir.«

Amotju legte ihm einen Arm um die Schulter und die Schauerleute sahen erstaunt zu, wie ihr früherer Spielpartner und Herumtreiber auf dem Dock von einem der mächtigsten Herren des Flusses an Bord geführt wurde. Kaum hatte Huy einen Fuß auf die Decksplanken gesetzt, da wußte er, daß er wegwollte, mit diesem Schiff nach Süden fahren und sehen wollte, welche Brosamen das Glück ihm vielleicht hinwerfen würde. Als er jetzt vom Schiff aus die dunkle, unbelebte Silhouette der Stadt in der Morgendämmerung betrachtete, fühlte er, daß seine Zukunft nicht mehr an diesem Ort lag. Er hatte sich an ein Nichts geklammert – es sei denn, er wollte selbst ein Grabräuber werden, und sogar dann, dachte er trocken, wäre die Ernte im Süden üppiger.

»Der Aufseher hier hat ein leichtes Leben; er versiegelt die Gräber gegen Räuber«, sagte er bei seinem ersten Glas Kharga-Wein – Amotju hatte sein Geld schon immer mit Umsicht ausgegeben, und so war er jetzt nicht überrascht, hier vom Besten zu trinken. »Soweit ich gehört habe, arbeiten alle Grabräuber unten im Süden, im Tal, seit Echnaton den Hof hier herauf verlegt hat.«

Amotju schaute besorgt. »Vielleicht solltest du es dir mal selbst ansehen.« Mehr sagte er nicht.

»Mach ich vielleicht. Eines Tages.«

»Mach's bald.« Huy hörte einen Eifer in der Stimme des anderen, den er unmöglich der Freundschaft zuschreiben konnte; schließlich hatte Amotju seine Existenz sechs Jahre lang mehr oder weniger ignoriert. Dann ermahnte er sich, nachsichtiger zu sein. Sie hatten beide an ihrer Karriere gearbeitet, in verschiedenen Städten, die zwei Tagesreisen auf dem Fluß voneinander entfernt lagen.

»Es kann nicht bloß Zufall sein, daß wir uns wiedertreffen«, sagte Amotju später. »Warum ergreifst du nicht die Gelegenheit und kommst mit mir?«

»Schnelle Entschlüsse liegen mir nicht«, antwortete Huy, aber er merkte, daß sein Puls sich beschleunigte. Zwei tönerne Weinkrüge lagen leer neben ihnen, und sie saßen mit gekreuzten Beinen einander gegenüber auf dem Achterdeck, die Gesichter angestrahlt vom letzten Feuerschein des Ra, der gerade hinter den Hügeln der Toten verschwand.

»Hier gibt es nichts, was dich hält und alles zieht dich dorthin.«

Huy spürte sein Blut jetzt rasen. Sein Leben lang hatte immer alles fest und sicher gewirkt, aber die letzten paar Monate waren wie eine Wanderung durch die Wüste gewesen, und er hatte genug davon. Hier war die Gelegenheit. Er würde sie nutzen.

»Warum nicht?« sagte er.

Amotjus Angebot, Leute zu schicken, um seine Sachen zu holen, hatte er abgelehnt – Fremde hätten sein Haus im Labyrinth der dunklen Straßen niemals finden können. Amotju war indessen erstaunt gewesen, daß Huy allein gehen wollte, und Huy mußte daran denken, daß nicht einmal er die Angst vor Geistern, die jenseits des Feuerscheins lauerten, ganz abgeschüttelt hatte, vor den körperlosen Toten, jenen Unglückseligen ohne Gedächtnisstatuen, deren Mumien im Wasser verrottet sind und die sich jetzt, da sie keine Behausung mehr haben, eine neue suchen müssen, indem sie einem lebenden Menschen das Herz aus dem Leibe reißen und fressen. Echnaton hatte solchen Glauben als Märchen abgetan, die von den

Priestern ausgedacht wurden, aber die Überlieferung reichte in die Zeit vor den Pyramiden zurück, und sie war tausend Jahre alt. Huy hatte eine Eskorte akzeptiert, obwohl der rationale Teil seines Herzens ihm sagte, daß Amotju die Leute vor allem deshalb mitschickte, weil er sichergehen wollte, daß Huy es sich nicht doch noch anders überlegte.

Das Haus schnell zu verlassen, war gut gewesen; so blieb keine Zeit für Sentimentalität oder Reue. Die Bootsleute dabei zu haben, hatte ebenfalls geholfen, aber er hätte es sich auch ohne sie nicht anders überlegt. Sein kleines Haus war kalt und dunkel, lieblos und ungeliebt; es war ebenfalls zu einem Geist geworden. Sein Leben darin war längst Vergangenheit. Er nahm seine teure Ochsenledertasche und legte die zwei oder drei übriggebliebenen Papyrusrollen hinein, auf die er nicht verzichten konnte, dazu seine Schreiberpalette, ein paar Goldbarren, die bis jetzt überlebt hatten, und nach einigem Zögern auch die kleine Statue des Hausgottes Bes; er hatte Aahmes bei ihrer letzten Begegnung versprechen müssen, daß er diesen kleinen Beschützer immer bei sich behalten würde, und sie hatte dabei Tränen in den Augen gehabt.

Als er die Tür zum Hof geschlossen hatte, wandte er sich ab, ohne noch einen letzten Blick auf alles zu werfen, oder sich von dem Ort zu verabschieden, an dem er früher einmal glücklich gewesen war. Auch dieses Glück war jetzt ein Geist. Seine Gedanken galten jetzt der Wärme der Gesellschaft an Bord, dem Abendessen mit gebratener Ente und Hirse. Der Mond stand schon am Himmel, Chons in seinem Wagen, und er verwandelte den Sand, der an die Mauern der verlassenen Häuser geweht war, in zartes Silber. Huy atmete die samtene Luft ein, umfaßte das Auge des Horus an seinem Hals, das dort allem Einfluß des Neuen Denkens zum Trotz immer gehangen hatte, und ging schnell den winzigen Lichtern entgegen, die die Barke umgaben.

Amotju war einer von denen, auf die das Leben beständig lächelte. So groß war sein Glück gewesen, daß er inzwischen von Zeit zu Zeit die Befürchtung nicht unterdrücken konnte, er versuche die Vorsehung, und früher oder später würde der Tag kommen, da ihn das Glück verlasse. Von seinem Vater hatte er nicht nur die Flotte geerbt, sondern auch einen nüchternen Sinn für das Geschäft und einen starken Selbsterhaltungstrieb, und so war es ihm gelungen, in den unruhigen Jahren, die jetzt anscheinend zu Ende gingen, nie verbindlich für die eine oder andere Seite Partei zu ergreifen. Die Dienste, die sein Unternehmen leistete, waren für alle Politiker viel zu wichtig, als daß ihm seine Unentschiedenheit hätte schaden können. Er hatte nur unfehlbar höflich sein und den Eindruck eines Mannes machen müssen, der charmant, aber ein bißchen begriffsstutzig – und somit nicht zu fürchten war. Jetzt, da der Aton-Ketzerei offenbar gründlich der Garaus gemacht worden war und die alten Götter ihren Platz wieder eingenommen hatten, bekam er allmählich das Gefühl, diese Pose ablegen und wieder in die politische Arena treten zu können. Aber sein Instinkt riet ihm, die Maske nicht fallen zu lassen.

Das war ihm in bewundernswerter Weise gelungen, aber – wie er sich wehmütig eingestand – selbst der vorsichtigste Mann verstaucht sich gelegentlich in einem Schlagloch den Knöchel. In seinem Fall war das Schlagloch ein Mädchen namens Mutnofret. Ein Mädchen? Eine Frau! Eine hochgewachsene, schlanke Frau, deren Vater aus Mitanni gekommen war – sie hatte die hohen Wangenknochen jenes Volkes.

Er beschwor sie vor sein geistiges Auge und entkleidete sie dort. Er pries die dunkle Kupferhaut, die langen Beine, die hohen Hinterbacken. Ihre Hüften waren schmal wie die eines Knaben, ihre Brüste aber fest und voll. Sie hatte breite Schultern und einen muskulösen Rücken, und ihre Arme besaßen Kraft, anders als die weichen Arme der Hofdamen, die er gekannt hatte. Anders als diese trug sie ihr eigenes Haar und keine Perücke; sie wusch und ölte es leicht, so daß es glänzte. Ihr Haar war nicht schwarz wie das einer reinblütigen Ägypterin, sondern von tiefem Kastanienbraun, glatt und weich. Ihre Augen waren groß und dunkel, das Weiße in ihnen aber strahlend hell, und sie schienen immer etwas für sich zu behalten.

Amotju liebkoste jede Einzelheit in seiner Vorstellung und er wußte, daß er sie nicht aufgeben konnte, daß er nicht aufhören konnte, zu kämpfen, bis er sie vollständig besäße. Doch bei diesem Gedanken zog ein Schatten durch sein Herz. Als ob irgend jemand sie besitzen könnte! Sie war es, die alles entschied, und momentan entschied sie sich nicht dafür, ihren Hauptliebhaber zu verlassen: den Priester Rechmire, den Wächter des Osiris-Tempels in der Südlichen Hauptstadt und Aufseher beim Wiederaufbau des Palastes.

So mächtig Amotju auch war, er verfügte doch weder über die Kontakte noch über die Mittel, die sein älterer Rivale besaß. In den Jahren, da die alte Priesterschaft in den Untergrund getrieben worden war, hinaus in die Oasen und weit hinunter in den Süden, oder auch in die Wüste und bis an die Küste des Östlichen Meeres, war dieser Mann immer einflußreicher geworden. An die Macht zurückgekehrt, hatten die Anhänger des Amun der Südlichen Hauptstadt neues Leben eingehaucht. Sie hatten einen Pharao und einen General, die sie wieder unterstützten – Haremheb hatte angefangen, öffentlich im Osiris-Tempel zu beten, sowie er aus der Stadt des Horizonts zurückgekehrt war. Amotju dankte seinem *Ka*, daß er nicht ein Opfer der Hexenjagden geworden war, denen die Anhänger des Aton ausgesetzt waren.

Wie weit Rechmire ahnte, daß er einen Rivalen hatte, wußte Amotju nicht. Mutnofret gestattete nicht, daß der andere Teil ihres Lebens erörtert wurde; aber er wußte, daß sie diskret war, und sei es nur um ihrer selbst willen, und ihre Leidenschaft beim Liebesspiel überzeugte ihn, daß es sich lohnte, für sie ein Risiko einzugehen. Aber trotzdem ...

Einen Monat zuvor hatte er die Speiseopfer erst gegen Abend zum Grab seines Vaters gebracht, und nur ein Diener hatte ihn begleitet. Es war ein Pflichtbesuch, denn Amotju war reich genug, um sich für diese Aufgabe festangestellte Totenpriester zu leisten; aber er verdankte seinem Vater viel und konnte nie sicher sein, daß der *Ba* des alten Ramose nicht gelegentlich vorwurfsvoll über ihm schwebte. Amotju zog es deshalb vor, den *Ka* des Alten zu besänftigen; der zwar mächtiger war als der *Ba*, aber wenigstens das Grab nicht verlassen konnte.

An diesem Abend war niemand in diesem Teil des Tales, wenngleich zwei nahegelegene Grabstätten erst kürzlich versiegelt worden waren, und eigentlich Wachtposten davor hätten stehen müssen. Aber trotzdem war noch jemand da gewesen, denn er hatte Geflüster gehört und den Schein einer Fackel auf dem Felsen gesehen, und für ein Tier, selbst für einen leichtfüßigen Schakal, war die kleine Lawine aus Steinen und Staub, die in der Nähe niedergegangen war, zu groß gewesen; ein plumper menschlicher Fuß aber konnte sie losgetreten haben. Da Amotju nur einen Diener bei sich hatte, beschloß er, nicht nachzuschauen. Als er jedoch wieder zu Hause war, schickte er einen Mann los, der die Sache den Medjays meldete, und ließ wieder Wachen vor das Grab seines Vaters stellen.

Als er aber am nächsten Morgen aufwachte, sah er etwas, das sein Herz zutiefst erschreckte. Am Fensterrahmen seines Zimmers hing in einem kleinen geflochtenen Käfig ein Ichneumon, jener kleine Fresser-der-Krokodileier, den er von Kindheit an als seinen persönlichen Gott verehrte. Der winzige Mungo war unverletzt, drehte und wandte sich aber verzweifelt in der Enge seines kleinen Gefängnisses und wurde immer unruhiger, weil der Käfig durch seine Bewegungen in der Luft schaukelte und er auf dem Korbgeflecht des Bodens keinen rechten Halt fand.

Um den Hals und um die rechte Vorderpfote des Tieres waren rote Leintuchstreifen lose geknotet. Was das zu bedeuten hatte, war klar. Amotju zwang sich, tief und regelmäßig zu atmen, um seine Angst im Zaum zu halten und sein rasendes Herz zu beruhigen; er schnitt den Käfig ab und nachdem er dem Tier vorsichtig die Leinenstreifen abgenommen hatte – Anbetung schützt nicht vor Bissen –, trug er es zum Fluß hinunter und ließ es dort laufen, wobei er darauf achtete, daß niemand ihn sah. Danach teilte er seinem Haushalt mit, daß er noch am selben Tag abreisen und das Kommando über die *Pracht-des-Amun* übernehmen werde. Nur wenige Leute wußten von seinem selbsterwählten Gott und wie sie ihn darüber treffen konnten. Wenn diese Leute mächtig genug waren, eine Warnung ins Herz seines Hauses zu tragen, dann waren Vorsicht und Respekt angebracht. Amotjus Instinkt befahl ihm, für eine Weile zu verschwinden, aber es würde ein strategischer Rückzug werden. Egal, wer es auch war, dessen Feindschaft er auf sich gezogen hatte, er mußte ans Licht getrieben und bekämpft werden. Amotju dachte nicht daran, zu weichen. Auf der Flußfahrt hatte er entschieden, sich Zeit zum Nachdenken zu nehmen und zu überlegen, wen von seinen Freunden er um Hilfe bitten könnte. Daß er in der Stadt des Horizonts angelegt hatte, war kein reiner Zufall gewesen. Er hatte Huy nicht vergessen; schon als Kind, als sie beide denselben Lehrer gehabt hatten – Huys Vater und der alte Ramose waren Freunde gewesen und hatten Schwestern geheiratet –, war der kleine zukünftige Schreiber ein Problemlöser gewesen. Den Gerüchten nach zu urteilen, hatte diese Neigung im Laufe der Jahre nicht nachgelassen. Amotjus Informanten hatten ihm berichtet, daß Huy des öfteren unbewußt, aber alles andere als überraschend die Wut seiner Vorgesetzten geweckt hatte, weil er falsche oder ungerechte Entscheidungen nicht fraglos akzeptieren konnte. Nur weil er äußerst diskret und umsichtig an einigen Fäden gezogen hatte, war es ihm gelungen, seinen Freund vor dem Verbannungsurteil zu bewahren, das gleich nach dem Tod des Pharao Semenchkare empfohlen worden war.

»Wer, glaubst du, ist hinter dir her?« Huy hatte so viel von der Geschichte gehört, wie Amotju bereit war, ihm zu erzählen, und dabei hatte er beobachtet, wie das Westufer des Flusses vorüberzog und kleine Knäuel weißer Dörfer und Palmenhaine den grünen Streifen unterbrachen. Jetzt wandte er sich seinem Freund zu. Es war Mittag, und sie saßen mittschiffs unter einer Plane. Von den Steuerleuten abgesehen, hatte sich die Mannschaft vor der Sonne verkrochen. Der Wind hatte nachgelassen, das Segel flatterte mißmutig, und die Barke kam nur langsam gegen die Strömung voran.

»Die Grabräuber wohl kaum. Ich glaube, sie haben nicht mal gemerkt, daß wir da waren.«

»Aber es muß einen Zusammenhang geben. Hast du irgend jemanden gesehen, nachdem du aus dem Tal zurückgekommen warst und bevor du zu Bett gingst?«

»Nein.«

Huy war das winzige Zögern in der Antwort seines Freundes nicht entgangen. »Ich baue auf unsere lange Bekanntschaft: Bist du allein ins Bett gegangen?«

»Ja.«

»Ist das nicht ungewöhnlich?«

»Nein. Meine Frau und ich haben nichts mehr miteinander zu tun. Sie führt den Haushalt, beaufsichtigt die Geschäftskonten und ist glücklich dabei. Und ich brauche nicht jede Nacht eine Konkubine. Wenn ich es getan hätte, dann hätte ich sie vor dem Schlafengehen weggeschickt.«

»Laß mich einen Moment nachdenken.« Huy wandte den Blick wieder dem Flußufer zu; er tat es langsam, um den Freund nicht zu kränken. Seine Gedanken galten ihm selbst.

Er bekam hier eine Arbeit angeboten, und sein Herz war dankbar für diese Anstellung, wie eine durstige Gazelle in der Wüste dankbar ist für das Wasserloch in einer Oase. Aber es war ein seltsamer Auftrag.

Er sah ein, daß es nichts für die Medjays war; deren untere Ränge konnten die Ordnung auf den Straßen aufrechterhalten und Überfälle auf Händler oder auch Boote untersuchen, aber ihre oberen Chargen waren von je her Instrumente des Pharao und des Staates gewesen. Er konnte der Verlockung, ein Problem zu lösen, nicht widerstehen. Genau das hatte Amotju erwartet und erhofft, aber trotzdem zögerte Huy: Wohin würde diese Arbeit führen? Seine Augen waren zusammengekniffen wegen der Sonne, und so konnte er unbemerkt einen Seitenblick auf seinen Freund werfen, der gerade Wein und Wasser mischte. Amotju war so alt wie er, aber die Götter hatten ihm eine große, schlanke Gestalt verliehen und Geld und Position, Sicherheit und Macht geschenkt. Da saß er mit gekreuzten Beinen in seinem fleckenlos weißen Kilt – aus Wolle und nicht etwa aus Leinen – und schenkte den guten Kharga-Wein ein. Wenige Falten zerfurchten sein Gesicht, und der Kajal um seine Augen war makellos aufgetragen. Das ganze Boot gehörte ihm und dazu fünf weitere, ebenso große; Huy dagegen wäre dankbar gewesen, wenigstens auf einem davon Arbeit zu haben. Seine Ehe war zwar offenbar innerlich tot, aber doch noch intakt, und er hatte seine Kinder. Außerdem hatte er fünf Konkubinen, zwanzig Hausdiener und wer weiß wieviele Sklaven und bezahlte Facharbeiter in seiner Flotte. Er sah aus wie ein Mann, den nichts erschüttern konnte, und dennoch ...

Gestern, als sie im Feuerschein an Bord gesessen und gegessen hatten – das Entenfleisch hatte Huy schwer im Magen gelegen, denn seit Monaten hatte er so etwas nicht mehr gegessen –, da hatte Amotju ein rosiges, wenn auch unscharfes Bild von Huys Zukunft gemalt. Erst heute, als das Schiff längst unterwegs war und es kein Zurück mehr gab, hatte er den wahren Grund offenbart, weshalb er den Freund so überstürzt mitgenommen hatte.

Andererseits, Huy hätte sowieso wegziehen, irgend etwas tun müssen. Offenbar brauchte Amotju seine Hilfe – oder glaubte, sie zu brauchen –, und zwar so dringend, daß Huy nichts anderes übrigblieb, als sie ihm zu geben. Vielleicht war sein Freund einfach ein Werkzeug des Schicksals. Huy sah zu, wie das ewige Sonnenlicht auf dem Wasser tanzte, und für einen Augenblick fesselte ihn das metallische Türkis einer Libelle, die pfeilschnell über dem Wasser dahinflog und dann wieder verharrte.

Huy rieb sich den Bauch. Zumindest würde er, wenn er den Auftrag annahm, eine Zeitlang gut essen. Er wußte längst, daß Amotju genug gesagt hatte, um ihn zu ködern, und noch mehr zu sagen hätte, wenn er es nur aus ihm herauslocken könnte. Er drehte sich um.

»Was hast du über den neuen König gehört?«

Amotju war verblüfft. »Er ist unser Herr.«

»Er ist sehr jung.«

»Was meinst du damit?«

»Er ist ein Kind. Es wird noch vier Jahre dauern, bis er die Herrschaft antritt. Dann wird es denjenigen, die in seiner Gunst stehen, an nichts fehlen.«

»Ich frage noch einmal: Was meinst du damit?«

»Daß es jetzt Zeit ist, zu bauen.«

»Aber was hat das mit der Drohung gegen mein Leben zu tun?«

»Um zu bauen, brauchen die Leute Kapital. Erzähle mir mehr von Rechmire.«

Amotju schenkte Wein ein. An Bord tat er solche Dinge gern selbst. »Kannst du meine Gedanken lesen?«

»Ich hätte nur gerne, daß du mir erzählst, was du mir nicht erzählt hast.«

»Ich habe dir alles erzählt, was ich weiß.« Amotju hatte überlegt, ob er über seine Beziehung zu Mutnofret ausführlich berichten sollte. Er hatte nicht erwähnt, daß sie auch Rechmires Geliebte war, aber angedeutet, daß zwischen dem Priester und ihm eine gewisse Rivalität bestehe.

»Nein, das hast du nicht.« »Ich ...«

»Wenn ich dir helfen soll ...« Huy schwieg.

»Es stimmt, daß Rechmire für jemand, der noch vor einem halben Jahr kaum mehr als seinen früheren Ruf vorzuweisen hatte, mit erstaunlicher Geschwindigkeit Reichtum angehäuft hat. Natürlich war er vorsichtig; er hat seinen Wohlstand allmählich wachsen lassen, damit es natürlich wirkt, aber trotzdem ...« Amotju verstummte.

»Und was kauft er damit?«

»Er kauft Leuten Geschenke.« Amotju konnte den Ärger in seiner Stimme nicht ganz unterdrücken.

»Soll heißen, er kauft Leute?«

»Es gibt welche, die bei Haremheb immer ein offenes Ohr finden.«

»Und beim König?«

»Der König! Der ist noch nicht da. Er ist in der Nördlichen Hauptstadt. Außerdem ist er ein Kind und wird tun, was Haremheb ihm sagt ...«

Wut hatte die Worte aus ihm hervorsprudeln lassen; so hatte Amotju es ganz und gar nicht geplant. Dennoch ließ er seinem Verlangen, sich jemandem anzuvertrauen, die Zügel schießen und zog Huy sehr viel rascher ins Vertrauen, als er vorgehabt hatte.

Er goß sich noch etwas Wein ein.

Die Hitze des Nachmittags hämmerte jetzt, da das *Seqtet*-Boot der Sonne die Reise nach Westen begann, durch das Segeltuchdach. Amotju nahm die Perücke ab und wischte sich mit der Hand über den Schädel, ehe er sie locker in ein Umschlagtuch wickelte.

»Aber hat er das nötig? Er ist schon jetzt ein Mann mit Macht«, beharrte Huy.

»Diese Macht hat er gekauft.«

»Dennoch kann er in so kurzer Zeit nicht so viel aufgebaut haben.«

Amotju konnte jetzt nicht mehr zurück; er beschloß, die Mahnung zur Vorsicht, die aus der Tiefe seines Herzens ertönte, zu ignorieren und Huy vollends ins Vertrauen zu ziehen. Huy würde dieses Wissen nicht benutzen, um sich

Vorteile zu erkaufen; dazu war ihre Freundschaft zu alt.

»Komm schon«, sagte Huy halb scherzhaft. »Ich kenne dich und deine Geheimnisse. Du hast nie etwas lange für dich behalten können.«

»Nicht, wenn ich mich entschlossen habe, jemandem zu vertrauen«, antwortete Amotju. »Aber du mußt beim Horus schwören, daß du für dich behältst, was ich dir jetzt erzähle.«

»Ich kann nicht bei den alten Göttern schwören. Aber ich kann auch nicht für dich arbeiten, wenn du mir nicht alles sagst, was du weißt, und auch das, was du vermutest.«

»Also – ich glaube, die Todesdrohung kam von Rechmire. Wenn sich das irgendwie beweisen ließe, hätte er sie mir nie geschickt; aber sein Erfolg hat ihn sehr zuversichtlich gemacht, und er hat nur noch wenig Zeit, bis der Pharao in die Südliche Hauptstadt kommt. Die Leute erwarten es, und nicht einmal Haremheb kann sie ewig hinhalten.«

»Wieso hat er wenig Zeit?«

Amotju machte eine Geste der Ungeduld. »Du bist lange fortgewesen. Mach dich auf viele Veränderungen gefaßt, wenn du jetzt zurückkommst. Zehn Jahre lang ist es mit der Stadt bergab gegangen. Als der Hof weg war, gab es keine Führung mehr. Nur die alten Priester, die zurückgeblieben waren, rissen die Zügel der Macht, die noch vorhanden war, an sich und nutzten sie für ihre eigenen Zwecke. Das Tal war ohne Polizeischutz. Die Gräber der großen Pharaonen lagen ungeschützt da, voller Reichtümer – Goldminen vor ihrer Haustür.«

»Soll das heißen, daß Rechmire ...«

»Beweisen kann ich nichts. Natürlich taten sich die Männer, die früher die Gräber ausgehauen haben, zu Banden zusammen. Sie kannten die Anlagen und die falschen Gänge. Aber eine Gruppe arbeitet ganz für sich und ohne die anderen. Sie nehmen wenig, aber sie nehmen das Beste. Sie lagern es irgendwo im Tal und müssen es auf dem Wasserwege fortschaffen.

Nun geht ihre Zeit zu Ende.

Haremheb ist wieder da, und er hat die Armee und die Medjays aufgeschreckt. Er will den Ahnen ihre Würde wiedergeben und damit dem Schwarzen Land den Stolz auf sich selbst. Grabräuber, die jetzt erwischt werden, pfählt man am Westufer des Flusses und läßt sie dort, bis die Knochen blankgefressen sind. Rechmire wird sein Unternehmen bald beenden müssen; aber er wird so dicht wie möglich vor dem Wind segeln.«

»Er benutzt die Grabgaben, um sich Einfluß bei Haremheb zu erkaufen!« Huy grinste. »Diese Schlange kann tödlicher sein als Apopis. Ich glaube, was du da von mir verlangst, ist mehr, als ich tun kann.«

»Du bekommst alle Unterstützung, die du

brauchst. Aber natürlich wirst du nicht in meinem Hause wohnen, und du wirst allein arbeiten.«

Huy verschwieg, daß es ihm so lieber war. Ihm wurde klar, daß Amotju ihn nicht kennen würde, wenn seine Ermittlungen auffliegen sollten, und daß der Tod, der ihn dann erwartete, das Pfählen wie eine Gnade aussehen lassen würde.

»Gib meinem Auftrag einen Namen«, sagte er schließlich.

»Bringe Rechmire zur Strecke.« Amotju verschwieg seinen privaten Grund für diesen Wunsch. Es reichte, wenn Huy Rechmire für einen politischen Rivalen hielt, deshalb hatte er auch seine Vermutung verschwiegen, daß die Todesdrohung weniger mit gestörten Grabräubern zu tun hatte, als mit der Eifersucht des Priesters wegen Mutfronet. Amotju hatte Huy nicht erzählt, daß er in der Nacht nach der Rückkehr vom Grabe seines Vaters bei seiner Geliebten gewesen war.

Huy mühte sich, seinen Stolz in den Griff zu bekommen. »Und gib meinem Auftrag einen Preis«, sagte er.

»Wenn du Erfolg hast, kannst du ihn selbst bestimmen.« Amotju schenkte lächelnd Wein nach. Der Alkohol machte sich bemerkbar, und er sah sie schon auf halbem Wege zu seinem Ziel.

Huys Gefühle waren ganz anderer Art. Er

dachte daran, wie morgen um diese Zeit die *Pracht-des-Amun* in der Südlichen Hauptstadt festmachen würde. Und es war ihm, als schließe sich die kalte Hand des Seth um sein Herz.

Drei

Es war, als wäre er nie weg gewesen. Noch immer überragten die flachen Klippen der mächtigen Gebäude stromabwärts eher spürbar als sichtbar das Land, das sie umgab und mit dem sie zugleich verschmolzen. Als die Barke näherkam, sah Huy, daß die grellbunten Bemalungen verblichen, Statuen umgestürzt und Säulen geborsten waren. Er fragte sich, wie die Stadt südlich des Tempelkomplexes aussehen würde.

Er erinnerte sich an das Gewimmel in den engen Straßen jenseits der breiten Boulevards, an das Gewirr der Märkte, den säuerlichen Fischgeruch der Docks. Ihm fiel auf, daß mehrere Fähren mühsam zwischen dem Ost- und dem Westufer hin und herfuhren, zwischen der Stadt der Lebenden und der Stadt der Toten, quer über das breite, graubraune Band des Flusses.

So vertraut und doch so fremd. Er hatte die ersten dreiundzwanzig Jahre seines Lebens hier verbracht, und jetzt kehrte er zurück als ein Fremder. Es würde wenige geben, die sich an ihn erinnerten – oder die es zugäben, wenn sie es täten. Aber das wäre vielleicht auch ein Vorteil, wenn er bedachte, was er jetzt hier zu tun hatte.

Während die Barke sich dem Anleger näherte und der Bootsmann im Bug stand, bereit, in sein Horn zu blasen, um den übrigen Verkehr vor dem nahenden Schiff zu warnen, winkte Amotju einen Matrosen heran.

»Wenn wir festgemacht haben«, sagte er zu Huy, »werde ich als erster von Bord gehen. Leute aus meinem Hause werden da sein, um mich abzuholen, und wenn man mich mit einem Fremden ankommen sieht, wird es Fragen geben. Du wartest an Bord, bis die Ladung gelöscht wird, und dann gehst mit mit Amenworse an Land.« Dabei deutete er auf den Matrosen, einen breitschultrigen Mann, der aussah wie einer aus dem Norden. »Er wird dich in eine sichere Unterkunft bringen.«

»Du hast alles gut organisiert. Haben die Götter dich vorgewarnt, daß du mich treffen würdest?«

Amotju grinste. »Nein, aber in meinen Geschäften kommt es gelegentlich vor, daß ich Passagiere befördere, die bei ihrer Ankunft oder Abreise keine Aufmerksamkeit wollen. Es gibt also immer Pläne für den Notfall. Aber keine Sorge; ich schicke einen Boten, damit man auf deine Ankunft vorbereitet ist.«

»Darf ich fragen, wohin?«

»Laß dich überraschen. Du wirst in guten Händen sein. Ich komme später auch.«

Als Amotju gegangen war, ließ Huy sich auf dem Achterdeck nieder und sah zu, wie die Ladung gelöscht wurde: Säcke mit Gerste, rohbehauene Würfel von weißem Kalkstein aus Tura für Haremhebs Wiederaufbauprogramm, Zedernbohlen aus dem verlorenen Reich an der Grenze zum Nördlichen Meer. Trotz der geringen Ladung wurde es Spätnachmittag, ehe die Arbeit beendet war. Huy hatte vorgehabt, die Zeit zu nutzen, einen Plan zu schmieden und in seinem Herzen eine Strategie für den Feldzug anzulegen, aber als die Sonne unterging, stellte er fest, daß er nichts getan und nichts gedacht hatte. Statt dessen gähnte ein Abgrund der Panik in seinem Bauch, den nicht einmal der Wein, den Amotju ihm dagelassen hatte, füllen konnte. Tatsächlich fühlte er sich nicht einmal sicher genug, um ihn zu trinken. Es war klar, daß Amotju ihm all seinen Beteuerungen zum Trotz noch nicht vertraute, und er konnte dem alten Schulkameraden ebenso wenig trauen. Der Matrose, Amenworse, der zusammen mit den anderen das Schiff entlud, warf ihm immer wieder Seitenblicke zu, und Huy fragte sich, wieviel der Mann gesagt bekommen hatte. Um beschäftigt zu wirken, hatte er seine Palette hervorgeholt und kritzelte auf einem Kalksteinspan wie ein Buchhalter, der die ausgeladenen Waren überprüfte und notierte.

Endlich war die Arbeit getan. Bevor die Matrosen, die nicht zur Schiffswache eingeteilt waren, verschwanden und – wenn Huy sie richtig einschätzte – geradewegs Kurs auf den Bordellbezirk nahmen, winkte Amenworse ihn hinüber. Sie sollten zusammen gehen, unsichtbar im Strom der Männer, die über die Planke das Schiff verließen.

Ganz in der Nähe erwartete sie eine leichte Rikscha, deren faltbares Leinendach – ein Sonnenschutz für die Fahrgäste – noch hochgeklappt war. Sie war nicht die einzige auf dem rechteckigen, hartgestampften Lehmplatz oberhalb der Kaianlagen. Amenworse und Huy erregten nicht mehr Aufmerksamkeit als sonst irgend jemand, der von hier aus in die Stadt fuhr.

Sowie sie eingestiegen waren, tauchten die

beiden Rikschafahrer unter der Deichsel hindurch, stemmten sich mit den Hüften ins Geschirr, und als der Wagen hinter ihnen hochkippte, setzten sie ihn langsam in Bewegung und verfielen dann in einen flotten Laufschritt. Huy fiel auf, daß weder ein Fahrpreis ausgehandelt noch ein Ziel genannt worden war.

Sowie sie die Kaianlagen hinter sich gelassen hatten, verschluckte sie ein Gewirr von Straßen, gesäumt von Lehmziegelhäusern. Diejenigen, die größeren Wohlstand vermuten ließen, hatten Türen und Türrahmen aus Holz. Viele der Häuser waren sehr heruntergekommen, ihre Wände waren narbig, wo der Lehmputz heruntergefallen war, und der ungepflegte Kalkanstrich war tristbraun. Ebensoviele Häuser waren allerdings auch von wackligen Palmholzgerüsten umkleidet. Die Straße bestand aus festgestampftem Lehm, denn die Stadt stand oberhalb des höchsten Hochwasserpegels, und Mut vergoß nur selten Tränen für ihr glückliches Volk – Steinpflaster war also überflüssig. Um diese Tageszeit war kaum jemand unterwegs; die Leute waren entweder zu Hause oder nach der Nachmittagsruhe wieder an ihre Arbeit zurückgekehrt. Auf den freien Plätzen, die sie auf ihrer Fahrt immer wieder überquerten, hatten Händler ihre Waren auf Planen ausgebreitet: Krüge mit Palmöl, Kosmetika, getrockneten Fisch und Datteln. Im Schatten schützten Metzger ihr Fleisch vor den Fliegen und der

Sonne, indem sie es in nasses Leinen wickelten. Durch Lücken zwischen den Häusern und am Ende der Seitenstraßen, die schnurgerade zum Ufer führten, konnten die Fahrgäste einen Blick auf die Sandsteinklippen der mächtigen Bauten werfen, die von den Gottkönigen für die Ewigkeit errichtet worden waren. Ihre Fassaden wimmelten von Arbeitern, die Stadt bereitete sich auf ihre Wiedergeburt vor.

Huy betrachtete die angespannten Rückenmuskeln der Rikschafahrer und ihre von losen Turbanen aus Sackleinen umschlungenen Köpfe, während sie sich mit ihrer Last die breite Straße hinaufplagten, die sanft ansteigend vom Stadtzentrum hinaus zu den größeren, weniger eng stehenden Häusern der Kaufleute führte. Als Junge war er oft hierher gekommen, um als Amotjus Gast in der Villa des alten Ramose zu spielen, und hier hatte sich wenig verändert. Von dem Verfall, den er halb erwartet hatte, war nichts zu spüren; freilich standen etliche der herrschaftlichen Häuser leer, und ihre Gärten und Fischteiche waren vernachlässigt. Entlang der Straße sorgten Palmen und gelegentlich auch Feigenbäume für spärlichen Schatten, und große, in die Erde eingelassene Tanks, von Sklaven, die schwere Krüge vom Fluß heraufschleppten, mühselig gefüllt, sorgten dafür, daß genug Wasser vorhanden war, um die Gegend beständig grün und kühl zu halten.

Endlich bogen sie ab, und es ging ein wenig

an einer hohen, glatten weißen Mauer entlang. Dann hielten sie vor einer ockergelb bemalten Tür mit einem schützenden *Anch*-Amulett. Hier bedeutete Amenworse, der während der ganzen Zeit, die Huy in seiner Obhut gewesen war, kein einziges Wort gesagt hatte, ihm mit einem Nicken, daß er nun aussteigen müsse.

»Wo sind wir?«

Wieder ein Nicken.

»Wessen Haus ist das?« Dann sah Huy, daß Amenworse ihm nicht in die Augen schaute, sondern auf die Lippen. Der Matrose hob den Blick und öffnete den Mund, doch nur ein ersticktes Chaos von Geräuschen ertönte. Ohne ein weiteres Wort warf Huy seine Tasche über die Schulter und stieg aus. Durch die Sohlen seiner Palmblattsandalen spürte er die Hitze des Spätnachmittags.

Sowie er ausgestiegen war, zogen die Rikschafahrer wieder an, und schon stand er allein auf der stillen, sonnigen Straße.

Er wollte an die Tür klopfen, als sie sich öffnete. Auf lautlosen Angeln schwang sie nach innen und offenbarte einen freundlichen, formell angelegten Garten. Lotosblumen umgaben einen rechteckigen See, in dem große dunkle Fische brüteten. Ein Sklavenmädchen stand neben dem Eingang, sie trug ein langes Hemd, kupferne Armreifen und Knöchelringe. Vielleicht war es doch Amotjus Haus, und man hatte ihn an der Hintertür abgeliefert.

Dann sah er sie.

Bei ihrer letzten Begegnung mußte sie zwölf gewesen sein. Wieviel Unterschied sechs Jahre ausmachten – obwohl sie ja damals schon schön gewesen war; der alte Ramose hatte drei potentielle Ehemänner bewirtet. Er hatte es allerdings nicht eilig gehabt, sie zu verheiraten, denn sie würde eine gute Mitgift mitnehmen, und er wollte nicht, daß sie sich weit von der Familie entfernte. Wäre es nach ihm gegangen, hätte er sie als zweite Frau mit Amotju verheiratet, der schließlich nur ihr Halbbruder war. Aber ihre Mutter hatte sich, obwohl sie nur Ramoses Hauptkonkubine war, dagegen gesperrt. Ramose hatte damals furchtbar gemurrt, aber seit Amotjus Mutter tot war, hatte die Hauptkonkubine sich zu seiner Lieblingsfrau entwickelt, und er hatte ihr nichts abschlagen können. Vettern hatte es keine gegeben, und so war Ramose in der Frage eines Ehemannes für seine Tochter Aset unentschlossen geblieben, zumal, da sie selbst in der störrischen Art ihrer Mutter bis zu seinem Tod alle Freier, die ihr vorgestellt wurden, zurückgewiesen hatte.

Huy hatte sie gesehen, bevor sie ihn sah; sie stand in der Haustür, schaute hinein und sprach mit einer unsichtbaren Person im Hause. An ihrer Frisur und der Art, wie ihr Gewand gefaltet war, erkannte er sofort, daß sie nicht verheiratet war; halbwegs überrascht spürte er, daß ihn das erregte. Zugleich wurde ihm unbehaglich bewußt, wie erhitzt und staubig er von der Fahrt war, und er wünschte, er hätte baden und sich umziehen können, ehe er mit ihr zusammenträfe. Als sie sich jetzt umdrehte, um über die breite, kurze Treppe in den Garten zu kommen, sah er ihr verschlossenes Gesicht und das leichte Stirnrunzeln, das sie, wie er sich erinnerte, immer dann zeigte, wenn sie eine unliebsame Aufgabe zu erledigen hatte. Er fragte sich, wie oft Amotju ihr wohl schon seine geheimen Passagiere aufgedrängt haben mochte. Wie sie wohl reagieren würde, wenn sie ihn erkannte? Falls sie ihn erkannte.

Aber sie erkannte ihn sofort; ihre Stirn hellte sich auf wie der Himmel nach der Nacht, und ihre dunklen Augen weiteten sich in ungläubiger Freude. Vier Bedienstete, drei Mädchen und ein Mann waren ihr aus dem Haus gefolgt; sie deuteten ihr Lächeln richtig und entspannten sich ebenfalls sichtlich.

»Huy! Welcher Wind weht dich hierher? Mein Bruder hat mir einen Gast angekündigt, aber er hat nicht gesagt, daß es eine Freude sein würde.«

»Du schmeichelst einem alten Mann.«

»Komm herein, und stelle dich nicht törichter, als du bist.«

Sie nahm ihn beim Arm und führte ihn ins Haus. Er spürte den leichten Druck ihrer Hand und fragte sich, ob es tatsächlich möglich war, törichter zu sein als er; aber die Jahre waren vorübergezogen ohne eine Frau, und ihr Duft fing sich in seiner Nase und lockte und peinigte ihn. Ein Traum, selbstverständlich – aber deshalb nicht weniger angenehm. Sie zeigte ihm sein Zimmer, und während die Diener ihn auskleideten und im Bad Krüge von kühlem Wasser über ihn gossen, glitten Erschöpfung und Zweifel und Sorge von ihm ab.

»Amotju sagt, du kannst mir alles erzählen. Ich bin natürlich geehrt. Aber sag mir, was hast du denn getrieben, seit ich ein kleines Mädchen war?«

»Das ist eine sehr lange Geschichte, und wir haben keine Zeit dafür.«

»Ich hoffe, du wirst lange genug bleiben, um sie mir zu erzählen.«

Asets Haut war hell, aber ihre Augen und ihr Haar hatten die Farbe von Ebenholz. Sie war klein und feingliedrig, und in ihren Bewegungen lag immer noch viel Kindliches. Sie schien so voller Energie zu sein, daß sie eher tanzte als ging. Ein scharfer Verstand leuchtete aus ihren Augen und erhellte ihr ovales Gesicht, das von Hunderten dünner Zöpfchen umrahmt war. Ihre Hände waren kräftig wie die ihres Bruders, und ihr Kinn verriet Entschlußkraft. Huy fühlte sich an Aahmes erinnert, bevor ihr Gesicht nur noch Trauer gezeigt hatte.

»Wie verbringst du deine Zeit, Aset?«

Sie lächelte keck. »Ich führe den Weinberg,

den mein Vater mir hinterlassen hat. Amotju versteht das nicht. Er glaubt, ich werde niemals heiraten.«

Während er sich mit ihr unterhielt, merkte er, wie der Plan, der den ganzen Nachmittag über nicht hatte entstehen wollen, in seinem Kopf allmählich Gestalt annahm, freilich nicht ganz ohne Anstrengung. Aber die Fragen, die sie ihm stellte, waren die Fragen, die er brauchte, um sich zu stimulieren.

»Wirst du mit Rechmire sprechen wollen?«

»Ja. Läßt sich das machen?«

»Möglich ist es. Aber er ist jetzt ein sehr wichtiger Mann. Die Arbeiten an seinem Grab am Rande des Tales hat er bereits eingestellt und dafür mit einem neuen angefangen, einem großartigeren, näher am Zentrum, wo die Könige liegen. Wann möchtest du zu ihm? Und welchen Vorwand sollen wir anführen?«

»Nicht so hastig«, sagte Huy. »Erst muß ich ein Gefühl für die Stadt bekommen. Ich bin hier ein Fremder geworden; ich kann nicht einfach in die Straßen hinaustappen. Wenn es einen Vorwurf gibt, gegen den Rechmire sich zu verantworten hat, dann muß man ihn konstruieren. Einstweilen habe ich nur eine Geschichte von deinem Bruder.«

»Wenn es um Rechmire geht, zuckt mein Bruder bei jedem Schatten zusammen.«

»Weißt du noch jemanden, der ihn bedroht haben könnte?«

Aset schwieg.

»Denkst du nach oder weißt du keine Antwort?«

»Ich denke, daß letzten Endes kein Mensch zu Schaden gekommen ist.«

»Aber Amotju hat die Sache so ernst genommen, daß er abgereist ist. Er hat mich nicht zu seinem Vergnügen hergeholt.«

»Er entwickelt sich zum Politiker, nachdem er jetzt gesehen hat, daß wieder Ordnung ins Land kommt. Und er zuckt bei jedem Schatten zusammen.«

»Das sagtest du bereits. Aber sind es wirklich nur Schatten?«

»Das herauszufinden, ist deine Sache.« Sie sah ihn an.

Jemand hatte ihn ankommen sehen; jemand mußte ihn gesehen und vielleicht sogar erkannt haben, denn als er im Stadtzentrum die Straße entlangging, rempelte ihn im Gedränge ein großer Mann an und verschwand, bevor Huy reagieren konnte, aber er hinterließ ein Andenken – ein kleines Stück Papyrus, das er in eine Falte an Huys Mantel gedrückt hatte. Darauf stand nur der Name eines Grabes im Tal und daneben die Worte *heute nacht*.

Huy kannte den Namen. Schnelle Arbeit, dachte er sich. Erst drei Tage war er wieder in der Südlichen Hauptstadt. War diese Botschaft eine Warnung von einem Freund oder ein Köder von einem Feind?

Der Papyrus gab weiter nichts her, nicht den kleinsten Hinweis. Ihm blieb nichts weiter übrig, als zu dem Grab zu gehen und die Augen offenzuhalten. Was er tun könnte, falls etwas passierte, darüber dachte er im Moment nicht nach. Seine militärische Ausbildung lag lange zurück, und er besaß nicht einmal einen Dolch. Vielleicht würde ja auch gar nichts geschehen. Aber es war unwahrscheinlich, daß diese Information nirgendwo hinführen sollte.

Er beschloß, mit niemandem darüber zu sprechen. Amotju hatte er noch nichts zu berichten gehabt, aber sein Freund war nicht ungeduldig; er war damit beschäftigt, Huy eine Audienz bei Rechmire zu besorgen, eine Aufgabe, die angesichts der politischen Verhältnisse der Südlichen Hauptstadt den Einsatz zweiter und dritter Kontaktleute notwendig machte. Huy hatte Amotju gebeten, ihm so schnell wie möglich ein Haus in der Stadt und einen Diener zu beschaffen. Er würde beides als Vorauszahlung für seine Dienste betrachten. Aset hatte er nichts davon erzählt. Sie würde gekränkt sein und ihn drängen, zu bleiben, und er würde sich versucht fühlen. Tatsache aber war, daß er gewohnt war, allein zu sein und die Einsamkeit zu brauchen glaubte.

Auch von dem Papyrus würde er Aset nichts erzählen. Das war die schwerste Entscheidung, denn das Grab, zu dem man ihn bestellt hatte, war das des alten Ramose, ihres Vaters. Huy sagte sich, daß egal, was dort geschehen würde, das Grab sowieso bewacht sei. Vielleicht sollte die Nachricht nur zu einem Treffen führen, und der Absender hatte ein Grab genannt, das Huy auf jeden Fall kennen würde.

Er beschloß, in der Abenddämmerung mit der Fähre hinüberzufahren, obwohl er schon jetzt vor Ungeduld brannte. Nachmittags war das Tal trotz der zahlreichen Palmen, die dort gepflanzt worden waren, der Amboß der Sonne. Abgesehen von den Grabarbeitern, die kühle Höhlen in den Felsen hauten, würde niemand dort sein.

Abends ging er zum Westufer. Die Häuser warfen bereits lange Schatten. Er drückte sich an den Häusern entlang, denn offiziell hatte er hier nichts verloren und mußte möglichst unauffällig bleiben. So begab er sich auf den langen Marsch zu Ramoses Grab, an das er sich noch aus der Zeit erinnerte, als es gebaut worden war; Ramose hatte es damals ihm und Amotju vorgeführt. Die Bauleute hatten eine imposante Eingangshalle aus dem Fels gehauen, die von einer Statur Ramoses beherrscht werden sollte; dahinter führte ein Gang zu der Kapelle mit der blinden Tür, durch die der *Ka* im eigentlichen Grab ein und aus gehen konnte, das am Grunde eines sechs Meter tief ins Gestein gemeißelten Schachtes liegen würde. Damals waren die Gänge noch ohne die üppigen Malereien gewesen, die sie heute zieren würden; aber es war offensichtlich das Grab eines sehr reichen Mannes gewesen und Ramoses Stolz so unübersehbar geworden, daß der kleine Huy ihn um seines eigenen Vaters willen beneidet hatte.

Er ging weiter, vorbei an den letzten Arbeiterhütten, die jetzt verlassen waren, und hinauf zu der stummen, in den Fels gehauenen Stadt, wo die Toten lebten. Er fürchtete sich nicht vor ihnen; sie existierten an der Seite der Lebenden und waren glücklich, wenn man sie achtete, ihnen die rituellen Speisen brachte, ihre Namen in Erinnerung behielt und aussprach. Aber die Stille hier oben erfüllte ihn mit Ehrfurcht, und die schwarzen Schatten zwischen den Felsen konnten durchaus allen Dämonen aus dem *Buch der Toten* Unterschlupf bieten.

Er ging so leise wie er konnte, und dennoch klangen seine Schritte auf dem steinigen Wüstenboden ohrenbetäubend, und das Klackern und Kullern der Steine würde ihn sicher verraten.

Die Nacht kam schnell, und es wäre stockfinster gewesen, hätte nicht ein schmaler Mond geschienen, für den Huy dankbar war. Auch wenn die Schatten jetzt noch furchterregender wirkten und die Stille noch tiefer, in der schwarzen Dunkelheit einer mondlosen Nacht hätte er seinen Weg nicht finden können. So konnte er auf die Stadt zurückschauen, deren

Umrisse der Mond in die Wüste meißelte. Ein paar Feuer flackerten matt in der Ferne.

Er dachte an die Wachen, die Amotju hatte aufstellen lassen. Männer, die solche Arbeiten übernahmen, waren ehemalige Soldaten oder gaben sich als solche aus. Sie verlangten hohen Sold und es war schwer zu kontrollieren, ob sie ihre Arbeit auch wirklich taten.

Huy beneidete keinen, der die Nächte hier verbringen mußte, um seinen Lebensunterhalt zu verdienen. Eine Fledermaus schoß schnell und lautlos dicht an seinem Kopf vorbei; überrascht duckte er sich und seine Haut kribbelte vor Schreck. Er blieb kurz stehen, atmete tief durch und ging dann weiter. Weit konnte es jetzt nicht mehr sein; er hatte den Rand des Gräberbezirks erreicht – wo die ganz Reichen Tür an Tür mit den Geringsten des Königshauses wohnen durften. Nur die einflußreichsten und am meisten begünstigten unter den Priestern und Politikern konnten diesen Zauberkreis durchbrechen.

Als er den nächsten Felsen erklettert hatte, sah er unter sich den Grabeingang. Wie geplant, war er in einem Winkel darauf gestoßen, von dem aus er alles im Blick hatte, bevor er selbst gesehen werden konnte. Jetzt drückte er sich in den Schatten der Felswand – ein freundlicher Schatten, dachte er sarkastisch – und spähte hinunter in die kleine Arena, die von der Felswand, in die das Grab gehauen war, und einer niedrigen Brüstung aus behauenem Stein begrenzt wurde.

Das Mondlicht fing sich hier besonders hell, und Huy konnte die Inschriften rings um die Tür lesen: den Namen des Toten, die Anrufung des Ra, die Anrufungen des Horus und des Osiris, das Gebet um Speise und das Gebet um das Nicht-vergessen-werden. Die Tür war eine teure Arbeit aus massivem Zedernholz mit bronzenen Intarsien. Wenn man sie nicht gut bewachte, würde sie bald herausgesägt und fortgeschleppt werden, dachte Huy – von dem, was sie zu schützen hatte, ganz zu schweigen.

Der Anblick wurde verdorben durch eine rohbehauene Hütte, die rechts neben der Tür hastig vor der Felswand zusammengezimmert stand und aus der ein matter Lichtschein fiel. Die Wachtposten waren also da.

Die übliche Arbeitsmethode der Grabräuber war es, von außen einen Tunnel durch das weiche Gestein zu graben, der geradewegs zur Totenkapelle führte, wo der Großteil der Schätze aufgetürmt war, die den *Ka* des Toten erfreuen sollten. Die Eingänge der Gräber waren normalerweise verborgen – der alte Ramose hatte der Versuchung, anzugeben, eben nie widerstehen können –, aber auch hier würde der Korridor dahinter wahrscheinlich mit Fallen gesichert sein. Wer den Mechanismus nicht kannte, würde unweigerlich, auch wenn er durch die

Tür in die pechschwarze Finsternis des Eingangsraumes gelangt war, in einen Schacht gestürzt oder zermalmt oder durch ein herabrutschendes, steinernes Fallgitter von seinem Ziel abgeschnitten.

Huy richtete sich darauf ein, zu warten, ohne zu wissen, worauf. Er hatte einen weiten Weg hinter sich und ihm taten die Füße weh. Wenn er die Ohren spitzte, konnte er die gedämpfte Unterhaltung der Wachtposten hören, aber nicht verstehen. Während der ersten Stunde kam niemand aus dem Verschlag heraus. Er schaute hinauf zum Mond und schätzte ab, wie weit Chons Silberwagen auf der dunklen Straße vorangekommen war.

Er mußte eingeschlafen sein, denn als er wieder hinaufschaute, stand der silberne Wagen hoch und schmal am Himmel, und ihm war kalt bis ins Mark. Etwas hatte ihn geweckt, irgendein Geräusch. In seinem Herzen war es mit einem Traum verbunden, aus dem es ihn gerissen hatte, und er wußte es nicht zu benennen. Angestrengt versuchte er, sich zu erinnern, und dann ertönte es wieder. Das scharfe, trockene Kläffen eines Schakals, sonderbar laut und ganz nah, irgendwo unterhalb zu seiner Linken. Beinahe sofort kamen zwei Männer aus der Hütte. Huy überlegte, ob noch jemand drinnen war, aber bei der Größe des Verschlages hätte das nur ein Zwerg sein können.

Gleichzeitig erschienen Gestalten im Schatten am Eingang zum Vorhof. Sie waren zu dritt, geduckt und regelrecht vermummt, so daß Huy sie kaum sehen und schon gar nicht ihre Gesichter erkennen konnte. Sie hatten sich flink und lautlos bewegt, aber jetzt verharrten sie am Rande des Schattens. Huy spürte, daß seine Eingeweide sich vor Angst verknoteten. Der eine der beiden Wächter litt offensichtlich unter der gleichen Empfindung; er kauerte sich halb nieder und tastete hektisch nach dem Kurzschwert an seiner Seite. Der zweite, der mit einem Spieß bewaffnet war, schien zu zögern; sein Blick war nicht auf die Gestalten im Halbdunkel gerichtet, sondern auf seinen Freund.

Eine jähe Welle von Energie schoß aus seinem Innersten zu seinem Mund und riß den Magen mit sich, als Huy begriff, was jetzt passieren würde, während der zweite Wächter immer noch zögerte und die mittlere der drei Gestalten sich aus dem Schatten löste.

»Mach schon!« Die Worte kamen im schrecklichen Falsett, eine blubbernde Stimme voller Wahnsinn, und ein dünner Arm reckte sich deutend in die Höhe. Huy hob instinktiv selbst den Arm und stieß einen Warnruf aus, aber seine Glieder waren wie aus Blei und sein Mund voller Watte. Die Gestalten dort unten spielten ihre Rollen wie Schauspieler im langsamen Tanz der Pantomime. Der zweite Wächter, offenbar überwältigt von einer Macht, die größer war als er, tat einen kurzen Satz nach vorn und durchbohrte den ersten mit seinem Spieß, den er – wie der gute Soldat, der er wohl früher gewesen war – einmal umdrehte und hochriß, bevor er ihn wieder herauszog. Blut folgte der Klinge in einem heftigen schwarzen Schwall.

Der erste Wächter stand mit starrem Blick wie eine Statue; nichts an ihm bewegte sich. Nur das Blut schoß aus ihm heraus. Schon glitten die Gestalten, ohne ihn weiter zu beachten, an ihm vorbei, auf die Grabtür zu. Der zweite Wächter hatte seinen Spieß weggeworfen und lief zu den anderen. Eine der Gestalten suchte zuversichtlich den gemeißelten Zierat der Tür nach dem Steinriegel ab, der ihnen, einmal zurückgezogen, das Grab schutzlos ausliefern würde. Und wenn sie so sicher wußten, wo dieser zu suchen war ...

Huy konnte nichts tun, um sie aufzuhalten, aber wenn er sich beeilte, könnte er versuchen, in der Siedlung weiter unten Hilfe zu holen. Falls die Arbeiter ihm glaubten, und falls sie sich bewegen ließen, herauszukommen. Einen Moment dachte er daran, abzuwarten, die Räuber das Grab betreten zu lassen und dann einfach hinter ihnen die Türen zu schließen und zu verriegeln. Aber schon stießen sie die erste auf, und dazu waren drei Mann nötig. Es war an der Zeit, zu verschwinden.

Die Hand, die seine Schulter zermalmte, war

aus Bronze. Er wurde hochgehoben, gegen den Felsen geschleudert und gleich wieder aus dem Schatten nach vorn gerissen. Er roch fauligen Atem, der ihn würgen ließ, einen Dunst von verwesendem Fisch und Schwefel. Er schnappte nach Luft und schloß die Augen; etwas Riesiges, hart und doch belebt, preßte ihn, einem mächtigen Muskel gleich, an den Felsen und drohte, ihn zu ersticken. Er spürte weder Arme noch Beine, sein ganzer Körper war ein einziger Schmerz. Er zwang sich, die Augen zu öffnen und starrte in ein Gesicht, das aus grünem Stein gemeißelt schien, ein Gesicht mit langgestrecktem Kinn und stechendem Blick und einem großen, roten Maul, in dem sich eine sehnige Zunge wollüstig rollte. Ein Gesicht, das er aus den Schriftrollen vom *Buch der Toten* kannte: Das Gesicht des Dämons Seth.

Vier

Der Hohepriester des Osiris, des Herrn der Unterwelt, saß an einem niedrigen Tisch in dem großen Raum, der im Palast für ihn eingerichtet worden war. Der Palast war der größte, der je gebaut worden war; Amenophis III. hatte dreißig Jahre in Reichtum und Frieden regiert.

Rechmires Mutter war hier für die südliche Leinenkammer zuständig gewesen, und er erinnerte sich, wie er als Zehnjähriger auf dem Gelände gespielt hatte, drei Jahrzehnte zuvor. Das ganze Gebäude wieder herzurichten, kam nicht in Frage. Die dem Fluß zugewandte Fassade war siebenhundert Schritt lang, die großen und weitverzweigten Gebäude dahinter erstreckten sich fünfhundert Schritt weit landeinwärts. Kein Ende nahmen die Haremswohnungen, Dienstbotenquartiere, Kanzleien, Küchen, Werkstätten und Lagerkammern. Es war eine Stadt für sich, und der neue, junge Pharao mit seinem geschrumpften Gefolge konnte unmöglich die ganze Anlage bewohnen. Es war auch gar nicht genug Geld da, um alles wieder instandzusetzen.

Aber nicht das beschäftigte Rechmire, als er über den Papyrusrollen brütete, die vor ihm auf dem Tisch ausgebreitet waren – eine Unzahl von Informationen über alles mögliche, von den Fehlzeiten im Heer der ungelernten Arbeiter und Handwerker bis zu den Kosten für die Farbstoffe, die für die Neubemalung der Wände in den königlichen Gemächern benötigt wurden und für die Übermalung des Namens Amenophis' mit dem Tutenchamuns.

So sehr er sich aber bemühte, seine Gedanken auf die Arbeit zu konzentrieren, Mutnofret wollte ihm nicht aus dem Kopf gehen. Er war besessen von ihr! Was als zivilisierte Affäre wie jede andere begonnen hatte, war zur Leidenschaft geworden, und er wußte, daß diese Leidenschaft einseitig war. Und dennoch – je kühler sie ihn behandelte, desto mehr entbrannte er für sie. Er mußte daran denken, was er riskierte, wenn er sich allzu sehr in ihre Gewalt begab. Sie war skrupellos; das wußte er. Und er wußte nicht, ob sie ihm treu war. Sie konnte ihm nicht schaden, das war ausgeschlossen; aber sie konnte ihn lächerlich machen. Er konnte sein Gesicht verlieren, und das würden weder seine Karriere noch sein Stolz überstehen. Er war bereits enorme Risiken eingegangen, um so schnell so weit zu kommen. General Haremheb, dessen Ohr ihm offenstand, hatte wieder die alte Ordnung eingeführt, aber Haremheb brauchte ihn nicht. Er, Rechmire, war nicht unentbehrlich, und es gab viel zu viele, die bereit und fähig waren, in seine Fußstapfen zu treten.

Er hatte erwogen, Mutnofret töten zu lassen, nur um sie los zu sein; in der Verbannung wäre sie zwar außerhalb seiner körperlichen Reichweite gewesen, aber nicht außerhalb der Grenzen seiner Phantasie. Die Vorstellung, sie könnte mit einem anderen Mann zusammensein, war ihm unerträglich; diese Vorstellung folterte ihn. Und doch, sie zu töten ... Er brachte es noch nicht über sich, den Befehl dazu zu geben. Er könnte sie überwachen lassen, aber wenn sie dahinter käme, wäre sie fertig mit ihm, das wußte er. Außerdem könnte er es nicht ertragen, seine schlimmsten Befürchtungen bestätigt zu sehen.

Wieder wandte er sich den Papieren zu, nahm bald das eine, bald das andere zur Hand und sortierte sie oberflächlich, um sich abzulenken; aber das Verlangen hatte ihn gepackt und er wußte, er würde nicht arbeiten können, ehe er es gestillt hätte. Innerlich fluchend schob er seinen Sitz zurück und erhob sich. Er griff nach seiner Perücke und stülpte sie sich auf den breiten Schädel, während er zur Tür hinkte, um einen seiner Leibdiener zu rufen. Der schlimme Fuß war in der Hitze geschwollener denn je und schmerzte dumpf, wenn er ihn nachzog.

Der Sklave kam herbeigerannt. Sein harter, junger Körper glänzte in der Sonne, und Rechmire legte beifällig eine Hand auf die muskulöse Schulter. Vielleicht würde dieser Knabe ja genügen ... Aber nein! Jetzt brauchte er eine Frau für seine Wollust. Danach könnte er auch arbeiten. Heute abend würde er in seinem eigenen Haus, in dem Zimmer, das mit dem Schöpfungsakt ausgemalt war, Mutnofret ihren Lebensunterhalt, ihren Platz als seine Mätresse, verdienen lassen. Irgendwie würde er einen Weg finden, ihren Stolz zu brechen, und dann würde der Gedanke an sie ihn nicht länger martern.

Im Herzen stellte er sich vor, was er mit ihr tun würde, und dabei streichelte er sich und atmete heftig.

»Herr, soll ich ...?« fragte der junge Sklave.

»Nein. Hole mir eine Frau. Eine der Huren

der Vorarbeiter wird genügen, nur jung muß sie sein. Aber hole sie schnell!«

Es rauschte, als ströme viel Wasser durch einen engen Kanal, aber gedämpft und in der Ferne. Er sehnte sich nach Stille, aber das Geräusch ließ nicht nach, und dann war da ein Klatschen, ein Schlagen wie von Paddeln, doch die beiden Geräusche waren eins.

Er sehnte sich nach der Stille von vorher, aber der Lärm ließ ihn nicht dorthin zurückkehren. Um ihn auszublenden, spannte er seine Augenmuskeln. Hundert Schritt weit vor ihm knarrten Winden, schlossen sich massive Türen. Ockergelbe Sonnen zerbarsten vor seinen Augen, und dazwischen baumelte ein Mann am Ende eines Spießes. Meilenweit darunter begannen seine Lippen sich zu bewegen. Ein übler Geschmack, aber auch Kühle. Die Worte – Augen, Lippen – kamen ihm vor wie Neuentdeckungen. Dann atmete er. Aber das Atmen tat weh. Es war auch zu anstrengend. Wenn nur das Rauschen ihn zurücksinken ließe. Es hatte keinen Zweck. Er war wieder bei Bewußtsein, und er mußte sich dem Schmerz stellen. Wenn ihm nur Zeit blieb, ihn zu überwinden, ehe neue Gefahr drohte. Er bewegte sich vorsichtig – neue Entdeckungen: Arme, Beine, eine Hüfte – aber alles zu weit weg, um darüber nachzudenken. Entlegen, nicht Teil von ihm, nicht wirklich. Aber als er sich bewegte, bohrten sich hunderttausend eisige Nadeln durch seine Stirn, durch seine Schädeldecke, und ein Beutel voll Galle wogte in seinem Magen. Seine Schädeldecke – am liebsten hätte er sie abgerissen, um Luft hineinzulassen: Das wäre eine Erleichterung.

Er wußte, daß er sich halb auf einem Arm hochgestemmt hatte, aber jetzt saß er fest. Gern hätte er sich zurücksinken lassen, aber die Schmerzen jeder Bewegung waren unerträglich. Sein ganzer Körper würde platzen, und alles würde herausrinnen. In seinem Kopf hämmerte es und mächtige Schmerzensschreie hallten mit jedem Schlag des fernen Mühlwerks dröhnend darin. Es war, als hätten die Einbalsamierer schon das Siebbein durchbrochen und ihre dünnen Haken durch die Nasenlöcher in die Schädelhöhle hineingebohrt, um das Gehirn herauszuziehen. Er versuchte, durch die Nase zu atmen, doch sie war verklebt. Einen Moment lang überwog die Panik den Schmerz, doch dann entdeckte er den Mund wieder und atmete durch ihn, ohne hastiges Luftschnappen, langsam.

Ein, zwei Augenblicke, und sein Herz begann zaghaft, gleichmäßiger zu schlagen. Sein Körper sammelte sich wieder darum herum, und er stand in seiner eigenen Mitte. Ich werde hier bleiben, dachte er, bis etwas passiert. Wenn nichts passiert, bleibe ich für immer hier. So mach ich's. Das ist auf alle Fälle besser als vorher. Unterdessen suchten sein Herz und sein Gedächtnis nach den letzten Fetzen der heulenden Träume, die ihn erfüllt hatten – wie lange eigentlich? Es schien, als seien mehrere Menschenleben vergangen, seit er zu Ramoses Grab hinaufgestiegen war.

Wieder verging eine Minute, und er erkannte, daß seine Arme und sein Rücken zwar noch den Druck von Stein und Felsen spürten, daß er jetzt aber auf etwas Weicherem lag und daß ihn auch etwas Weiches bedeckte. Er konnte keine Richtungen unterscheiden, aber wenigstens schwebte er nicht mehr in einem Nichts, wo die Kreaturen der Grube mit ihren Zähnen an ihm zerrten.

Da war noch etwas. Etwas, das nicht zu ihm gehörte, sondern außerhalb war.

Eine Berührung.

Sie wurde zu einer kühlenden Hand auf seinem Arm. Sanft ruhte sie dort, und ihr Druck war gerade fest genug, um zu sagen: Ich bin hier.

»Aahmes ...« Er wußte nicht, ob er die Kraft haben würde, die Augen zu öffnen. Ganz langsam entspannte er sie. Die explodierenden Sonnen waren verschwunden. Durch die korallene Membran der Lider sah er echtes Licht.

Jemand rief ihn. Sanft, behutsam, sagte seinen Namen. Aber noch immer bekam er die Augen nicht auf. Er mußte herausbekommen, wo er war und bei wem. Ganz sanft bewegte sich die Hand auf seinem Arm, streichelte ihn, beruhigte ihn. Eine zweite Hand berührte seine Stirn, und in der Bewegung des Körpers, den er jetzt deutlich dicht neben sich spürte, verströmte der köstliche Duft von *Seschen*.

Er blinzelte. Das Licht im Zimmer war gedämpft; trotzdem fuhr es ihm kreischend in die Pupillen und versengte seine Netzhaut. Die gefrorenen Nadeln waren wieder da und stachen wie rasend auf ihn ein. Er griff nach der Hand, die auf seinem Arm gelegen hatte und umklammerte sie so fest, als hänge sein Leben davon ab, daß er die Gewalt über sich bewahrte, und der Griff der fremden Hand war nicht minder fest.

Als der Raum aufgehört hatte zu schaukeln und das Kreischen in seinem Schädel zu einem dumpfen, aber erträglichen Pochen geworden war, als das Bett wahrscheinlich nicht mehr schwanken und ihn zu Boden schleudern würde – da öffnete er wieder die Augen, diesmal entschlossen.

Er blickte in ein anderes Augenpaar, besorgt und rabenschwarz.

»Osiris hat dich zu uns zurückgeschickt«, sagte Aset. Huy konnte sich nicht erinnern, wann eine Stimme das letzte Mal so voller Zärtlichkeit für ihn gewesen war.

Sehr viel später an diesem Tag, als Amotju dazugekommen war, erzählte er den beiden, was ihn zu dem Grab geführt hatte. Und er erfuhr, daß er drei Tage lang bewußtlos gewesen war. Zuerst hatte man die Leiche des ermordeten Wächters gefunden, im Hof, dort, wo er hingesunken war. Erst bei der Untersuchung des geplünderte Grabes hatte ein Diener des Haushalts auch Huy entdeckt.

»Wir hatten uns Sorgen gemacht, als du verschwunden warst«, sagte Amotju später, als Huy aufrecht sitzen und etwas essen konnte. Es war Abend, und die drei saßen auf der Terrasse vor Asets Haus. Huy fühlte sich wohlig umhüllt und geborgen und genoß das tiefe Behagen, das nur der empfindet, der eine schwere Krankheit oder großen Schmerz empfunden hat. »Aber wir hatten keine Ahnung, wer über dich Bescheid gewußt haben oder dir so schnell ans Leder wollen könnte.«

Huy berichtete von dem Papyrus mit der Nachricht.

»Jemand hat mich erkannt oder von deinem Schiff kommen sehen. Entweder hat einer deiner Feinde mich für einen frisch angeworbenen Agenten gehalten und wollte keine Zeit verschwenden, sondern mich gleich aus dem Weg räumen, oder ein Freund von dir kannte den Plan der Grabräuber und wollte dich durch mich warnen.«

»Das erste erscheint mir unwahrscheinlich, und im zweiten Fall – warum hat er mich nicht direkt gewarnt? Und noch etwas.«

»Ja?«

»Warum bist du allein hingegangen? Warum hast du mir nichts gesagt?«

»Du wolltest nicht mit mir gesehen werden, erinnerst du dich? Ich bin ein in Ungnade gefallener Beamter Echnatons.«

Amotju schwieg.

»Und das Grab? Das Grab deines Vaters – wieviel Schaden haben sie angerichtet?«

»Der Schaden ist gering. Sie haben alles mitgenommen, was teuer war. Alles aus Holz und alles aus Metall. Ein paar *Schabti*-Figuren. Außerdem haben sie versucht, die Bronze aus den Türen zu brechen. Ich lasse die Türen jetzt mit einer Steinblende verdecken. Aber Schaden – nein. Diese Leute schänden nicht, sie stehlen nur. Hast du ihre Gesichter gesehen?«

»Nein.«

»Woher wußten sie, daß du da warst?«

»Sie müssen Späher gehabt haben, die ich nicht gesehen habe.« Huy hatte keine Lust, seine Begegnung mit dem Dämon zu beschreiben. Er wollte nicht wahrhaben, daß eine solche Kreatur außerhalb der Phantasiewelt der Priester überhaupt existieren sollte. Aber daß sie Grabräubern beispringen würde, schien ihm noch unwahrscheinlicher. Also schwieg er. Ehe er sich nicht selbst darüber im Klaren war, würde er mit niemandem darüber reden.

»Hast du noch Schmerzen?«

»Ja.«

Aset hatte einen Arzt geholt, sowie Huy in ihr Haus gebracht worden war. Der Arzt hatte drei gebrochene Rippen festgestellt, einen Muskelriß in der Schulter und starken Blutverlust. »Drei Stunden länger in der Sonne, und er wäre gestorben, ausgetrocknet wie eine Aprikose.«

»Jetzt weiß ja wohl alle Welt, daß ich hier bin«, meinte Huy. »Vielleicht wird es Zeit, daß ich umziehe.«

»Jetzt spielt es keine Rolle mehr, ob alle wissen, daß du hier bist oder daß ich dich kenne. Es ist zu spät.« Amotjus Stimme klang ärgerlich. »Du hättest nicht allein gehen sollen. Du hättest herkommen und mir durch Aset eine Nachricht zukommen lassen sollen. Jetzt hast du womöglich die Hasen erschreckt und dabei das Großwild verjagt.«

»Wenn sie wußten, wer ich bin. Vielleicht haben die Leute, die mir die Nachricht zugesteckt haben, nichts mit denen am Grab zu tun. Für die war ich nur jemand, der ihnen in die Quere gekommen ist – ein verirrter Arbeiter, ein Grabdiener, ein dritter Wächter. Sie hielten mich für tot; ihr Pech, daß ich überlebt habe.« Huy grinste. »Hast du übrigens ein Treffen mit Rechmire arrangieren können?«

Amotju runzelte die Stirn. »Leicht ist es nie, aber jawohl, er wird dich empfangen. Er sucht einen Sekretär für die Bauarbeiten im südwestlichen Teil des Palastes. Aber keine Sorge«, setzte er hinzu, als er Huys Miene sah, »er wird dich nicht einstellen. Er wird deine unabhängige Gesinnung spüren, und sie wird ihm nicht gefallen. Keine Sorge, mein Freund; ich weiß, was dich erwartet, wenn du wieder als Schreiber erwischt wirst, nachdem man dir diese Tätigkeit verboten hat. Einem solchen Risiko würde ich dich nicht aussetzen.«

Huy entspannte sich. »Da ist noch etwas, das immer dringender wird. Ich kann nicht länger hierbleiben. Je weiter ich vorankomme, desto eher bringe ich vielleicht Aset in Gefahr.«

»Es gibt keine Gefahr, die ich nicht auf mich nehmen kann«, widersprach Aset.

»Ich habe über deinen Wunsch nachgedacht«, sagte Amotju. »Und vorläufig ist es mir lieber, wenn du hierbleibst. Außerdem könntest du im Moment sowieso nicht umziehen. Du hast eine schöne Tracht Prügel bekommen, mein Freund. Ich möchte, daß du schnell wieder gesund wirst, damit du deinen Auftrag erledigen kannst. Aset wird dafür sorgen, daß du so gut gepflegt wirst, wie kein Diener es tun könnte, und allein würdest du dich vernachlässigen. Du warst sehr unvorsichtig, aber vielleicht hat deine Gegenwart am Grab sie erschreckt und so verhindert, daß sie noch mehr Schaden anrichteten. Dafür bin ich – sind wir – dir dankbar.« Er erhob sich und leerte seinen Weinbecher. »Kümmere dich um ihn, Aset. Huy, kannst du gehen?«

»Ja.«

»Dann begleite mich zum Tor.«

Kaum hatten sie die Terrasse hinter sich gelassen, als Amotju seine Maske fallenließ. Er machte ein sorgenvolles Gesicht. »Erst die Todesdrohung. Jetzt der Raub am Grab meines Vaters. Besteht da ein Zusammenhang? Steckt Rechmire hinter beidem?«

»Ich werde es herausfinden.«

»Tu das. Du mußt schnell wieder auf die Beine kommen. Ich spüre, daß ein böser Stern über mir aufgeht.«

»Unsere bösen Sterne erschaffen wir uns selbst.«

»Nein. Das tun die Götter.«

Amotju zog sich den Mantel fester um die Schultern und stieg in die Sänfte, die ihn vor dem Tor erwartete. Die vier Leibdiener packten die Tragegriffe und trugen ihn hinaus in die Dämmerung.

Huy blieb noch einen Augenblick am Tor stehen; er spürte, daß der Türsklave ihn neugierig beäugte, wollte aber noch nicht wieder ins Haus zurück. Er genoß die Luft und sah zu, wie die Dunkelheit die letzten Momente des Tages verschluckte. Unter den Verbänden schmerzte sein geschundener Körper, aber Huy hatte nicht vor, sich auszuruhen. Er war ertappt, erniedrigt worden. Man hatte ihm eine Lektion erteilt, die er nur durch glückliche Fügung überlebt hatte. Er würde herausfinden, wer versucht hatte, ihn umzubringen. Es ging nicht mehr nur um Amotjus politische Interessen. Jetzt war es auch sein eigener Kampf geworden.

Er ging zurück zum Haus. Es war eine warme und freundliche Nacht, und die Luft war schwer vom Duft der Blumen. Ein Vogel murmelte schlaftrunken im Gebüsch.

Auf der Terrasse war Aset jetzt allein. Sie hatte sich auf eine lange Couch gesetzt, die am Rande des Wasserbeckens stand. Mit einem Stock neckte sie die langsamen Fische, die so dunkel waren wie das Wasser selbst.

Sie blickte auf, als er herankam, und ein neues Licht leuchtete in ihrem Auge.

»Setz dich her, neben mich.«

Er gehorchte, und heftiger denn je war ihm die Wärme ihres Körpers bewußt. Sie trug ein langes, weites Hemd, das um die Taille von einem locker gebundenen Gürtel gehalten wurde.

»Willst du wirklich fort von hier?«

»Es wäre besser, wenn ich in der Stadt wohnte.«

»Du kannst es nicht erwarten, von mir wegzukommen.« Fast die Stimme eines kleinen Mädchens – aber natürlich voller Berechnung. Sie beugte sich vor und spielte mit ihrem Stock im Wasser. Dabei zeichnete der Stoff ihres Gewandes jede Kontur ihres Körpers nach. Er legte eine Hand neben sie auf die Couch und seine Kehle wurde trocken, aber sie neckte weiter die Fische und schaute völlig konzentriert ins Wasser. Nach einer Weile lehnte sie sich zurück, lächelte und sah ihn herausfordernd mit ihren nachtschwarzen Augen an.

»Als ich zwölf war und du dreiundzwanzig ...«, sagte sie immer noch lächelnd; aber jetzt war das Lächeln ein anderes geworden. Entspannt streckte sie die Beine aus und ihre rechte Hand spielte mit einem Ende ihres Gürtels. Dann hob sie den nackten Fuß und berührte sein Knie mit den Zehen.

»Ich will nicht, daß du weggehst«, sagte sie. »Seit drei Tagen betrachte ich dich, und mit jedem Tag begehre ich dich mehr. Glaubst du, du ...? Als du heute morgen zu dir kamst, war dein erstes Wort ‚Aahmes'.«

Drei Jahre waren seit Aahmes vergangen, und noch länger war es her, seit er einer Frau nahe gewesen war. Und schon waren sie über alle Worte und alle Vorsicht hinaus. Er hielt ihren Fuß und liebkoste ihn mit dem Daumen, dann ihre Wade, ihr Knie, ihren Schenkel. Er schob den Hemdsaum hoch, während sie den Gürtel aufband und das Hemd heruntergleiten ließ. Sie sank auf die Couch, und er lehnte sich über sie und spürte die köstliche Süße ihrer Haut auf der seinen, während ihre Hände seinen Kilt aufknoteten. Seine Rippen schmerzten, aber ihre Klagen konnten sein Verlangen nicht zum Schweigen bringen. Aset schlang die

Arme um seinen Hals und liebkoste seinen Hinterkopf, während er die Lippen erst auf ihre rechte, dann auf die linke Brust senkte und sanft an der Warze sog, die sie ihm entgegenreckte; er umspielte sie mit der Zunge, knabberte daran. Sie nahm seinen Kopf in beide Hände und zog ihn zu sich, und sie schaute ihn an mit dem Blick einer leidenschaftlichen Fremden. Dann berührten sich ihre Lippen und ihre Zungen streichelten sich und rangen miteinander, während sie ihren Körper an seinen preßte und rieb.

Ihre Arme umschlangen ihn und er spürte, wie sie ihn behutsam an ihre Seite zog.

»Beweg dich nicht«, flüsterte sie; ihre Hände liebkosten jetzt seine Hüften und ihre Zunge küßte, leckte und erkundete seinen Hals und seine Brust und glitt dann immer tiefer. Ihre Finger formten einen engen Ring um die Wurzel seines Penis, ehe sie ihn sanft in die warme, feuchte Höhle ihres Mundes zog, den Liebkosungen ihrer Zunge entgegen.

Gern hätte er ihren Körper ausführlicher erkundet, ihre harten Schenkel und die festen Hinterbacken, die weichen, herausfordernden Brüste und die köstlich feuchte Höhlung ihres Mundes – und später würde auch Zeit dafür sein, aber jetzt war ihr Verlangen nach einander zu drängend, so heftig wie impulsiv. Er zog sie zu sich herauf und legte sie rücklings auf die Couch. Ihre Hand war jetzt unter ihm, ergriff ihn hastig und führte ihn, während er seinen Leib leicht anhob und auf den Kontrast zwischen seinem eigenen rauhen Atem und ihrem Seufzen und Keuchen lauschte. Und im nächsten Augenblick waren sie eins.

Huy versuchte, den Priester zu durchschauen. Der Unterschied zu den asketischen, weltfernen Männern, die in der Stadt des Horizonts die Anbetung des Aton geleitet hatten, hätte gar nicht größer sein können. Dieser Mann stand mit beiden Füßen fest auf der Erde. Er war kräftig, aber nicht groß, und zwischen vierzig und fünfzig Jahre alt. Die eine seiner massigen Schultern war viel höher als die andere, und das Gesicht auf dem kurzen Hals dazwischen wirkte grob, mit hängenden Lippen und übersät von Pockennarben. Die Wimpern hingegen, mit Hilfe von Kajal noch betont, waren lang und sonderbar feminin. Der Gesamteindruck war der eines Mannes, der die Macht und sich selbst liebte – in dieser Reihenfolge. Ein Politiker und ein Überlebenskünstler, den es nicht kümmerte, wer unterging, solange er nur selbst wieder an die Oberfläche kam. Huy fragte sich, ob diesen Mann überhaupt irgend etwas verletzen konnte.

Sie saßen einander gegenüber in Rechmires Zimmer im Palast. Der Priester behielt seine Gedanken für sich. Er wußte, daß der Mann, der ihm gegenübersaß, alle für die Stellung nötigen Fähigkeiten besaß: Er war ein guter Schreiber und kannte sich aus auf dem Gebiet der Technik und der Architektur. Und hier saß ein unabhängiger Kopf, den man besser – sozusagen – selbst unter die Fittiche nahm, als daß ihn womöglich einer seiner Feinde anstellte. Natürlich konnte er nicht sicher sein, daß nicht genau das schon geschehen und der Mann ein Spitzel war.

»Es wird eine Weile dauern, bevor ich eine endgültige Entscheidung treffe«, sagte er schließlich. »Wo kann ich dich erreichen?«

»Ich melde mich bei deinem Sekretär. Ich bin neu in der Stadt und habe noch keine Wohnung.«

»Dann rate ich dir, rasch ein Haus zu suchen. Du mußt dich bei den Medjays registrieren lassen.«

»Es geht hier strenger zu als damals, als ich fortging.«

»Ja ... Du hast noch nicht gesagt, weshalb du aus dem Delta zurückgekommen bist.«

»Wir haben uns scheiden lassen, meine Frau und ich.«

»Aha.« Rechmire erkundigte sich nicht weiter. Er ließ wieder Schweigen eintreten.

Huy überlegte, was er tun sollte, wenn ihm die Stellung tatsächlich angeboten würde, kam aber zu dem Schluß, daß das eher unwahrscheinlich war. Ihm war wohlbewußt, daß der Mann ihm gegenüber ihn nicht leiden konnte, daß er ihn als obskure Bedrohung seiner Sicherheit empfand. Einmal in seine Nähe zu kommen und ihn abzuschätzen, war dieses Risiko wert gewesen. Aber Beweismaterial gegen ihn zu sammeln, und zwar genug, um ihn zu stürzen, war so schwer wie die Belagerung einer ganzen Stadt.

Zwei Tage nach diesem Gespräch und fünf, nachdem Aset und Huy sich in der Dämmerung ihres Gartens geliebt hatten, schwamm die Goldbarke *Herrlichkeit-des-Ra* in der Strommitte und hatte nach sechs Tagen ihrer Reise von Aswan flußabwärts nach Esna die Hälfte hinter sich. An Bord hatte sie eine Ladung nubisches Gold. Jetzt, da die Trockenheit schon so weit fortgeschritten war, regte sich kaum etwas auf den kleinen Bauernhöfen, die sporadisch rechts und links am Flußufer zu sehen waren; ohnehin war dies ein einsamer Abschnitt, in dem nur wenige Menschen wohnten. Wegen der wertvollen Ladung hatte Ani, einer von Amotjus leitenden Schiffsführern, eine Abteilung nubischer Marinesoldaten als Privatgarde an Bord genommen; diese hatten im Bug und am Heck Stellung bezogen, mit Bogen und Lanzen bewaffnet. Der Fluß strömte hier breit und träge, und selbst wenn alle Mann ruderten, konnte die überlastete *Herlichkeit-des-Ra* einem leichteren, schnelleren Boot kaum entkommen oder ein Schnippchen schlagen. Bis jetzt war die Reise angenehm ereignislos verlaufen; trotzdem musterte Ani mit besorgtem Blick den Horizont voraus und achtern. Schon ein Teil seiner Ladung würde Flußpiraten zu reichen Männern machen, und ein Reiter hätte von Nubien aus die Kunde von seinem Schiff viel schneller zu befördern vermocht, als das Schiff reisen konnte.

Die Sonne hatte sich vor zwei Stunden über den Horizont erhoben, und allmählich glaubte er, daß sie inzwischen zu weit flußabwärts gekommen waren, um noch einen Überfall befürchten zu müssen. In dem Augenblick meldete der vordere Ausguck ein Segel in Sicht. Ani schaute angestrengt. Hinter ihm blinkte, säuberlich gestapelt im breiten, offenen Laderaum, das Gold. Es war großenteils in rohen, in den Sand gegrabenen Formen zu Barren gegossen worden und noch unrein. Auf beiden Seiten des schmalen Decksstreifen bezog die Besatzung Posten an den verstauten Rudern.

Einen kurzen Moment war das Licht so grell, daß er das hellbraune Segel, das ihnen da entgegenkam, nicht vom Himmel unterscheiden konnte, aber sowie er es entdeckt hatte, wußte er, daß er sich auf das Schlimmste gefaßt machen mußte. Was ihm den Fluß herauf entgegenkam, war kein Handelsschiff, sondern ein leichtes Handelsboot von der Art, die man ihrer Geschwindigkeit wegen an der öden Küste des Östlichen Meeres, aber auch als Kriegsschiff einsetzte. Da am Mast nicht der Wimpel des Pharao flatterte, war es kein Patrouillenboot der Marine.

Ein Zusammentreffen war unvermeidbar; deshalb verging die nächste Stunde mit Vorbereitungen. Eine große Segeltuchpersenning wurde über die Ladung gezogen und die Nubier stellten sich im Bug und vorn an beiden Seiten des Schiffes auf; sie hatten ihre Bogen schußbereit und stellten ihre Köcher aufrecht neben sich. Die Matrosen machten die Ruder los – eher, um sie als Waffen zu benutzen und eine Entermannschaft abzuhalten, als um damit zu rudern. Sie fuhren mit dem Strom und das war ein Vorteil; andererseits konnte das leichte Boot, das da herankam, sie umkreisen, wenn es wollte.

Nach der langen Wartezeit kam der Angriff schließlich überraschend und ohne Vorwarnung. Die beiden Boote waren noch nicht auf gleicher Höhe, als vom Bug des herankommenden Fahrzeugs ein Pfeil geflogen kam und einem der Marinesoldaten den Hals durchbohrte. Ein Glückstreffer. Der Mann fiel wie von der Axt gefällt auf die Plane über dem Laderaum, und sein Blut spritzte im Handumdrehen über das schmutzigweiße Segeltuch. Es blieb keine Zeit zu reagieren, denn auf diesen ersten Schuß folgte ein Hagel von Pfeilen, die mit lautem Rattern von den Flanken der Barke abprallten oder sich mit dumpfem Schlag in das hölzerne Deck bohrten. In dieser ersten Salve fielen noch zwei Matrosen und ein Marinesoldat. Einer hatte einen Pfeil in den Magen bekommen und der Soldat war genau in den Mund getroffen worden. Ein Blutschwall schoß hervor und er starrte ungläubig darauf, bevor sich seine Augen verschleierten. Den anderen Matrosen hatte es an der Schulter erwischt. Er wälzte sich neben seinem toten Kameraden auf der Plane und heulte vor Schmerzen, bis Ani dem Bootsmann befahl, hinunterzuklettern und den Pfeil vollends durch die Schulter und herauszuziehen.

Als sich der Abstand zwischen den beiden Schiffen verringerte, erwiderte die *Herrlichkeit-des-Ra* das Feuer. Das Piratenschiff strich jetzt das Segel, um nicht vorbeizuziehen, und Ani begriff, daß man vorhatte, längsseits zu kommen und die Barke mit Enterhaken zu sich heranzuziehen. Hastig befahl er den Männern auf der betreffenden Seite, die Ruder hinauszuschieben und das andere Boot abzuwehren. Er konnte die Feinde jetzt sehen, aber ihre Gesichter noch nicht klar erkennen. Es waren rauhe Gestalten, Matrosen von der Art, die er stehenließ, wenn er sich eine Mannschaft zusammenstellte. Am liebsten hätte er die ganze Bande an die Krokodile verfüttert.

Holz brach mit ohrenbetäubendem Splittern, als das Piratenschiff dagegenkrachte und zwei Ruder unter der Wucht des Anpralls zerbrachen. Einer der Matrosen an den Rudern wurde in die Luft geschleudert und vollführte einen tadellosen Salto vorwärts, ehe er zwischen die beiden Boote stürzte; im nächsten Moment stießen die Bootsflanken zusammen. Noch mehr Ruder zersplitterten, und über die Schreie der Männer hinweg ertönte ein Knall wie von einem Peitschenhieb, als ein großes hölzernes Ruderblatt durch die Luft wirbelte und einen der Piraten im Nacken traf, einen großen, dunkelhäutigen Syrer mit mächtiger Hakennase.

Die Soldaten hatten ihre Bogen fallengelassen und stießen jetzt mit ihren Lanzen zu. Mit leidenschaftslosen, genau berechneten Bewegungen durchbohrten sie jeden Feind, der ihnen zu nahe kam. Einen Moment lang drängten sie sogar vorwärts, und Ani begann zu hoffen, daß sie die Angriffe so lange würden aufhalten können, damit die Matrosen Gelegenheit zum Sammeln hatten. Er packte sein kurzes Bronzeschwert fester und hackte nach dem Handgelenk eines Piraten. Der Mann zuckte unter Schmerzgeheul zurück und warf Ani einen derart gemeinen Blick zu, daß der Kapitän kurz zusammenzuckte. Hier hieß es töten oder getötet werden.

Dieser Gedanke löste eine Woge der Panik in ihm aus, während er den Blick über die Szene vor sich wandern ließ und versuchte, die Chancen seiner Mannschaft einzuschätzen. Es waren sehr viele Piraten und immer neue kamen dazu. Manche von ihnen mußten aus dem hohen Norden stammen, denn sie trugen Bärte, was Ani als guter Ägypter verabscheute, weil es warm und widerlich unhygienisch war. Sie trugen auch ihr eigenes Haar; es war strähnig und schmutzig.

»Los, schmeißt die Dreckskerle 'runter!« brüllte er seinen Männern zu. Die Soldaten hielten ihre Stellung, aber sie kamen nicht voran, und zwei weitere lagen tot an Deck. Was seine Matrosen anging, so war ihre Abwehr zaghaft und wurde immer schwächer. Kaum war Ani der Ruf über die Lippen gekommen, da begriff er, daß sie verlieren würden. Und mehr noch: Diese Piraten hatten nicht vor, so viel wie möglich an sich zu raffen und dann zu verschwinden. Sie wollten das ganze Schiff. Das bedeutete, daß sie keine Gefangenen machen würden und auch keine Überlebenden wollten.

Während ihm dies klar wurde, fiel schon der nächste Soldat. In dem Getöse ringsum konnte man jetzt das aggressive Triumphgeschrei der Piraten vom Geheul seiner eigenen Männer deutlich unterscheiden. Die Marinesoldaten kämpften stumm, aber er konnte sehen, daß sie entschlossen und grimmig dreinblickten. Blut strömte über die Decksplanken, und das Wasser rund um die Boote war schleimig davon. Leichen trieben um die ineinander verkeilten Schiffsleiber. Ani suchte das Ufer nach Krokodilen ab. Es war nur eine Frage der Zeit, bis sie, angezogen von dem Geruch, auftauchen würden.

Die Strömung hatte sie auf das Ufer zugetrieben, und jetzt saßen die Boote auf einer Sandbank fest, die dicht unter der Wasseroberfläche verborgen war. Die Piraten würden große Mühe haben, die *Herrlichkeit-des-Ra* wieder freizubekommen, und ohne das Schiff würden sie sich mit soviel Beute begnügen müssen, wie sie mit ihrem kleineren Boot fortschaffen konnten, dachte Ani und begriff im selben Augenblick, daß er den Kampf aufgegeben hatte.

Er überlegte, ob er einen Rückzug organisieren könnte. Wenn er wenigstens ein paar seiner Männer ans Ufer bekäme, würden die Piraten sich vielleicht davonmachen. Aus den winzigen Dörfern an diesem Teil des Flusses konnte er keine Hilfe erwarten, aber sie waren inzwischen so weit stromabwärts gekommen, daß die nächste größere Stadt nicht weit sein konnte. Selbst wenn es den Piraten gelingen sollte, die *Herrlichkeit-des-Ra* freizubekommen, würden sie sie flußabwärts fortschaffen müssen statt stromauf. Auch unter Segel konnte sie, schwerbeladen, wie sie war, die Reise nach Süden nicht schaffen.

Wieder spähte er das Ufer hinunter und entdeckte eine Gruppe von Reitern, die keine zwanzig Schritt entfernt auf einer kleinen Sandsteinklippe standen und dem Kampf zuschauten. Es gab absolut keinen Zweifel: Es waren Medjays.

»Helft uns!« schrie er. Nicht nur er hatte sie bemerkt; mehrere Matrosen hatten sich vom Kampf abgewandt, schauten zu den reglosen Reitern hinüber und heulten und fuchtelten beschwörend mit den Armen. Nur die Marinesoldaten kämpften noch, aber auch sie waren weiter und weiter zurückgedrängt worden, und acht von ihnen lagen inzwischen tot an Deck.

Die Medjays rührten sich nicht. Die Piraten nutzten unterdessen die Lücke in den Reihen der Matrosen, die durch die Ablenkung entstanden war, und stürmten unter Gebrüll über die Reling der *Herrlichkeit-des-Ra*. Wer nicht sofort niedergeschlagen wurde, hastete über das Deck und stürzte sich auf der anderen Seite in den Fluß, ungeachtet der Krokodile, die sich am anderen Ufer jetzt träge ins Wasser wälzten. Ani kämpfte weiter, schrie immer wieder um Hilfe und schaute mit wachsender Fassungslosigkeit hinüber zu den Medjays. Schließlich sprang auch er ins Wasser. Es war dunkelgrün und undurchsichtig und schäumte, wo die Krokodile sich an den Leichen gütlich taten. Ani betete zu Nechbet um Schutz und schwamm unter Wasser davon; er hoffte, die Hauptströmung zu erreichen und stromabwärts getragen zu werden.

»Aber du kannst jetzt nicht aufgeben!«

»Ach nein? Ich habe genug Pech gehabt. Es wäre töricht, die Warnungen zu ignorieren.« Amotju wandte sich ab und schaute durch das breite offene Fenster hinaus auf die Stadt und den Fluß. Im Zimmer hinter ihm breitete Huy die Hände aus.

»Du hast eine Menge Gold verloren. Willst du nicht herausfinden, wer dahinter steckt?«

»Die Transporte sind geheim. Nur einer ist mächtig genug, um an solche Informationen zu kommen: Rechmire. Er ist zu mächtig für mich; das hat er bewiesen.«

Die Nachricht von dem Kampf war aus den Dörfern heruntergekommen, und ohne Zweifel war die Geschichte beim Weitererzählen aufgebauscht worden. Aufgebauscht und verzerrt, denn die Medjays, die Ani so deutlich gesehen hatte, wurden vorsichtig als »eine Gruppe von Reitern« beschrieben. Von der Besatzung der *Herrlichkeit-des-Ra*, so hieß es, habe niemand überlebt. Die Toten, die man den Krokodilen hatte entreißen können, waren mit Haken ans Ufer gezogen worden. Ihre Familien konnten sich damit trösten, daß ihre Seelen, im Fluß ertrunken und von Sobeks Kindern gefressen, nun zweifach gesegnet waren. Außerdem konnten sie tröstende Zahlungen von Amotju erwarten. Den Piraten war es nicht gelungen, die Barke von der Sandbank herunterzuziehen; sie hatten sie geplündert, so gut es ging, und waren stromabwärts davongerudert. Irgendwo vor der Südlichen Hauptstadt waren sie verschwunden, und von ihrem Boot fehlte jede Spur.

»Außerdem ist der Verlust an Gold nicht so groß, daß er mein Gefühl für Selbsterhaltung überwiegt.«

»Wenn deine Feinde sehen, daß sie dich in die Flucht geschlagen haben, werden sie sich unerbittlich zeigen. Jetzt ist nicht die Zeit für einen Rückzug.«

Amotju winkte einem Diener, er möge Wein nachschenken, und als er nach dem Becher griff, sah Huy, daß seine Hand zitterte. Er leerte ihn hastig und ließ sich nachschenken.

»Die Götter sind gegen mich. Ich will sie nicht weiter versuchen.«

»Und Rechmire?«

Amotju sah ihn an. »Ich werde dich nicht daran hindern, wenn du ihn weiter verfolgen willst. Aber das ist alles.«

»Es ist dein Kampf, nicht meiner.«

Huy begriff, daß Amotju nicht der selbstsichere und starke Geschäftsmann und Politiker war, für den er ihn gehalten hatte. Vielleicht war dies das erste Unglück seines Lebens, und die Schicksalsschläge kamen für seinen Geschmack allzu heftig und schnell. Sie wirkten wie die Erfüllung einer Prophezeiung.

»Noch immer haben wir bloß politische Rivalität als Motiv für Rechmires Angriffe. Das ist bestimmt nicht der einzige Grund, oder? Wenn er so mächtig ist, wie du sagst, warum ... beseitigt er dich nicht einfach, wenn er dich als Bedrohung empfindet?«

»Weil er mich lieber ruiniert als beseitigt.«

»Dann hat er aber noch viel vor.«

»Inzwischen füllt er seine Schatzkammer auf meine Kosten.«

»Dann werden wir ihn aufhalten. Aber ich brauche mehr als nur deine finanzielle Unterstützung.«

Amotju schaute wieder aus dem Fenster und runzelte plötzlich verwundert die Stirn.

»Was gibt's?«

»Einer meiner Matrosen. Er kommt heraufgerannt, als wäre Seth hinter ihm her.«

Wenige Augenblicke später wurde der Mann ins Zimmer geführt; er brachte den Geruch von Flußwasser und Schweiß mit. Amotju erkannte den Bootsmann einer seiner kleineren Barken, die die *Herrlichkeit-des-Ra* wieder flottmachen sollten. Diese Arbeit mußte schnell erledigt werden, denn unbewacht war die Barke den Plünderungen der Dörfler ausgeliefert. Das Hochwasser in diesem Jahr war kläglich gewesen und die Felder hatten karge Ernte geliefert. So konnten die Bauern der Verlockung einer solchen Prise kaum widerstehen, auch wenn Haremheb im Namen des jungen Pharao für Diebstahl harte Strafen festgelegt hatte.

»Was gibt's?« fragte Amotju den Mann.

»Herr, man hat Ani gefunden.«

Huy und Amotju wechselten einen Blick. Anis Leichnam war nicht gefunden worden, und beide hatten vermutet, er könnte – unglaublich – ein Komplize der Piraten gewesen sein.

»Er lebt?«

»Er ist mehr tot als lebendig, Herr. Dem Gemetzel auf der Barke ist er entkommen, aber eines von Sobeks Kindern hat ihm ein Bein abgerissen, einen Unterschenkel. Bauern haben ihn gefunden und versorgt.«

»Wo ist er jetzt?«

»Wir haben ihn mit zurückgebracht. Sie bringen ihn zum Haus der Heilung. Die Wunde ist sauber, aber sie muß von den Ärzten untersucht und verbunden werden.«

»Aber wie geht es ihm?«

»Die Bauern haben sich gut um ihn gekümmert. Sie erwarten eine Belohnung, denn sie wissen, wer er ist. Er trug noch dein Siegel um den Hals, und sie müssen es von den Schiffen her kennen.«

Amotju war Huy einen Blick zu. »Gehen wir. Mal sehen, was er uns erzählen kann.«

Ani konnte von Glück sagen, daß er nicht zu seinen Ahnen heimgekehrt war und daß die Krokodile genug zu fressen gehabt und ihn deshalb nicht stromabwärts verfolgt hatten. Wenn er nicht gegen eines der Tiere geprallt wäre und damit einen Angriff ausgelöst hätte, wäre er vielleicht unversehrt entkommen. Aber unmittelbar, nachdem die mächtigen Kiefer zugeschnappt und ihm das Bein vom Körper gerissen hatten, daß der überwältigende Schmerz ihn hatte ohnmächtig werden lassen, hatte die Strömung ihn erfaßt. Daß er nicht ertrunken war, hatte er der Strömung zu verdanken, die ihn um die Biegung und auf einen schmalen Uferstreifen getragen hatte, ehe ihm zuviel Wasser in die Lunge gedrungen war. Aber er hatte viel Blut verloren, bevor die Bauern ihn gefunden hatten.

»Und du bist sicher, daß es Medjays waren?« fragte Huy, nachdem Ani berichtet hatte, was passiert war.

»Ja. Zumindest trugen sie die Tunika.«

»Hast du welche erkannt?«

»In der Hitze des Kampfes konnte ich mich nicht um Einzelheiten kümmern. Aber einer, der ziemlich weit vorn stand, war groß für einen Ägypter und recht breitschultrig. Er fiel mir auf, weil er so regungslos im Sattel saß und zusah, wie wir starben. Er könnte aus Mitanni stammen oder aus Syrien. Er hatte hohe Wangenknochen. Aber ich weiß es nicht genau.« Anis Blick huschte zwischen Huy und Amotju hin und her. Er war erschöpft und konnte ihnen offensichtlich nichts weiter erzählen.

»Danke. Du bist ein tapferer Mann«, sagte Huy.

Alle drei schwiegen.

»Was wird jetzt aus mir?« fragte Ani schließlich zögernd. Seinem Tonfall war anzumerken, wie sehr er die Antwort fürchtete.

»Du wirst dich ausruhen«, sagte Amotju. »Wenn du gesund bist, übernimmst du wieder dein Kommando. Um ein Schiff zu führen, braucht man keine zwei gesunden Beine.«

Als sie das Haus der Heilung verließen, dachte Huy, daß sein Freund, früheren Zweifeln zum Trotz, immer noch ein Mann war, für den es sich zu kämpfen lohnte.

In dieser Nach lag Amotju mit dankbar geschlossenen Augen bei ihr, das Gesicht dicht an ihren warmen Brüsten, und ihre Arme umschlangen ihn sicher, schützend und tröstend.

»Du bist gut zu mir«, sagte er.

»Ich erwarte nicht von dir, daß du immer nur herkommst, um etwas zu leisten«, antwortete Mutnofret. »Manchmal ist es besser, zu reden.«

Seufzend öffnete er die Augen und löste sich lange genug von ihr, um sich Wein einzuschenken und zu trinken. Mutnofret beobachtete ihn. Sie trug ein langes, enges Gewand; sie hatte nicht angeboten, es auszuziehen, und er hatte sie auch nicht darum gebeten; sie war erleichtert, denn sie wollte nicht, daß er die Blutergüsse auf ihrem Rücken und Hintern sah, auch wenn sie schon zurückgegangen waren.

Rechmire war gewalttätiger gewesen als üblich. Sie hatte sich eine Ausrede ausgedacht – ein Sturz vom Pferd, auf dem sie zu ihrem Vergnügen im Damensitz ritt –, aber sie wollte sie nicht benutzen. Wie gut, daß er heute nacht nur gekommen war, weil er Trost brauchte und reden wollte.

So anziehend seine Macht auch war, die Opfer, die sie Rechmire dafür brachte, waren einfach zu groß. Wenn sie nur genug Selbstvertrauen hätte, um ohne seine Protektion zurechtzukommen. Früher oder später würde sie einen Ausweg aus diesem Labyrinth finden müssen. Aber nicht jetzt, nicht heute nacht. Jetzt würde sie an andere Dinge denken. Sie streichelte Amotjus Kopf, beugte sich vor und küßte ihn sanft, und sie genoß ihre eigene Art von Macht. Sie brachte auch ihre eigenen Probleme mit sich, aber Mutnofret war froh, daß Amotju mit den seinen heute nacht zu ihr gekommen war, um sich von dieser Bürde zu befreien. Sie liebte ihn.

Fünf

Das Maul des Monstrums reckte sich aus dem geschmolzenen Kupfer und berührte sein Bein, aber er wußte, daß er in Sicherheit war; er schwebte in der Finsternis über der Flüssigkeit. Wenn er wollte, konnte er höher fliegen, so hoch, daß die zuschnappenden Kiefer ihn nicht erreichen konnten. Für einen Augenblick wich das Maul zurück und versank unter der Oberfläche, die sich über ihm schloß wie Quecksilber, glatt und ohne sich zu kräuseln. Er blieb, wo er war, und betrachtete den glatten Kupferspiegel unter sich; er umwarb die Gefahr, erregt und angewidert zugleich. Warum war er nicht so vernünftig, höher zu fliegen? Irgendein Wahnsinn hinderte ihn daran.

In diesem Augenblick tauchte das Maul wieder auf, stieß hervor und hoch, ohne Zögern diesmal, und die Kiefer klappten auf, schon als sie die Oberfläche durchbrachen. Er schaute geradewegs hinunter in einen roten Rachen mit sieben Reihen zackenförmiger Zähne, den Feuersteinklingen der Einbalsamierer gleich. Die schlaffe Zunge glich der Riesenlarve einer anderen gewaltigen Bestie; sie lag auf der Lauer, bereit, ihn zu umschlingen, ihn aufzulösen, das Gewebe seines Körpers mit ihrem Speichel zu zerfressen.

Jetzt mußte er verschwinden, senkrecht aufsteigen, aus der Reichweite des scheußlichen Rachens entfliehen. Inzwischen konnte er auch die Augen erkennen, den ganzen Kopf. Menschenaugen starrten ihn an, aus einem Gesicht aus Geröll, Augen mit dicken Frauenwimpern. Er flatterte mit seinen Geierflügeln, und sie holten nach oben aus – und stießen gegen die Decke. Das hatte er nicht gewußt; er hatte sie in der Finsternis über sich nicht gesehen und nicht geahnt, aber schon hatte er sie erreicht, war dort festgenagelt. Die Kiefer schnappten zu – um Haaresbreite von seinem nackten

Bauch entfernt. Er spürte den Sog, als sie sich schlossen, und er roch den erstickenden Dunst von lange totem Fisch und Schwefel, der ihm die Nase verklebte, sodaß er keine Luft mehr bekam. Er sah die Bestie unten im Schlamm schwimmen; sie sammelte ihre Kräfte für einen zweiten Angriff, und die Augen blickten ausdruckslos geradewegs zu ihm herauf. Ohne Mitleid, ohne Gnade, sogar ohne Lust – nur berechnend. Vergebens schlug er mit den Flügeln; er wurde müde, und das Ungeheuer wußte es. Er wußte, wenn es jetzt tauchte, dann nur, um aus dem Kupferwasser wieder senkrecht heraufzuschießen, und diesmal würde er kopfüber in den grausigen Schlund stürzen. Schon fühlte er die kaltwarme, klebrige Liebkosung dieser Zunge.

Seine Schultern schmerzten vor Anstrengung und konnten ihn kaum noch in der Luft halten. Einen Moment lang schloß er die Augen, um seine Kräfte zu konzentrieren. Als er sie öffnete, war die Kreatur verschwunden. Getaucht. Aber noch ehe er reagieren konnte, kam sie donnernd aus dem Wasser empor und verschlang ihn.

Huy erwachte zitternd, und ewige Sekunden lang blieb der Traum bei ihn: Das kalte Naß, das ihn umgab, war die enge Höhle, der Schlund der Kreatur. Dann bewegte er sich vorsichtig und merkte, daß der Verband, der sich fest um seine Brust spannte, schweißgetränkt war. Auch sein Bettlaken war feucht. Er schmeckte die samtene Nacht auf den Lippen und fand darin Trost. Als er die Augen aufschlug, sah er die fernen Götter der Nacht, die am Himmel dahinfuhren, hoch über den Wolken in ihren schimmernden Wagen aus Bernstein und Gold.

Er richtete sich auf und schob die Nackenstütze neben sich behutsam fort, um Aset nicht zu wecken, die zusammengerollt neben ihm lag, ihm zugewandt, eine Hand unter der Wange; sie schlief wie ein Kind und hatte ihre Nackenstütze gegen ein zusammengeknülltes Laken getauscht. Er kletterte vom Bett herunter und ging zum Fenster. Die Erleichterung, aus diesem Traum entkommen zu sein, war überwältigend. Er hatte niemandem von seiner Begegnung mit Seth erzählt; er konnte nicht glauben, daß es mehr als ein Mummenschanz gewesen sein sollte – aber warum eigentlich? Wer war er? Wie konnte er behaupten, es gebe keine Götter und keine Dämonen, die unter den Menschen wandelten? Wenn Echnaton recht gehabt hatte und der einzige Gott der war, der seinen Ausdruck im Sonnenlicht fand – warum hatte das Volk ihn dann verstoßen? Hatte er unrecht gehabt, oder zog das Volk die dunklen Wege dem Licht vor? Vielleicht waren ja auch die Menschen Geschöpfe der Dunkelheit.

Er schaute zum Bett hinüber. Aset hatte gespürt, daß sie allein war; sie hatte sich im Schlaf umgedreht und lag jetzt auf dem Rücken, hatte die Decke von sich geworfen, ein Bein ausgestreckt, das andere angezogen. Sie sah schrecklich verwundbar aus. Huy dachte – widerstrebend inzwischen – daran, daß er bald ausziehen mußte. Er war beim Kommen und Gehen und bei all seinen Treffen mit Amotju äußerst vorsichtig gewesen. Abgesehen von den Leuten in Amotjus und Asets Haushalt wußte niemand, wo er war. Aus Rechmires Büro hatte er (zu seiner Erleichterung) erfahren, daß er für die freie Stelle nicht in Frage kam. Außerdem hieß es, er solle sich hüten, Arbeit in einem Beruf zu suchen, der ihm verboten sei. Auch das war eine Erleichterung. Wäre es Rechmire in den Sinn gekommen, er hätte ihm für diese Anmaßung die Nase aufschlitzen lassen können.

Aber wenn er weiter forschen wollte, mußte er frei sein; und er durfte nicht riskieren, Aset oder ihr Haus in Gefahr zu bringen.

Er hatte nicht das Gefühl, sich noch einmal dem Schlaf anvertrauen zu können, es war den Göttern nicht unmöglich, im Traum zu den Menschen zu kommen. Er ging zu einem Tisch an der Wand gegenüber und goß sich rotes Bier aus einem Krug in einen Becher; eine Schüssel gelbe Feigen stand daneben. Zum Lesen war es zu dunkel, und er wollte Aset nicht durch eine Lampe stören, aber er wollte auch nicht allein in einem anderen Zimmer sitzen. So trug er sein Bier zum Fenster und trank und schaute dabei auf den Fluß hinaus, der schwarz und silbern hinter dem Gewirr der Stadt strömte. Es war zutiefst still, und nicht einmal das Feuer eines Wachmannes glomm an den fernen Kais.

Aset bewegte sich im Schlaf, und es schauderte sie. Er ging zum Bett und deckte sie wieder zu. Dabei wachte sie auf. Das Vertrauen in ihren Augen war fast mehr, als er ertragen konnte.

»Du bist wach?« fragte sie schlaftrunken.

»Ja.«

»Kannst du nicht schlafen?«

»Ich habe geträumt.«

»Das muß ein Alptraum gewesen sein.«

»Ich habe ihn schon vergessen.«

»Dann mußt du weiterschlafen.«

»Noch nicht.«

»Aber heute nacht kannst du nichts tun.«

Er setzte sich auf das Bett.

»Ich versuche zu durchschauen, was Ani erzählt hat. Er sagt, Medjays haben bei dem Überfall zugeschaut.«

»Dann wird man sie nie ausfindig machen. Die Polizei sucht vielleicht nach Piraten, aber niemals nach ihren eigenen Leuten. Wenn es Medjays waren, dann wäre es nicht das erstemal, daß Polizisten bei einem Verbrechen ein Auge zudrücken, weil sie einen Anteil bekommen.«

»Was glaubst du, wer hinter diesem Überfall steckt?«

Sie stützte sich auf den Ellbogen, nahm seinen Becher und trank. »Niemand. Flußpiraten gibt es einfach.«

»Aber diese Sache war geplant wie ein Marineangriff.«

»Die sind frech geworden«, erwiderte sie heftig. »Auf dem Fluß hat es jahrelang keine Ordnung gegeben. General Haremheb hat gerade zur rechten Zeit die Macht ergriffen.«

Huy beschloß, ihre letze Bemerkung zu ignorieren. Sie ließ eine Disharmonie anklingen, die er in dieser Beziehung nicht haben wollte. »Rechmire hat nichts damit zu tun?«

»Natürlich. Amotju schwört, daß Rechmire dahintersteckt.«

»Und du bist anderer Meinung.«

Sie wirkte ungeduldig. »Möglich; aber Amotju ist geradezu besessen von diesem Mann. Natürlich sind sie Rivalen, aber ich glaube, mein Bruder würde das nicht so ernst nehmen, wenn es einfach um Macht ginge. Im Augenblick hat ihn etwas in der Gewalt, das er weder versteht noch beeinflussen kann.«

»Und das wäre?«

Aset war überrascht. »Liebe natürlich.«

Jetzt war es an Huy, verblüfft zu sein. »Was meinst du damit?«

»Hat er es dir nicht erzählt?«

»Was?«

»Wenn er nichts gesagt hat, sollte ich vielleicht auch den Mund halten.«

Huy nahm sie bei den Schultern. »Laß mich nicht im Dunkeln tappen. Erzähl's mir.«

»Es wäre besser, er erzählt es dir selbst.«

»Dann muß ich doch wissen, wonach ich fragen soll.«

Sie sah ihn an. »Frag ihn nach Mutnofret.«

»Wer ist das? Eine Mätresse?«

Aset beantwortete seine Fragen zunehmen widerstrebend. »*Die* Mätresse. Wenn sie wollte, würde er sich von seiner Frau scheiden lassen und sie heiraten.«

»Ist sie verheiratet?«

»Sie ist geschieden oder verwitwet. Ich weiß es nicht, und ich habe ihn nicht gefragt. Er spricht nicht gern über sie.«

»Hast du sie kennengelernt?«

»Nein. Gesehen habe ich sie.« Eine Spur von Abneigung lag in diesen Worten, aber Huy ging nicht darauf ein. »Was tut sie?«

»Weiß ich nicht. Sie hat Geld. Vielleicht aus einer Scheidungsvereinbarung oder einer Erbschaft. Sie wohnt im Südostviertel.«

Huy spreizte die Hände. »Und was hat das mit Rechmire zu tun?«

Aset sah ihn mit dunklen, hinreißenden Augen an. »Mutnofret ist seine Mätresse. Seine anerkannte Mätresse.«

Huy stand auf. »Und weiß er, daß sie noch einen Liebhaber hat?«

»Weiß er von Amotju, meinst du? Er ahnt vielleicht etwas. Sie ist ein unabhängiges Wesen. Vielleicht hat sie noch mehr Liebhaber.« Wieder dieser verärgerte Unterton.

»Du magst sie nicht?«

»Ich bin nicht gefragt. Amotju kann tun, was er will.«

»Ist Rechmire eifersüchtig?«

»Du hast ihn kennengelernt. Was ihm gehört, seien es Menschen oder Dinge, das muß er ganz und gar besitzen.«

»Dann ist sie wohl kaum ideal für ihn.«

»Sie ist eine Herausforderung. So. Jetzt habe ich dir alles erzählt. Jetzt brauchst du Amotju nicht mehr zu fragen.«

Sie sagte es fast bitter, mit ausdrucksloser Stimme, als habe sie ihren Bruder verraten.

Huy sah sie an. »Er hatte keinen Grund, mir das zu verheimlichen. Warum, glaubst du, hat er es getan?«

»Vielleicht wollte er sie nicht hineinziehen. Er hat keine Gewalt über sein Herz. Die hat sie.«

»Und ist das der wahre Grund, weshalb er Rechmire stürzen will?«

Aset schwieg einen Augenblick lang. Dann schaute sie ihn wieder aus dunklen Augen an. »Wir haben genug von ihr geredet.« Sie kniete im Bett und ließ das Laken fallen. »Komm her.«

Huy erwachte, weil jemand ans Tor hämmerte. Dann hörte er Laufschritte: Jemand öffnete. Hastige, atemlose Worte, die er nicht verstand, dann eine gedämpfte Debatte, dem Tonfall nach dringlich. Aset war schon aufgestanden; sie warf ein hellblaues Gewand über und ging hinaus. Huy hörte ihre Stimme über den anderen – Fragen und Antworten in schnellem Wechsel. Dann befahl sie jemandem zu warten, und im nächsten Augenblick war sie wieder bei ihm.

»Amotju ist weg.«

»Weg?«

»Er ist verschwunden.«

Der Hof von Amotjus Haus war von einer Kalksteinkolonnade umsäumt, der Boden strahlend weiß gepflastert. Ein Fischteich in der Mitte wurde von einem unterirdischen Bach gespeist, und Rankenwerk, das sich darüber spannte, bot köstlichen grünen Schatten.

Huy saß auf einer Bank, deren Schnitzwerk Vögel in einem Feigenbaum darstellte, und wartete ungeduldig auf Amotjus Frau. Endlich hörte er das Rascheln von Kleidern, drehte sich um und stand auf.

Es war lange her, daß er Taheb gesehen hatte, aber die Jahre hatten sie nicht verändert. Sie war groß und schlank – beinahe hager, genau wie früher, und nur aus der Nähe konnte man erkennen, daß die Haut ihre Straffheit verloren hatte, und die kleinen, verbitterten Falten um die Mundwinkel wurden unter der Schminke sichtbar. Ihre Bewegungen und ihre Haltung waren wie immer – makellos und gemessen. Jede Falte ihres Gewandes war an ihrem Platz, und sie benahm sich, als sei das Verschwinden ihres Gatten allenfalls eine geringfügige Störung – eine kleine Unregelmäßigkeit in den Kontobüchern, etwas, das sich ausbügeln ließ. Sie trug eine hellbraune Perücke mit eingearbeiteten blonden Zöpfen, passend zu ihren haselnußfarbenen Augen. Diese starrten ihn jetzt an, ohne zu zucken. Ausdruckslos und ohne jede Begeisterung. Huy entsann sich, daß jeder, dem Amotjus Zuneigung galt – egal, ob männlich oder weiblich –, von Taheb stets als potentieller und unwillkommener Rivale betrachtet worden war. Selbst zu kühl, als daß sie ihrer Liebe zu ihm hätte Ausdruck geben können, war sie voller Abneigung gegen jeden, dessen natürliche und spontane Wärme der Amotjus glich.

»Huy. Amotju hatte mir nicht erzählt, daß du wieder da bist.«

»Ich bin erst seit kurzem zurück.«

»Und du bleibst?«

»Kommt darauf an, ob ich Arbeit finde.«

Sie setzte sich, lud ihn aber nicht ein, ebenfalls Platz zu nehmen. Sie bot ihm auch nichts an.

»Was kann ich für dich tun?«

»Ich versuche, Amotju zu finden.«

»Die Mühe brauchst du dir nicht zu machen. Unsere Leute stellen Nachforschungen an, und wenn es sein muß, gehen wir zur Polizei.«

»Was, glaubst du, ist passiert?«

»Wer kann das sagen? Wir hoffen, es ist keine Entführung um eines Lösegeldes willen. Amotju ist ein reicher Mann.« In diesen Worten lag eine Herausforderung. Die Ehe hatte zwei Vermögen vereint. Huy konnte sich nicht vorstellen, daß Amotju – egal wie groß seine Leidenschaft für Mutnofret sein mochte – aufgeben würde, was er durch diese Verbindung gewonnen hatte, solange Taheb bereit war, eine Ehe ohne Sex zu führen. Sie hatte schließlich Kinder; die Nachfolge war also sichergestellt. Man brauchte nur den Status quo aufrechtzuerhalten.

»Hatte er Feinde?«

»Jeder von uns hat Feinde.« Was geht dich das an, fragten ihre Augen, obwohl sie ihn nicht direkt anschauten, sondern irgendwo in Höhe seiner Stirn verharrten. Huy fragte sich, wie sehr seine Anwesenheit sie wohl störte. Wenn Amotju ihr nicht erzählt hatte, daß sein alter Freund wieder in der Südlichen Hauptstadt war ... ob sie dann wohl einen Verdacht hatte, weshalb er es ihr verheimlichte? Argwöhnte sie eine Komplizenschaft, auf die sie eifersüchtig sein konnte?

Huy bemühte sich, die stockende Unterhaltung noch ein Weilchen in Gang zu halten, um weitere Fragen zu stellen; aber bald sah er, daß Taheb mit ihrer Geduld am Ende war und wollte, daß er ging. Außerdem waren die Fragen, die er von ihr beantwortet haben wollte, derart, daß er sie unter diesen Umständen kaum stellen konnte. Wo war Amotju gestern abend gewesen, wenn nicht zu Hause? Und wenn doch, wann vor dem Morgengrauen war er fortgegangen? Und wohin?

»Du glaubst nicht, daß es irgend etwas mit dem Überfall auf die *Herrlichkeit-des-Ra* zu tun hat?« fragte er immerhin.

Sie starrte ihn ausdruckslos an. »Weshalb sollte es? Eine Untersuchung ist im Gange. Das ist doch normal. Weshalb sollte sich daran etwas ändern, wenn man Amotju entführt?«

»Du hast von Lösegeld gesprochen.«

»Das Risiko besteht.« Sie hatte genug und stand auf. »Verzeih mir, Huy, aber du warst der Freund meines Mannes, nicht meiner. Ehemalige Beamte des alten Regimes sind in meinem Haus nicht willkommen, und ich wüßte nicht, was unsere Angelegenheiten dich angehen. Ich begreife nicht, was dich zu all diesen Fragen veranlaßt. Hoffentlich nur die Sorge um die Unversehrtheit deines Freundes. Aber ich kenne dich nicht gut genug, um dich ins Vertrauen zu ziehen, und ich habe auch nicht die Absicht, es zu tun.«

Huy, der Asets lebhafte Wärme vermißte

und sich nun auch noch einen neugierigen Schnüffler hatte schelten lassen, ging. Er überlegte, daß Amotjus Flotte im Falle seines Todes auf seinen ältesten Sohn übergehen würde, der nicht viel jünger war als der neue Pharao; bis zu seiner Volljährigkeit würde also Taheb das Geschäft führen. Und was, wenn Taheb wieder heiratete ... Plötzlich hätte er gar zu gern einen Blick in die Bücher seiner Firma geworfen, vor allem in die Vereinbarungen zwischen Taheb und Amotju, aber das würde warten müssen. Er durchquerte die Stadt, um mit der anderen Frau im Leben seines Freundes zu sprechen.

Der Kontrast zwischen den beiden Häusern hätte nicht größer sein können. Wo bei Amotju alles aus kühlem weißen Stein war, fühlte man sich hier bei Mutnofret von warmem, unordentlichem Reichtum umhüllt. Sogar der Hof war mit Teppichen ausgelegt, die, das sah Huy, mit ihren satten Rot- und Indigotönen und ihren wunderlichen, feinverschlungenen und fremdartigen Mustern von weither kamen. Einmal hatte er tief im Süden Elefanten gesehen, und die ägyptische Kunst erinnerte ihn an diese großen grauen Tiere: sie war monumental und offen. Aber hier erinnerte ihn die Kunst an flinke, kleine, pfeilschnelle Tiere, die in Höhlen oder unter Felsvorsprüngen lebten. Viele Farben tanzten dunkel und suggestiv vor seinen Augen.

Sie begrüßte ihn in einem Innenraum, dessen

Möbel mit den schweren Stoffen aus Retennu und Mitanni geschmückt waren, während die Wände mit einem leichteren, schimmernden Material behängt waren, dessen Webmuster Huy völlig unbekannt war. Ein Diener brachte Feigen und Datteln auf einem Tablettisch herein und bot Huy rotes und schwarzes Bier sowie Flammenschnaps an. Mutnofret setzte sich ihm gegenüber auf eine Couch, lehnte sich in die Kissen und zog die Füße unter sich. Ein winziger Affe mit nacktem roten Gesicht und einem leuchtend gelben Fellschopf hockte auf ihrem Knie, und sie streichelte ihn müßig.

»Es freut mich, dich endlich kennenzulernen, auch wenn die Umstände betrüblich sind. Amotju hat oft von dir gesprochen.«

»Dann werde ich mich bemühen, dich nicht zu enttäuschen.«

Huy war teils angetan, teils vorsichtig. Er tat sein Bestes, um seine Überraschung darüber zu verbergen, daß Amotju seiner Geliebten gegenüber von ihm gesprochen hatte. Was mochte er wohl gesagt haben?

»Er hat mir erzählt, daß du aus der Stadt des Horizonts kommst«, fuhr Mutnofret fort, als habe sie seine Gedanken gelesen. «Das muß heute ein trauriger Ort sein.«

Huy bemühte sich, im offenen Blick dieser Frau Bestürzung oder Sorge zu entdecken, aber sie war zu gewandt, um ihre Zurückhaltung fallenzulassen, ehe sie ihn einschätzen konnte, und unter dem Schleier der Konversation war sie offenbar genau damit beschäftigt. Unversehens fiel ihm der dem alten Philosophen Imhotep zugeschriebene Satz ein, daß in jeder Liebesbeziehung einer mehr liebe als der andere, es also immer einen Liebenden und einen Geliebten gebe. Jeder sei von seiner Natur her das eine oder das andere, und wir müßten deshalb unser Gegenstück finden. Er sah in Mutnofret eine Nehmende und erkannte überrascht, daß Taheb eine Gebende war. Aber was brauchte Amotju wirklich?

Er ließ sich rotes Bier geben – etwas Stärkeres kam nicht in Frage – und aß ein wenig Brot und Feigen.

»Darf ich dir ein paar Fragen über Amotju stellen? Ich versuche herauszufinden, was ihm passiert ist.«

»Frag mich, was du willst. Aber findest du nicht, daß sich alle Welt ein bißchen zu früh aufregt?«

»Was meinst du damit?«

»Vielleicht ist er fortgegangen – aus persönlichen Gründen. Ich weiß es nicht.«

Huy wunderte sich über diesen Zigeunergedanken und war nicht sicher, ob er das nicht an ihr bewunderte.

»Ich kann mir nicht vorstellen, daß er niemanden informiert haben sollte. Seine Diener sind sehr besorgt.«

»Das überrascht mich nicht; aber sie sollten

sich keine Vorwürfe machen. Amotju kam gestern abend allein hierher.«

Damit war die erste Frage beantwortet. »Kommt er immer allein, wenn er dich besucht?«

»Ich weiß es nicht. Ich frage ihn nicht. Aber ich glaube nicht. Sein Besuch gestern abend war ... nicht geplant.«

Huy zögerte; er wußte nicht, wie er die nächste Frage formulieren sollte. »War das nicht ... riskant?«

Sie sah ihn gleichmütig an; ohne Zweifel fragte sie sich, wieviel er wußte. »Amotju war normalerweise sehr vorsichtig. Aber er mußte mit jemandem reden.«

»Über den Überfall auf die *Herrlichkeit-des-Ra*?« »Ja.«

»War er bedrückt?«

»Er hatte das Gefühl, die Götter seien gegen ihn. Er wollte nicht sagen, warum.«

»Was hast du gesagt?«

»Ich habe gesagt, er soll nicht albern sein.« Sie lächelte, aber es war ein besorgtes Lächeln. »Als er ging, dachte ich, er ginge nach Hause. Nach Hause«, wiederholte sie ein bißchen traurig. »Weißt du, wir haben noch nie eine ganze Nacht miteinander verbracht.«

»Wann ist er gegangen?« Huy spürte ihre Trauer und war verlegen.

Seufzend richtete sie sich auf und setzte den Affen neben sich auf die Couch. Er reagierte auf diese Behandlung mit gereiztem Quieken und blickte vorwurfsvoll zu ihr auf, bevor er den Kissenberg erkletterte, der sich hinter ihr türmte, und sich auf den Bauch fallen ließ.

»Er kam spät. Wir haben ein wenig gegessen, und er hat zuviel Wein getrunken. Dann sind wir ins Bett gegangen, und er hat in meinem Arm gelegen und geredet. Eigentlich über sehr wenig. Und dann hat er geschlafen. Ich glaube, er ging zwei Stunden vor Tagesanbruch, aber es kann auch noch früher gewesen sein. Ich kann nachts die Stunden nicht zählen.«

Als Huy sich zum Gehen wandte, hielt sie ihn auf. »Amotju hat mir von dir erzählt. Daß du nicht mehr als Schreiber arbeiten darfst.«

»Das stimmt leider.«

Sie lächelte wieder, ein wenig boshaft diesmal. »Übst du dich jetzt im Aufklären von Verbrechen?«

»Warum fragst du?«

»Wegen der Art, wie du deine Fragen stellst. Wie ein Medjay in hoher Position. Nur vielleicht intelligenter. Ich werde mich vorsehen müssen bei dir.«

Huy erwiderte ihr Lächeln. »Nein, das ist nicht mein Ziel. Ich möchte wieder ein Schreiber sein und ein ruhiges Leben führen.«

Die folgenden Tage brachten nichts Neues, aber in der Stadt summten die Gerüchte. Amotju war in der Nördlichen Hauptstadt gesehen worden. Im Delta. Weit stromaufwärts in Napata. Ein heiliger Mann berichtete, er sei seinem *Chou*-Geist begegnet, und der habe ihm gesagt, wo der Leichnam liege; aber die Suche blieb erfolglos. Während Ani sich von seiner Verletzung erholte, befahl er Amotjus Matrosen, die im Hafen arbeiteten, sich überall umzuhören, aber niemand hatte gesehen, daß Amotju an Bord einer stromaufwärts oder stromabwärts reisenden Barke gegangen wäre, und kein Fährmann hatte ihn über den Fluß zum Tal hinübergefahren. »Es sei denn, er hätte sich verkleidet«, sagte Ani. Aber weshalb sollte Amotju den Wunsch haben, zu verschwinden?

Am achten Tag kam ein Läufer und brachte Aset einen Brief. Sie öffnete ihn im Garten und las, und ihr Gesicht wurde ernst.

»Er ist von Taheb«, sagt sie und sah Huy an. »Sie will, daß wir uns mit den Schreibern treffen, um über die Zukunft der Flotte zu sprechen.«

»Sie kann doch noch nicht glauben, daß er tot ist?«

»Vielleicht glaubt sie es nicht. Aber möglicherweise wünscht sie es sich.«

Das konnte Huy sich ebensowenig vorstellen. Aber so oder so , es kam nicht mehr zu dem Treffen. Noch am selben Tag wurde Amotju von ein paar Grabarbeitern gefunden; er irrte erschöpft und halb verhungert am Westufer des Flusses umher. Seine feinen Kleider hingen in Fetzen, und er schien nicht zu wissen, wo er war. Lange Zeit blieb er stumm, ließ aber zu, daß man ihn wusch, versorgte und kleidete. Dies war Tahebs Stunde: Sie wurde Ärztin, Krankenschwester und Mutter und gönnte sich nur ein Mindestmaß an Schlaf, um ordentlich für ihn sorgen zu können. Huy fand ihr Benehmen merkwürdig, wo sie doch nur einen Tage zuvor mit dem Tod ihres Mannes gerechnet hatte, bevor irgendjemand sonst die Hoffnung aufgegeben hatte. Gleichzeitig akzeptierte er es dankbar, weil sie dadurch so beschäftigt und entspannt war, daß sie ihm erlaubte, Amotju jederzeit zu besuchen. Allerdings durfte er keine Fragen stellen und auch nicht lange bleiben.

Eine Zeitlang befürchtete man, sein Gedächtnisverlust sei so groß, daß er nicht nur seiner Vergangenheit, sondern auch der Sprache beraubt war. Mutnofret, die ihn nicht sehen konnte, war außer sich – eine Reaktion, die Huy fast so überraschend fand wie die Tahebs, denn er hatte Mutnofret für eine Frau gehalten, die ihre Gefühle sehr gut unter Kontrolle hatte. Er hielt sie auf dem laufenden, so gut er konnte – sehr zu Asets Widerwillen –, aber bei keinem seiner Besuche konnte er ihr viel Neues berichten, und überhaupt nichts Gutes.

Dann sprachen winzige Anzeichen dafür, daß Amotju aus dem tiefen Schock, in dem sie ihn gefunden hatten, langsam wieder auftauchte. Als erstes trat das Erkennen wieder in seinen Blick – er schien zu wissen, wo er war, und wer bei ihm war. Nicht lange, und seine Lippen bewegten sich, als versuche er, Worte zu formen. Das dauerte viel länger, aber sein Verlangen, zu sprechen, war stark, und er plagte sich, bis es ihm gelang. Dann machte er rasch Fortschritte, blieb aber weiter verschlossen, sprach mit anderen nur gesenkten Blicks und wollte niemandem in die Augen schauen.

Zu Tahebs unübersehbarem Ärger war Huy derjenige, mit dem er am dringlichsten sprechen wollte. Huy wurde geholt, mußte aber als erstes das Sperrfeuer überstehen, das die Gattin seines Freundes für ihn bereithielt. Sie konfrontierte ihn mit einer Liste von Warnungen und Bedingungen, die eines Provinzstatthalters würdig gewesen wäre, bevor sie ihn in einen kleinen Innenhof ließ. Dann verschwand sie ebenso widerwillig wie mißtrauisch.

Er sah sich in einem Geviert, das kaum größer war als eine Laube. Die Wände waren mit lebhaften, bunten Mustern bemalt: Enten, die über Lotoshaine flogen, Jäger, die im Sumpf mit Wurfstöcken Federwild jagten, und Ochsen die am Fluß pflügten.

Der Hof wurde beherrscht von einem alten Feigenbaum, dessen Schatten alles umhüllte und die Umgebung in mildes Dämmerlicht tauchte. Amotju saß auf einer langen flachen, mit Gazellenfell bedeckten Couch, gestützt von einem dicken Polster.

Er winkte Huy mit teilnahmslosem Lächeln zu sich.

»Mein Freund ...«

Huy umschlang zur Begrüßung das Handgelenk des Freundes und fühlte entsetzt, wie dünn es geworden war. Die Haut auf dem Handrücken war rissig und verschorft.

»Wie geht es dir?«

»Ich kann nicht glauben, daß ich hier bin.«

»Du hast ein schreckliches Erlebnis hinter dir.«

»Ja, es war schrecklich. Es hat mich an den Rand des Todes geführt.«

»Was ist passiert?«

Amotjus Gesicht verzog sich gequält. »Ich kann darüber nicht sprechen! Nicht jetzt! Noch nicht!«

Huy war von diesem heftigen Gefühlsausbruch überrascht. »Entschuldige. Ich wollte dich nicht aufregen.«

»Schon gut. Natürlich willst du wissen, was geschehen ist.« Amotju entspannte sich ein wenig.

Behutsamer fragte Huy: »Kannst du mir wenigstens die Abfolge der Ereignisse schildern – und wo du gewesen bist?«

Amotju sah ihn beschwörend an. »Ich bin nicht sicher, daß du mir glauben würdest, wenn ich es dir sagte. Ich weiß nicht, ob ich selbst die Erinnerung schon ertragen kann.«

»Bitte vertrau mir. Vielleicht, wenn du sie mit jemandem teilst ...«

In die Augen seines Freundes trat ein gehetzter Ausdruck, als erwarte er, daß ihn aus dem Schatten in der Hofecke etwas anspringen werde. Er zog Huy so dicht zu sich, daß ihre Stirnen sich berührten, und flüsternd: »Ich war nicht am Rande des Todes, sondern jenseits davon.« Er schaute Huy an, und sein Blick beschwor ihn, ihm zu glauben. »Verlange nicht, daß ich jetzt mehr sage. Aber so ungeheuerlich ist das, was mir geschehen ist.«

Amotju sank erschöpft zurück und schloß die Augen. Huy betrachtete ihn einen Augenblick lang. Als er glaubte, der Freund sei eingeschlafen, erhob er sich leise von der Couch. Sofort war Amotju wieder wach und umklammerte seinen Arm.

»Du darfst Rechmire nicht mehr verfolgen!«

»Was?«

»Nichts mehr! Hast du gehört?«

»Wir werden darüber reden. Aber ich muß herausfinden, wer dir das angetan hat.«

»Ich habe eine Warnung von den Göttern bekommen.«

»Von welchen Göttern?«

Amotju schien im Begriff, zu antworten; sein Herz mühte sich, der Zunge Worte zu verleihen.

»Huy!« Tahebs Stimme klang streng von der Hoftür herüber. Amotju sank zurück; der Griff seiner geschundenen Hände löste sich von Huys Arm, wo die Finger rote Male hinterlassen hatten. Huy stand leise auf, schluckte seinen Ärger über die ungelegene Störung herunter und wandte sich Taheb zu.

»Das reicht für heute«, sagte sie leiser, und führte ihn hinüber in den größeren Hof, wo ihr erstes Gespräch stattgefunden hatte. »Er regt sich sehr rasch und sehr leicht auf. Was hat er dir erzählt?« Sie begegneten einem Hausdiener, der einen Krug Wasser zu seinem Herrn trug.

»Nichts.«

Taheb sah ihn mit einem Blick an, der wohl skeptisch war, aber sie deutete auf einen Stuhl und fragte ihn, ob er Brot und Wein wolle. Das war eine ganz andere Behandlung als vorher, aber Huy ließ sich nicht anmerken, was er dachte. Schweigend saßen sie da, während Speise und Trank gebracht wurden.

»Welchen Eindruck hat er auf dich gemacht?» fragte Taheb, nachdem sie getrunken hatten.

»Einen verängstigten.«

»Ja. Man hat ihn einem furchtbaren Schock ausgesetzt.«

«Mit Absicht?«

»Was glaubst du?«

»Was hat er dir erzählt?«

Sie seufzte. »Er sagt, er erinnert sich an nichts – nur die Angst ist ihm im Gedächtnis geblieben. Aber er hat mich gebeten, nichts zu unternehmen, ihn gesund werden zu lassen und die ganze Sache zu vergessen.«

»Und wirst du das tun?«

»Das kann ich nicht.« Sie sah ihm ins Gesicht. »Ich will dir nicht verschweigen, daß Amotju und ich ... unsere Schwierigkeiten haben. Das weißt du zweifellos sowieso schon. Freunde unterhalten sich schließlich über diese Dinge«, fügte sie mit einer Spur ihrer gewohnten Verbitterung und Eifersucht hinzu. »Aber dieses Ereignis hat mir klargemacht, daß ich ihn nicht verlassen kann. Ich will eine Antwort, und ich will Vergeltung. Es war eine feige Tat.«

»Was, glaubst du, ist passiert?«

»Die Ärzte haben an seinem Kot erkannt, daß er Drogen oder Gift bekommen hat.«

»Also war es Absicht.«

»Du hast doch keinen Augenblick lang etwas anderes vermutet.«

Er schaute sie an. Kühl und fest erwiderte sie seinen Blick.

»Hast du mich im Verdacht?« fragte sie. »Glaubst du, ich ließe mich zu einer so vulgären oder so verzweifelten Tat hinreißen, damit er aufhört, sich mit dieser Mitanniterin zu treffen?«

Sie wußte also Bescheid über Mutnofret. Nun, überraschend war das nicht. Amotju war eigentlich kein doppelzüngiger Mensch und hatte noch nie zwei Gesichter überzeugend zu tragen verstanden. Huy trank einen Schluck

Wein, Dakhla diesmal: Amotju hatte offenbar wirklich nur das Beste im Haus.

»Was soll ich tun?«

Sie lächelte – Huy konnte es kaum glauben. »Ich hätte Amotju glauben sollen. Er hat mir gesagt, daß du klug bist.«

Du schaust mich an, dachte Huy, und siehst einen stämmigen kleinen Schreiber ohne viel Geld, der seine Frau verloren hat und töricht genug war, den Boden unter den Füßen zu verlieren, als Echnatons Schiff unterging. Aber vielleicht lernst du ja dazu.

»Du sollst mir helfen, herauszufinden, wer dahintersteckt.«

»Er hat mir befohlen, nichts mehr zu unternehmen.«

»Und – wirst du dich daran halten?«

Huy fragte sich, ob sie von der ersten Drohung wußte, von dem Ichneumon, das symbolisch seines Lebens und nach dem Tod der Kraft seines rechten Armes beraubt worden war. Amotju hatte ihr wahrscheinlich nichts davon erzählt.

Er frage sich auch, wie groß der politische Ehrgeiz sein mochte, den sie durch ihren Mann verfolge. Daß sie Rechmire nicht erwähnt hatte, war ihm nicht entgangen. Er wußte nicht, wie weit Amotju sie ins Vertrauen gezogen hatte und wie sicher sie war, das Amotju bei ihr bleiben würde. Aset hatte gesagt, er würde sie für Mutnofret verlassen.

»Ich würde gern die Wahrheit herausfinden. Ich mag keine Geheimnisse.«

»Manche Dinge halten die Götter für immer vor uns verborgen.«

»Aber es gibt sehr wenig, was man nicht mit Entschlossenheit ans Licht bringen kann.«

Nach dem kurzen, formellen Wortwechsel, der ihre Übereinkunft besiegelte, lächelten sie einander wachsam an. Taheb hob ihren Becher und trank.

Die *Herrlichkeit-des-Ra* war von der Sandbank freigekommen und vollendete ihre Fahrt zum Hafen der Südlichen Hauptstadt mit dem, was von ihrer Ladung noch übrig war. Dort wurde sie entladen und überholt, man ersetzte die im Kampf beschädigten Planken und scheuerte das Blut vom Deck. Ani hatte den größten Teil der Arbeiten beaufsichtigen können. Er gewöhnte sich allmählich an sein neues Bein aus Zedernholz mit dem Leinenpolster und den Lederriemen. Befriedigt ließ er, auf eine Krücke gestützt, den Blick über das Schiff wandern. Da er nun wieder beweglich war und sicher sein konnte, sein altes Kommande zurückzubekommen, hatte er in den letzten Tagen eine neue Mannschaft zusammengestellt. Vielleicht würde er bald zur Nördlichen Hauptstadt hinaufsegeln. Die *Herrlichkeit-des-Ra* sollte die *Pracht-des-Amun* als Geleitschiff für Nebcheprure Tutenchamun begleiten, wenn dieser in den Süden käme, um seine neue Residenz zu beziehen.

Ani verspürte warme Genugtuung. Nach all der Ungewißheit und dem Auf und Ab der letzten anderthalb Jahrzehnte würde die Welt jetzt wieder in Ordnung sein. Nur noch ein loses Ende galt es zu verknoten, bevor er sich mit klarem Kopf auf seine Arbeit besinnen könnte, und das war die Frage der Gerechtigkeit – oder der Vergeltung. Ani war es ziemlich gleichgültig, was ihn stärker antrieb, aber die Männer, die ihn den Krokodilen überlassen hatten, mußten gefunden werden.

Unter den letzten beiden Königen war die Herrschaft des Gesetzes an den oberen Abschnitten des Flusses zusehends verfallen, und unter Amenopis III. waren Piraten – in Anis Jugend hatte es keine gegeben – zu Hunderten hervorgegangen aus den Reihen unzufriedener oder entlassener Matrosen, Marinedeserteure und freier Kapitäne, die den schnellen und hohen Profit des Verbrechens schätzten. Ani wußte, daß er unmöglich alle Beteiligten ihrer gerechten Strafe zuführen konnte. Das Netzwerk seiner Kontakte flußauf- und flußabwärts hatte zu seiner Genugtuung funktioniert und er wußte, daß fünfen von ihnen bereits die Kehle durchgeschnitten worden war. Diese Solidarität unter den ehrlichen Schiffern auf dem Fluß hatte weniger sentimentale Gründe; hier ging es um Sicherheit, und die Gerechtigkeit, die sie übten, war schneller und sehr viel endgültiger als die der Gerichte.

Anis Gedanken waren indessen auf den Medjay-Offizier konzentriert, der zugeschaut hatte, wie seine Leute abgeschlachtet wurden. Er mußte sich seiner Sache verdammt sicher gewesen sein, um sich so zur Schau zu stellen – auch wenn der Kampf, genaugenommen, schon zu Ende gewesen war, als er erschien. Das Problem war, daß man einen Medjay durch inoffizielle Kanäle nicht aufspüren konnte, und einen Offizier schon gar nicht. Und wenn es doch gelänge, so gäbe es wenig oder keine Gelegenheit, ihm die gleiche rauhe Form von Gerechtigkeit zukommen zu lassen wie Anis anderen Feinden. An diesem Morgen jedoch hatte er eine Nachricht bekommen, die ein Grund zum Feiern war. Drei der Kleinbauern, die ihn gerettet hatten, hatten die Medjays ebenfalls gesehen, und als Ani die von Amotju ausgezahlte Belohnung um üppiges Trinkgeld aus eigener Tasche vergrößert hatte, waren diese Männer bereit gewesen, für ihn auszusagen. Jetzt brauchte er den Medjay nur noch aufzustöbern, und das war einfacher als erwartet. An diesem Morgen hatte er die Bestätigung erhalten: Der Mann hieß Intef und war kürzlich auf einen Posten in Esna kommandiert worden.

»Die Arroganz dieses Kerls ist unglaublich«, sagte er zu Huy. »Aber natürlich sind Kleinbauern für einen solchen Mann kaum mehr als

Tiere auf dem Feld, und er hält uns alle für tot.«

»Ich weiß aber nicht, ob wir ihn kriegen können.«

»Natürlich können wir. Haremheb ist entschlossen, dem Verbrechen, das überall im Lande blüht, ein Ende zu machen. Besonders hier unten, wo es so schlimm ist, daß die Leute sich nachts nicht einmal in die Hafengegend wagen.«

»Es wird ihm nicht gefallen, wenn einer seiner eigenen Männer beteiligt ist. Wer da Anklage erhebt, gewinnt vielleicht, aber beliebt macht er sich nicht.«

»Das Risiko nehme ich auf mich«, erwiderte Ani gleichmütig. »Wenn ich keine berechtigte Klage vorzubringen habe, wer dann?«

»Aber was wirfst du ihm vor?«

»Sie waren so nah. Sie hätten uns retten können!«

»Das beweist nichts.«

»Es beweist, daß sie nicht ihre Pflicht getan haben!«

»Möglich, daß sie es nicht für ratsam hielten, einzuschreiten. Du weißt doch, wie die denken.«

Ani zog eine verärgerte Grimasse.

»Ich weiß, daß es dir nicht paßt. Aber wir müssen strategisch denken, im Rahmen der Gesetze«, sagte Huy.

»Wenn ich gewußt hätte, daß du ein so kalter

Fisch bist, wäre ich mit der Sache nicht zu dir gekommen, Ich dachte, du wärest Amotjus Freund.«

»Aber wenn wir die Medjays gegen ihn aufbringen, wird ihm das nicht helfen.«

»Was meinst du also?«

»Daß wir einen handfesten Beweis brauchen.«

»Du hast vier Zeugen!«

»Einen Beweis dafür, daß er an dem Überfall beteiligt war.«

Ani wollte etwas erwidern, aber dann entspannte er sich, als sei ihm etwas eingefallen. Er grinste. »Du kriegst deinen Beweis«, sagte er.

Drei Tage später wurde Intef verhaftet. Eine Kiste Goldbarren mit Amotjus Siegel war in seinem Pferdestall vergraben gefunden worden.

»Ich kann mir nicht vorstellen, daß jemand so blöd sein soll«, meinte Aset, als Huy es ihr erzählte.

»Vielleicht hat er sich nur absolut sicher gefühlt«, sagte Huy. »Dann ist er zwar arrogant, aber nicht blöd.«

»Wo liegt der Unterschied?«

»Es wird ein Gerichtsverfahren geben.«

»Wann?«

»Sofort. Haremheb ist sehr verärgert. Er wünscht, daß die ganze Affäre aufgeklärt und so bald wie möglich vergessen wird. Gleichzeitig will er an diesem Mann ein Exempel statuieren.«

»Wenn er schuldig ist.«

»Drei Leute haben ihn gesehen, und Ani auch. Und jetzt ist das Gold da.«

»Hast du mit Ani darüber gesprochen?«

»Natürlich.«

»Und was sagt er?«

»Daß die Götter seine Gebete erhört hätten.«

»Und du glaubst ihm?«

Huy sah sie an. Er hatte die Frachtzettel, auf denen das von der *Herrlichkeit-des-Ra* im Hafen entladene Gold registriert war, mit den Kisten von Rohbarren und Goldkörnern verglichen, die jetzt in Amotjus Schatzkammer lagen, und keine Unstimmigkeiten feststellen können.

»Nein«, sagte er. »Und ich glaube auch nicht, daß Intef hinter dem Überfall gesteckt hat – aber er ist sicher in die Sache verwickelt.«

Der Prozeß wurde in Esna abgehalten und dauerte nicht lange. Der junge Offizier beteuerte seine Unschuld, aber das Beweismaterial war überwältigend, und die Sache mußte rasch zu einem Ende geführt werden. Die Trockenzeit ging zuende, und die Menschen waren mit ihren Gedanken schon bei dem bevorstehenden Hochwasser, wenn Hapy, der Gott mit den Brüsten, das durstige Land mit den Wassermassen des Flusses bedecken würde. Dann würde der König in die Südliche Hauptstadt kommen. Eines frühen Morgens, als der frische Nordwind wehte, führte man Intef zum Wasser hinunter, wo eine Stange, zwei Schritt lang und eine Handbreit dick, fest zwischen die Felsen geklemmt worden war, so daß ihr grob angespritztes Ende zum Himmel wies. Man zog ihn aus, hob ihn hoch, bohrte ihm die Spitze der Stange in den After und pfählte ihn. Wenige Zuschauer waren gekommen. Die Leute waren mit den Vorbereitungen für das Hochwasser beschäftigt. Weil er ein Medjay war, hatten die Gefängniswärter dafür gesorgt, daß er an seinem letzten Abend auf Erden viel Feigenschnaps getrunken hatte. Deshalb war er kaum bei Bewußtsein, bis der Schmerz ihn durchfuhr, und dann war er nicht mehr bei Bewußtsein. Nie mehr.

Sechs

Wie Huy zu Taheb gesagt hatte: Er mochte keine Geheimnisse. Sie waren etwas Unordentliches, genauso wie Intefs Tod. Er hatte Probleme lösen und ein paar Fragen klären sollen, hatte aber keines dieser Ziele erreicht, von der offiziellen Aktenlage einmal abgesehen. Mit wem hatte Intef zusammengearbeitet? War damit zu rechnen, daß diese Leute ihn rächen würden? Seine Hinrichtung wirkte vielleicht einschüchternd auf andere Medjays, die Lust auf den kurzen Weg zum Reichtum verspürten, aber Huy war enttäuscht, weil der Mann gestorben war, ehe er mit ihm hatte reden können. Ihm Milde im Austausch gegen Informationen anzubieten, war eine neue Idee und dazu eine, die Haremheb bestimmt nicht gefallen hätte; aber es war doch schade, daß nicht einmal Zeit für einen Versuch gewesen war.

Aber sein Interesse an Intef hätte mehr Aufmerksamkeit auf ihn gelenkt, als ihm recht sein konnte.

Aset hatte ihn durch die Kontakte ihres Bruders mit dem Schreiber bekanntgemacht, der die restliche Ladung der *Herrlichkeit-des-Ra* kontrolliert hatte, mit dem Mann, dessen Akten Huy bereits hatte inspizieren können.

Der Schreiber war nicht erfreut, ihn wiederzusehen. Er war ein Musterbeispiel amtlichen Geltungsbewußtseins und hätte geradewegs aus den Seiten der *Vermischten Schriften* hervorgekommen sein können, die sich mit Schreibern befaßten, fand Huy. Groß und makellos – von den Fingerspitzen abgesehen, an denen sorgsam vernachlässigte Tintenflecke den Status seines Berufes deutlich machten –, zeigte der Mann alle Merkmale des ehrgeizigen Subalternen, der wichtiger erscheinen möchte, als er ist. Im Gegensatz zu der abgewetzten Palette, die Huy nicht länger bei sich trug, war die seine nagelneu. Sie war aus Ahorn mit Ebenholzeinlagen, und in einer langen Kerbe in der Mitte lagen (in diesem Fall) absolut gerade Binsenpinsel. Oberhalb dieser Riefe waren sechs runde Löcher ins Holz geschnitzt, in denen jeweils ein Stück gepreßtes Tuschpulver ruhte, insgesamt vier schwarze und zwei rote. An seinem Gürtel trug der Schreiber zwei ordentliche Lederbeutel mit weiteren Tintenpulvervorräten. Der Mann sah so kultiviert aus, daß Huy sich fragte, ob er nur Wasser oder vielleicht doch manchmal auch Spucke benutzte, um seine Tusche anzufeuchten, und ob er sich dazu herabließ, selbst die Enden seiner Binsen zu kauen, um die Fasern zu lösen und sich so seine Pinsel zu schaffen.

»Meinen Gruß, Pemou«, sagte Huy, als er das Büro des Mannes am Kai betrat.

»Ist etwas nicht in Ordnung?« fragte Pemou sofort. Er wußte alles über Huy und war auf der Hut, aber gleichzeitig wollte er den Freund seines Chefs nicht vor den Kopf stoßen.

»Doch, doch.«

»Die Dokumente, die du gesehen hast, waren hoffentlich in Ordnung?«

»Tadellos.«

Pemou war immer noch beunruhigt. Er nagte am Ende seines Federkiels, und dann langte er über sein niedriges Pult und rückte ein oder zwei Gegenstände zurecht: eine kleine Schildpattschale mit Wasser, eine Lederrolle, die er als Schreibfläche benutzen würde. Beim Anblick dieser vertrauten Gegenstände empfand Huy Neid und Wehmut wie einen Stich. Ob er diese Dinge wohl je wieder offiziell würde benutzen dürfen? Er sah, daß Pemou sogar einen tönernen Talisman um den Hals trug: Thoth, den Gott des Schreibens. Der Mann war ein Schreiber wie aus dem Bilderbuch.

»Wenn alles in Ordnung ist, was kann ich dann für dich tun?«

Rührte diese Nervosität nur aus Pemous Widerwillen gegen diese zweifelhafte Persönlichkeit? Ein ehemaliger Einwohner von Achetaton, der Stadt des Horizonts, war kaum ein wünschenswerter Umgang für einen ehrgeizigen Mann, mochte er ein noch so kleiner Fisch sein.

»Ich würde dir nur gern noch eine oder zwei Fragen stellen, die mir eingefallen sind, seit ich die Frachtdokumente gelesen habe.«

Pemou schaute sich im leeren Zimmer um, als erwarte er, einen Lauscher zu sehen.

»Hast du die Erlaubnis, dich hier aufzuhalten?«

Huy blickte in die unsteten Augen, doch sie wichen seinem Blick aus. Was dachte der Mann? Er wußte sicher, daß Amotju zwar außer Gefahr, aber noch keineswegs wiederhergestellt war. Hatte der Mann beschlossen, seine Loyalität zumindest einstweilen auf die Geschäftsführerin des Unternehmens, auf Taheb, zu verlagern?

»Nicht schriftlich.«

»Irgend etwas sollte schon da sein ...«

»Komm schon!« Huy hätte beinahe hinzugesetzt: »Wir sind doch Kollegen.« Aber er schluckte es herunter; er hatte nicht mehr das Recht, diesen Anspruch zu erheben.

»Es hat absolut nichts mit deinen Frachtzetteln zu tun«, fuhr er – vorsichtig, wie er hoffte – fort.

Er hatte keine Lust, sich unnötig Feinde zu machen.

»Das will ich auch nicht annehmen! Wenn ich nur einen Augenblick glauben müßte, du zweifelst an meinen ...«

Huy hob beschwichtigend die Hand. »Ich will wissen, wer die Ladung vor dir gesehen hat.«

Pemou kaute an seiner Feder und senkte den Blick.

»War da jemand?«

Der Schreiber blickte rasch auf. »Worauf willst du hinaus?«

»Auf gar nichts. Es geht mir nur um die Bestätigung dafür, daß sich nach deiner Bestandsaufnahme niemand an der Ladung zu schaffen gemacht hat.«

»Dieser Intef war schuldig!« explodierte plötzlich Pemou. »Wo kommen wir denn hin, wenn die Polizei jetzt zu Verbrechern wird? Wir müssen vor solchen Leuten geschützt werden!«

»Das ist überhaupt keine Frage«, log Huy.

»Ich soll Amotju nur bestätigen, daß niemand sich das allgemeine Durcheinander zunutzegemacht und ein wenig von dem, was noch an Bord war, an sich genommen hat. Und er hat vollständiges Vertrauen in deine Rechtschaffenheit; sonst hätte er mich doch nicht hergeschickt, damit ich dich direkt befrage.«

Huy hoffte nur, daß niemand diese Geschichte nachprüfen würde, aber er sah schon, daß sein Trick funktioniert hatte. Die Kombination aus der mit Autorität vorgetragenen Erwähnung von Amotju und dem blumigen Lob für den Schreiber, die offenbar Amotjus ehrliche Meinung über ihn widerspiegelte, ließ Pemou regelrecht schwellen vor Stolz. Wichtigtuerisch stand er auf und bemühte sich, nicht zu lächeln, und dabei zupfte er die Falten seines Kilts zurecht, der makellos unter einem beginnenden Spitzbauch saß, so rund und glatt wie ein Krug aus Steingut.

»Mal sehen ...« Huy wußte, daß der Mann nicht versuchte, Zeit zu schinden; er wollte das Beste aus diesem bedeutenden Augenblick machen.

»Natürlich war die Kernmannschaft da, die die Barke geholt hat, aber von ihrer Abreise an bis zu dem Augenblick, als die *Herrlichkeit-des-Ra* hier festmachte, wurden diese Leute streng beaufsichtigt. Und ich habe dann beinahe unverzüglich die Inventur ... Ich weiß! Ani, der alte Kapitän. Er kam an Bord, sowie das

Schiff angelegt und die Besatzung an Land gegangen war. Ich weiß das, weil ich noch spät gearbeitet habe, wie ich es ja häufig tue.« Er legte eine Pause in und ließ diese Facette seiner Sorgfalt für einen Augenblick gehörig funkeln. »Ich bemerkte, wie sie vorübergingen.«

»Sie?«

»Ja. Daß es Ani war, wußte ich natürlich wegen der Krücke. Er hatte immer noch große Mühe beim Gehen. Bemerkenswert, wie schnell er ...«

»Wer war bei ihm?« Huy versuchte, höflich interessiert zu klingen und sich seine Erregung nicht anmerken zu lassen.

»Zwei Leibdiener. Große Männer.«

»Hast du gesehen, zu welchem Haushalt sie gehörten?«

Pemou machte ein überraschtes Gesicht. »Na, zu Amotjus natürlich.«

Huy holte tief Luft. »Und hast du sie später noch einmal gesehen?«

»Nein. Sie müssen noch auf dem Schiff gewesen sein, als ich ging. Es war schon sehr spät.«

»War denn kein Wachmann postiert?«

»Doch, aber aus welchem Grunde hätte er ...?«

»Wo ist der Mann jetzt?«

Pemou machte ein betretenes Gesicht. »Tatsache ist ...«

»Ja?«

Pemou sah aus wie ein Kind, dessen Sandburg am Ufer des Flusses gerade vom Huf eines täppischen Kalbes zertreten worden ist. »Er ist kurz danach verschwunden. Ist, genauer gesagt, seitdem nicht mehr gesehen worden. Er war aber nicht lange bei uns gewesen, und wir dachten, er habe woanders eine bessere Stellung gefunden.«

Huy machte eine Gewittermiene. »Hat Amotju davon erfahren?«

Pemou zitterte. »Ich weiß nicht ... wegen seines Verschwindens – Amotjus, meine ich – und seiner Krankheit ... Außerdem war ich für diesen Wachmann nicht verantwortlich, denn sonst wäre sicher Meldung gemacht worden.«

Huy ließ ihn stehen. Nun konnte er sich überlegen, wie er seine Sandburg wieder aufbaute.

Die neue Jahreszeit hatte zwar gerade erst begonnen, aber das Wasser war schon merklich gestiegen, und die Schiffsflanken erhoben sich wie hölzerne Wände am Rande der Kaianlagen. Die Sonne schien für ihre tägliche Reise von der Geburt zum Tod jetzt länger zu brauchen und scheinbar endlose Zeit am Himmel hoch über den Köpfen der Menschen zu verharren. Viele verzichteten jetzt tagsüber auf ihre Perücken und trugen statt dessen Turbane aus weißem Leinen, und keine Frau, die etwas auf sich hielt, war vor dem Abend auf der Straße zu sehen. Die Stadt lag in dumpfer Benommenheit wie eine Geisterstadt. Auch die Felder waren verlassen und warteten darauf, von Hapy überflutet zu werden, der den ausgedörrten Boden mit seinem reichen Schlamm und seinem Wasser bedecken würde. Alle waren auf höheres Gelände gezogen. Bald würde der Hundsstern aufgehen, und das neue Jahr würde beginnen. Huy mochte den Sommer nicht; er freute sich auf das rege Treiben und die relative Kühle des *Peret*, der Jahreszeit des Hervorkommens.

Er fand Ani an Bord des Schiffes. Die *Herrlichkeit-des-Ra* war fast vollständig repariert – dank der großen Zahl von Leuten, die zur Zeit aus der Landwirtschaft abgezogen und zum Schiffbau befohlen werden konnten. Es war der zehnte Tag, der letzte Tag der Woche, und das Tempo der Arbeit ließ nach, man bereitete sich auf den Tag der Ruhe vor. Huy war froh, Ani zu finden, und erst recht, ihn allein vorzufinden.

Ani war überschwenglich; stolz führte er Huy auf der Barke herum, schenkte Wein ein und ließ sich nicht aus der Ruhe bringen. Er benahm sich wie ein Mann in sehr sicherer Position, und durch sein Geplauder zog sich als roter Faden die Warnung, daß Huys Status in Amotjus Haushalt nicht annähernd so sicher sei. Huy bemerkte, daß der Wein aus Dakhla kam. Nicht die Sorte, die man von einem

Frachtschiffsführer erwartete. Er trank wenig. Ani bemerkte es, hielt sich aber selbst nicht zurück.

»Tja, jetzt solltest du mich wohl fragen, was du mich fragen wolltest, darum bist du schließlich hier«, sagte er, als er die Sache nicht weiter in die Länge ziehen konnte.

»Ich will wissen, was du von Intef gehalten hast.«

Ani schwieg kurz, ehe er antwortete. »Es war gut zu sehen, wie er sich vor Gericht wand.«

»Glaubst du, es war ein fairer Prozeß?«

»Dreißig meiner Leute sind ertrunken oder getötet worden. Nur fünf haben wir bergen und begraben können. Ich habe gesehen, wie er am Ufer stand und zuschaute.«

»Er war nicht allein.«

Eine Gebärde der Ungeduld. »Seine Leute waren nichts! Werkzeuge! Sie sind nicht gerissen genug, um den Ermittlungen zu entkommen, die Haremheb eingeleitet hat.«

Das stimmte. Drei weiteren Polizisten hatte man seit Intefs Hinrichtung schon den Prozeß gemacht. Zwei waren für schuldig befunden worden, und man hatte ihnen die Nase und die rechte Hand abgeschnitten. Intefs Leiche saß immer noch auf der Stange. Der steigende Wasserpegel des Flusses hatte schon seine Hüften erreicht, und bald würden die Krokodile den Rest erledigen.

»Ich weiß, was du durchgemacht hast.«

»Ach, weißt du das wirklich?« Anis Stimme troff vor Sarkasmus. Verfluchter kleiner, naseweiser Schmierfink – das war es, was er wirklich sagte. Was weißt du schon?

»Hast du keine Angst, daß Intefs Freunde sich rächen könnten?«

»An wem denn? Am Gesetz? Er hat einen fairen Prozeß bekommen. Wenn er dumm genug war, Diebsbeute in seinem eigenen Stall zu vergraben ...«

»Dann könnte er auch dumm genug gewesen sein, es jemandem in seiner nächsten Umgebung zu erzählen. Glaubst du, er war so dumm?«

»Was willst du damit sagen?«

»Wie hast du das Gold in sein Haus geschafft?«

Nach einer kurzen Pause breitete Ani die Hände aus. »Berufsgeheimnis.«

»Mit einem leichten Boot nach Esna hinaufzufahren, ist nicht schwer, und es gab bestimmt genug bereitwillige Helfer, die wußten, daß dieser Mann dabeigestanden und zugesehen hat, wie Matrosen starben.«

»Du hast selbst gesagt, daß Intef schuldig war. Es gab schließlich viele Zeugen. Du hast gesagt, man brauchte nur einen schlüssigen Beweis, um die Sache unter Dach und Fach zu bringen. Den habe ich besorgt – der Justiz ein bißchen unter die Arme gegriffen.«

Huy seufzte innerlich.

Die Milch war verschüttet: Intef war nicht mehr da.

»Der Mann hatte es doch verdient. Wieviele solche Überfälle, glaubst du, hat er mitgeplant?« Ani redete weiter, versuchte, sich zu rechtfertigen und geriet allmählich in Rage. Huy spielte mit dem Gedanken, anzudeuten, daß nicht Intef der führende Kopf war, sondern jemand anderes, zu dem er sie vielleicht hätte führen können. Aber das erschien sinnlos.

»Das ist das Problem mit Leuten wie dir«, sagte Ani. »Ihr wollt alles genau nach Vorschrift machen. Na, den Göttern sei Dank, daß es immer noch ein bißchen Platz für natürliche Gerechtigkeit gibt. Ich hätte es nicht ertragen, einen Mann wie den frei herumlaufen zu sehen.«

»Kannst du mir nicht sagen, wer dir geholfen hat?«

»Wieso willst du das wissen?«

»Ich bin neugierig.«

»Das ist kein guter Grund.«

»Sag's mir trotzdem. War es Amotju?«

»Nein«, sagte Ani; er wußte, daß Huy das überprüfen konnte, und ahnte nicht, daß Amotju inzwischen auf Huys Dienste verzichtet hatte. »Aber es waren Freunde. Mächtige Freunde.« Ein mehr als warnender Unterton lag da in seiner Stimme.

Huy gab auf. Er war vor einer Mauer angelangt. Er mußte den Weg zurückgehen, auf dem er gekommen war.

Die Planke führte beinahe horizontal vom Deck zum Kai, so hoch war der Fluß inzwischen gestiegen; Huy überquerte sie nachdenklich, nachdem er sich bedrückt von Ani verabschiedet hatte. Er mochte den Kapitän und hatte volles Verständnis für seine Motive, auch wenn er selbst nie so gehandelt hätte.

Innerlich lächelte er über sich selbst. Er hatte sich nie als Mann der Tat betrachtet, sondern eher als einen, der die Sicherheit bevorzugte, die Sinnesfreuden und die Erhaltung des Status quo – solange es einer war, den er mit seinem Gewissen vereinbaren konnte. Und doch lief er jetzt hier herum, wühlte im Leben anderer Menschen und machte sich vielleicht sogar Leute zu Feinden, die Fremde gewesen waren.

Hinter ihm streichelte die Sonne den Rand des Horizonts, und der glitzernde Fluß färbte sich erst golden, dann kupfern, dann rot. Huy betrachtete die Steine vor sich; auch sie waren golden. Sein Schatten wurde mit jedem Schritt länger, und die verzerrten Umrisse reflektierten getreu jede Welle und jede kleine Rille im Gestein, über die er hinwegglitt. Huy stellt sich eine andere Form eines stillen Lebens vor: eines, das die Bauern noch immer führten, aber die Politiker und die Machthungrigen für immer fortgeworfen hatten, seit sie die Kraft ihrer eigenen Persönlichkeit entdeckten. Die Bauern waren immer noch Besitz des Pharao – der Sonne und des Flusses; sie hatten keine Zeit für etwas anderes als ihre Arbeit, kein Verlangen, außer nach Essen und Liebe – und vor allem kein Bewußtsein von sich selbst als Individuen, was, wie Huy allmählich erkannte, die Wurzel des Unglücks war. Wann war aus beruhigender Taubheit dieses Gefühl aufgetaucht? War es schon dagewesen, als Menes zweitausend Jahre zuvor das Schwarze Land einte?

Aber auch die Bauern waren nicht immun gegen die Angst, und Huy hatte gehört, daß unter ihnen gemordet wurde.

Der Abend brachte Erlösung von der Hitze des Tages; die Menschen strömten auf die Straße hinaus, und Geschäfte und Buden öffneten. Huy fühlte sich wohler im Gedränge, während er nun zu Aset zurückkehrte. Menschen um sich zu haben, hielt die düsteren Gedanken in Schach. Und außerdem war es in einer Menschenmenge leichter, anonym zu bleiben.

Aber es war natürlich auch viel schwieriger festzustellen, ob man verfolgt wurde; Huy hatte wenig Erfahrung in diesen Dingen und ließ sich von seinem Instinkt leiten, aber auch von dem intensiven Wunsch, Aset vor allem Übel zu schützen, das ihm galt oder ihn möglicherweise ereilte. Beide Führer ließen ihn diesmal im Stich.

Er war zwischen den kahlen Mauern zweier

großer Häuser in eine Gasse eingebogen, die zwei Hauptstraßen miteinander verband. Es war eine lange Gasse mit zwei scharfen Biegungen. Als er um eine dieser Ecken bog, standen ihm drei Männer gegenüber: Sie stammten aus dem Süden, trugen Medjay-Kilts und versperrten ihm den Weg.

»Huy, der ehemalige Schreiber?«

»Das wißt ihr doch.«

»Mitkommen.« Der Offizier, der dies sagte, stand auf der linken Seite des Trios. Seine Stimme klang ruhig, beinahe müde, aber ein scharfer Unterton ließ keine Widerrede zu. Huys Blick ging von einem Medjay zum anderen. Anscheinend waren sie nicht bewaffnet, aber wegzulaufen oder sich zu wehren wäre trotzdem nutzlos.

Huy neigte den Kopf. Der erste Mann drehte sich wortlos auf dem Absatz um und ging davon. Huy folgte ihm, und die beiden anderen schlossen sich ihm an. Die kleine Prozession brauchte nicht weit zu gehen. Kurz vor der Hauptstraße blieben sie an einem kleinen Torbogen stehen, den Huy vorher nicht bemerkt hatte. Er wurde hindurchgeschoben; dann packten sie ihn bei den Armen und führten ihn nach links und einen Gang hinunter. Schließlich stießen sie ihn in einen überraschend großen Raum mit hohen Fenstern; die Wände waren aus schlichten Lehmziegeln.

Es war drückend heiß. Die rohe Holztür

schloß sich hinter ihm, und ein Riegel wurde außen vorgeschoben.

Huy setzte sich auf eine in die Wand eingebaute Lehmbank und schaute zu den Fenstern hinauf. Du könntest sie erreichen; aber selbst wenn du dich hinaufziehen könntest, wären sie doch zu klein zum Durchkriechen – und davon abgesehen gab es keine Garantie dafür, daß sie nicht zu einem Innenhof führten.

Die Zeit verging in Totenstille. Huy wischte sich den Schweiß von den Schultern und ging auf und ab. Er wußte, sie ließen ihn absichtlich schmoren, aber dieses Wissen half ihm nicht weiter. Früher oder später, sagte er sich, würden sie kommen und sich mit ihm beschäftigen. Und dieses Wissen half ihm genauso wenig.

Endlich näherten sich draußen schwere Schritte. Er versuchte zu raten, wieviele Leute es waren, aber die Lehmziegel dämpften den Schall. Er stand von der Tür entfernt und schaute sie an, als der Riegel zurückgezogen wurde.

Zwei Soldaten kamen rasch herein, und einer von ihnen schlug Huy mit dem dicken Stock, den er bei sich trug, so heftig, daß dieser zusammenknickte und nach Luft schnappend auf die Knie fiel. In den paar Sekunden, die er brauchte, um wieder einen klaren Blick zu bekommen, fühlte er eine kühle Brise und roch den unverwechselbaren Duft von frischem Leinen und Lotosblüten – den Duft von Macht und Reichtum. Ohne den Blick zu heben, sah er den goldenen Saum eines langen blauen Kilts über kräftigen, sonnenbraunen Füßen in Ledersandalen mit goldenen Schließen. Die Füße waren sauber und gepflegt, aber die Sohlen waren hart, und der Innenrist war von einem Geflecht knotiger Venen überzogen. Den kühlen Wind hatte ihr Besitzer bei seinem energischen Eintreten mitgebracht.

Huy hob schnell den Kopf und schaute in ein schmales, hartes Gesicht, ein Gesicht mit dünnen Lippen und gebogener Nase, über der zwei durchdringende, schwarz-braune Augen wie die eines Habichts auf ihn herniederstachen. Für einen Augenblick trafen sich ihre Blicke; dann drückte einer der Soldaten seinen Kopf nieder, und er starrte wieder auf den roten Lehmboden. Aber sein Herz raste. General Haremheb!

»Ich weiß, wer du bist und wie dein Urteil lautet, Schreiber Huy«, sagte irgendwo über ihm ein Bariton. »Ich weiß, daß du in den Fall Intef verwickelt bist. Ich weiß, daß du dich um eine Arbeit beworben hast, die dir jetzt verboten ist. Du achtest offenbar das Zugeständnis gering, das dir dein Leben erhalten hat. Daß ich dir dieses Zugeständnis weiterhin mache, ist ein Zeichen meiner Dankbarkeit, weil du mitgeholfen hast, Intef der Gerechtigkeit zuzuführen. Aber laß es dir nicht zur Gewohnheit werden. Überlasse das Recht denen, die für seine Ausübung qualifiziert und dazu berechtigt sind. Ich bin nicht unbarmherzig, aber wenn ich merke, daß du auch nur ein winziger Dorn in meiner Seite wirst, dann reiße ich dich heraus und werfe dich ins Feuer.«

Huy fühlte eher, als er sah, daß der General ein Zeichen gab; beide Soldaten ließen ihre schweren Stöcke auf seinen gebeugten Rücken niederfahren – quer über die Nieren, so daß es ihm den Atem verschlug. Huy wand sich auf dem Boden und rang panisch nach Luft. Seine Welt schrumpfte auf die Grenzen seines Körpers, und er war sich seiner Umgebung nicht mehr bewußt. Als er schließlich, vor Erleichterung durchströmt, wieder tief einatmen konnte und zu sich kam, war er allein im Raum. Er wußte nicht, ob der Besuch des Generals ein Traum gewesen war oder nicht.

Man hatte die Tür offengelassen. Der Korridor war leer. Ohne zu zögern ging er hinaus; niemand hielt ihn auf. Er begegnete keinem Menschen, bis er aus der Gasse auf die Hauptstraße hinaustrat, wo noch immer viele Leute unterwegs waren, obwohl es, wie er an der Farbe des Himmels erkannte, schon spät war. Schnell lief er im matten Lichtschein der Öllampen in den wenigen Geschäften durch die Stadt zu Asets Haus.

Auf seinen angekündigten Auszug reagierte sie

mit solchem Zorn, daß er ihrer Überredungskunst und seiner eigenen Abneigung zu gehen für ein paar Tage nachgab. Aber er konnte nicht verhindern, daß in seinem Herzen die Angst um ihre Sicherheit wuchs.

»Mir geht es gut, wenn du bei mir bist«, sagte sie. »Ohnehin – wenn Haremheb weiß, daß du hier bist, dann bist du nicht in Gefahr. Wenn er dir etwas antun wollte, dann würde er es tun. Wo immer du wärest, du könntest ihm nicht entkommen.«

»Aber wenn Haremheb es weiß, dann wissen es vielleicht auch andere. Die Anzahl der Bediensteten, die es wissen, ist schon jetzt zu hoch. So vielen Menschen kann man nicht trauen.«

»Das sagst du, weil du fortgehen willst.«

»Glaube mir, das will ich nicht.«

Aber sie schmollte weiter, bis er nachgab und zu ihr trat, um sie zu trösten; doch so sehr er sich bemühte, er konnte sich in ihren Küssen nicht verlieren, und sie merkte es.

»Wenn unsere Liebe davon sauer wird, dann ist es besser, wir trennen uns. Aber ich lasse dich nicht gehen«, sagte Aset. »Wenigstens nicht für immer, weil ich eigentlich nicht glaube, daß du das willst.«

»Was willst du denn?«

»Immer bei dir sein.«

»Selbst in der besten aller Welten könnte ich niemals dein Ehemann sein«, stellte Huy fest.

»Wärest du mit mir verheiratet, trügest du den Makel, den ich trage. Amotju würde dir niemals dazu raten. Deine Ehe muß für eure Familie von Nutzen sein.«

»Deine Ausreden sind so hohl, wie sie klingen«, bemerkte Aset.

In dieser Nacht liebten sie sich lange und sehnsüchtig, sanft und grausam, wenn die Wogen ihres Verlangens über ihnen zusammenschlugen. Huy erwachte vor dem Morgengrauen; er küßte ihr schlafendes Gesicht mit größerer Zärtlichkeit, als er je für Aahmes empfunden hatte, selbst auf dem Höhepunkt ihrer Liebe, wenn er die Schlafende und den kleinen Heby angeschaut hatte. Sein Sohn würde inzwischen schreiben lernen. Wie er wohl zurechtkam? War sein Lehrer so grimmig, wie der Huys gewesen war? Wie Heby wohl aussehen mochte? Der Unterschied zwischen drei und sieben war ja unermeßlich. Aber jetzt schien er jemanden gefunden zu haben, der die Leere in seinem Herzen ausfüllte. Wenn er sich nur fallenlassen und seinen Gefühlen nachgeben könnte ...

Er ging hinüber in sein Zimmer. Es stand zwar ein Bett darin, aber er benutzte es als Büro; er hatte vorgehabt, jeden Schritt seiner Ermittlungen aufzuschreiben – aber bis jetzt hatte er lediglich alle unklaren Fragen auf einzelnen Papyrusblättern registriert.

Es war noch früh; zwar hörte er in der Küche oben im Hause leise Geschäftigkeit, gedämpft und vorsichtig, weil der Bäcker niemanden stören wollte, aber das übrige Haus war in jene tiefe Stille getaucht, die sich auf das Leben herabsenkt, wenn die Nacht am tiefsten ist.

An seiner Tür stieß er mit dem Fuß gegen etwas Kleines, Hartes, das davor auf dem Boden lag. Er kniete nieder und betrachtete im Halbdunkel den Fußboden, hob es auf und stellte fest, daß es ein steinerner Skarabäus war, einer von der Sorte, in die man Sinnsprüche einritzte. Er ging den Gang hinunter zu einer Öllampe, die in einer Nische brannte. Dort drehte er ihn um. In die Unterseite war eine Hieroglyphe geritzt: das Zeichen für Tod.

Jäh strömte alle Wärme aus ihm heraus, und die freundliche Dunkelheit wurde bedrohlich. Den Skarabäus umklammernd, nahm er die Öllampe und schlich leise und hastig den Weg zurück, den er gekommen war. Vor seiner Zimmertür zögerte er, aber dann überwand er seine Angst, stieß sie entschlossen auf und trat ein.

Selbst in dem matten Licht der Lampe sah er, daß jemand oder etwas in seinem Bett lag. Er legte den Skarabäus auf den Tisch neben der Tür und ging weiter. Er war unbewaffnet, aber die leblose Starre dessen, was da im Bett lag, verriet ihm, daß keine unmittelbare Gefahr drohte. Erst konnte er nur erkennen, daß es mit einem leinenen Laken bedeckt war und daß das

Laken von einem großen dunklen Fleck in der Mitte besudelt war. Ein schwacher Geruch sträubte ihm die Nackenhaare: In der Luft hing der Geruch von totem Fisch und Schwefel.

Die Proportionen dessen, was da im Bett lag, waren menschlich, das sah er. Aber nicht der Kopf. Er war zu lang. Was die Nase hätte sein müssen, war zu einer Schnauze nach vorn gezogen, die Stirn war flach, und es gab weder Haar noch Kinn. Es schien auch keinen Mund zu geben, aber plötzlich sah er, daß der ganze Kopf ein einziges Maul war – riesige, aufgeklappte Kiefer, und dazwischen ... Aber dazwischen war Leere. Und die Augen waren blicklose Löcher. Huy erkannte, daß es eine Krokodilsmaske war, die Haut eines toten Tieres, auf einen leichten Holzrahmen gespannt. Vorsichtig beugte er sich vor, um sie zu berühren, und sprang gleich zurück, als sie sich zu bewegen schien. Aber es war nur eine Sinnestäuschung im Zwielicht.

Er war gestolpert und hatte instinktiv die Hand ausgestreckt, um sich abzustützen. Dabei hatte er das Laken berührt. Es war kalt und naß und klebrig, und was darunter lag, war kalt und weich. Auch ohne das spärliche Licht hätte er gewußt, daß es Blut war, denn der Geruch an seinen Fingern war stark. Mit offenen Augen war er in einen Alptraum geraten, den er kaum fassen konnte. Er packte die trockenen Enden des Lakens und zog es weg, und er mußte vorsichtig daran zerren, weil es kleben blieb. Halb wußte er, was ihn erwartete, aber als er es schließlich im gelben Schein der Lampe glitzern sah, da stieg ihm die Galle hoch, und er mußte lange und tief durchatmen, um seine Übelkeit niederzukämpfen. Ein männlicher Leichnam, der gehäutet worden war. Wer immer es getan hatte, war ein Meister seines Handwerks, denn kein Fetzchen Haut war zurückgeblieben, nicht einmal am Penis.

Huys Blick wanderte am Rumpf hinauf zu der grotesken Maske, aber er wußte schon, wer es war. Das eine Bein endete dicht unter dem Knie.

»Du darfst es ihm nicht sagen«, warnte Taheb. »Er macht gerade gute Fortschritte, und eine solche Neuigkeit wird einen Rückfall auslösen.«

»Er wird wissen wollen, weshalb ich fortgehe.«

»Ach ja? Du wirst vielleicht überrascht sein.«

»Was meinst du damit?« fragte Huy.

»Das soll er dir sagen.« Sie sah ihn einen Augenblick schweigend an und fuhr dann fort: »Ich möchte gern wissen, was für Fortschritte du gemacht hast. Falls du welche gemacht hast.«

»Ich hatte mit Intef sprechen wollen.«

»Was hätte das genützt?«

»Amotju ist das Ziel all dessen.«

»Unsinn. Das Grab seines Vaters war nur eines von vielen, die in letzter Zeit ausgeraubt worden sind. Und was die Flußpiraten angeht, die gibt es überall.«

»Aber der Grabraub, die Piraten, die Entführung, alles zusammen ...«

»Amotju glaubt, daß er von Göttern oder Dämonen fortgeschleppt wurde, die Rechmire befehligt«, sagte Taheb trocken.

»Und das glaubst du so?«

»Ich muß mich der Meinung meines Gemahls anschließen.«

»Als ich oben am Grab war, wurde ich von Seth angegriffen«, bekannte Huy nach kurzem Zögern. »Oder von jemandem, der seine Maske trug. Wer hat mich dort hingeschickt? Was für Leute sind diese Räuber, daß sie so ein Amateurtheater veranstalten?«

Taheb sog zischend die Luft ein. »Was du da redest, ist vielleicht lästerlich. Wir wissen, an welcher Ketzerei du beteiligt warst. Aber die alten Götter haben ihren rechtmäßigen Platz wieder eingenommen.«

Huy wußte, daß Taheb zu intelligent war, um dergleichen zu glauben, wagte aber nicht, es auszusprechen. »Ich glaube nicht, daß ich Seth eine persönliche Attacke wert wäre.«

»Wenn du glaubst, daß es zwischen diesen drei Ereignissen einen Zusammenhang gibt und daß Rechmire dahinter steckt, dann erwarte ich von dir Beweise, mit denen wir zu Haremheb gehen können. Und ich erwarte, daß du besser vorankommst als bisher. Du bist ein intelligenter Mann.«

»Ich werde mich bemühen«, sagte Huy, und er fragte sich erneut, ob die Frau diese Intelligenz nicht herauszufordern versuchte und welches private und politische Interesse sie an Rechmires Sturz haben konnte. »Aber Anis Tod und die Plazierung seiner Leiche sind eine unverhohlene Drohung, die ich nicht ignorieren kann. Ich muß weg.«

Taheb schürzte die Lippen. »Intefs Familie hat sich gerächt. Jeder kann gesehen haben, daß du dich mit Ani getroffen hast vor dem Prozeß, und hinterher wieder. Und Ani war der Hauptbelastungszeuge gegen Intef. Vielleicht haben sie ihn zur Vergeltung so grausam ermordet, um dich dauerhaft abzuschrecken. Wie hat Aset es aufgenommen?«

»Sie hat die Leiche nicht gesehen. Ich habe drei Hausdienern befohlen, das Zimmer zu säubern und den Leichnam wegzuschaffen. Aber sie weiß, was passiert ist.« Huy fand plötzlich, daß die Frau seines Freundes zu viele Fragen stellte und daß er die Neigung hatte, ausführlicher zu antworten als nötig.

»Vertrauenswürdige Hausdiener?«

»Was können sie sagen? Ani hatte keine Familie, aber seine Freunde werden es natürlich erfahren. Was Intefs Familie angeht, so hatte er übrigens auch keine, die ich ausfindig machen konnte. Er war halb Mitanniter. Vielleicht lebt seine ganze Familie oben im Norden.«

»Wer soll ihn dann gerächt haben?«

Huy senkte den Kopf. Er hatte die Fragen allmählich satt.

»Vielleicht haben sie ihr Ziel erreicht«, meinte Taheb. »Ich kann mir nicht vorstellen, daß du aus einem Versteck heraus viel unternehmen kannst. Wo willst du hin?«

»Das habe ich mir noch nicht überlegt.«

Tahebs Blick ließ keinen Zweifel daran, daß sie diese Lüge nicht glaubte; sie sagte aber nichts. Huy überlegte, ob er zu weit gegangen war.

»Obgleich es mir lieb wäre, wenn du weiter für uns arbeiten würdest, wirst du unter diesen Umtänden sicher verstehen, daß ich dich nur für Resultate bezahlen kann«, erklärte sie schließlich. »Und jetzt redest du besser mit meinem Mann. Er wartet im Innenhof auf dich. Und sieh dich vor, wenn du ihm von Ani erzählst.«

Amotju saß auf einem niedrigen Stuhl, die Füße auf einen Schemel gelegt, und goß gerade Wein ein, als Huy das kleine Atrium betrat. Als er aufblickte, sah Huy, daß er zumindest äußerlich wieder der Alte war. Aber in seinem Blick lag immer noch der verschleierte, gehetzte Ausdruck.

»Wie geht's?« fragte Huy und ergriff die

Hände des Freundes. Er sah, daß die Haut auf den Handrücken noch immer verkrustet war.

»Gut«, antwortete Amotju, aber seine Stimme klang angespannt, ja, schwerzüngig. Huy fragte sich, warum Taheb ihm so viel Wein erlaubte. So vorsichtig wie möglich berichtete er Amotju vom Tode Anis und ließ alle Einzelheiten aus, die der Kranke nicht zu wissen brauchte. Amotju nahm die Neuigkeit ernst auf.

»Er war mein bester Kapitän.«

»Und er war wirklich treu.«

»Die Schiffe waren seine Welt. Die Männer waren seine Familie. Ich werde dafür sorgen, daß er eine gute Bestattung bekommt. Auf den Feldern von Aarru soll er seinen Lohn finden. Die Einbalsamierer werden ihn so gut wiederherrichten, wie sie irgend können.« Plötzlich kam ihm ein Gedanke. »Er hat doch noch sein Herz, oder?«

»Ja. So viel Barmherzigkeit hatten sie immerhin.« Huy schauderte bei dem Gedanken. Einem Menschen das Herz wegzunehmen, bedeutete, ihm das Leben im Jenseits zu verwehren: Es war, als töte man die Seele. Die so beraubten Toten waren dazu verdammt, auf der Erde umherzuirren und einem Lebenden das Herz aus dem Leibe zu reißen, um wieder vollständig zu werden. All die Jahre am aufgeklärten Hof in der Stadt des Horizonts hatten die Zweifel in seinem Herzen nicht restlos vertreiben können, die ihn immer noch solche Dinge fürchten ließen, mehr als die alten Götter.

Als Huy erklärte, daß er wegen der Drohung für ein Weilchen verschwinden müßte, hörte Amotju kaum noch zu. Er schien auch kein Interesse aufzubringen, als Huy diese brutale Warnung verglich mit der, die Amotju in Form des eingesperrten Ichneumons erhalten hatte. Nur jemand mit großer Geschicklichkeit und Macht – und, jawohl, vielleicht auch mit Hilfe von Dämonen – habe so etwas zuwege bringen können.

Amotju ließ ihn ausreden und trank dabei stetig. Dann hob er müde die Hand. »Ich verstehe alles, was du da sagst. Aber mir scheint, du hast mich nicht verstanden. Ich wünsche nicht, daß du diese Untersuchung weiterführst. Du bist vielleicht noch nicht zufrieden, aber ich. Ich bin zufrieden, daß ich mein Leben und mein Vermögen noch habe. Du magst meinetwegen Drohungen ignorieren, weil du die Wahrheit ans Licht bringen willst. Ich überlasse Rechmire die Siegespalme, wenn er mich in Frieden läßt.«

»Und wirst du Mutnofret wiedersehen – oder wirst du auch sie Rechmire überlassen?«

Amotju starrte ihn an, und plötzlich lag sehr viel mehr von dem alten Funkeln in seinem Blick. »Was?«

»Deine Mätresse. Wirst du sie deinem Rivalen überlassen?«

»Wer hat dir das erzählt?«

»Es wäre gut gewesen, wenn ich früher davon erfahren hätte.«

»Das hat nichts mit deinem Auftrag zu tun.«

»Ich habe erlebt, wie Könige an der Liebe zugrunde gingen«, sagte Huy. Jetzt dachte er auch an die innige Liebe, die der alte König, Echnaton für seine große Königin Nofretete empfunden hatte. Sieben Töchter und kein Sohn, und trotzdem hatte er nur mit ihr geschlafen.

»Was auch immer – ich will nichts mehr mit dir zu tun haben. Seit du da bist, gibt es nichts als Ärger, und Rechmires Macht wächst immer weiter.«

Soviel Kampfeslust lag jetzt in der Stimme seines Freundes, daß Huy hoffen konnte, die Schlacht sei doch noch nicht geschlagen. »Du hast also nicht soviel Angst, daß du deine Mätresse aufgibst?«

Amotju stand auf. »Hinaus«, sagte er. »Sofort!«

Sieben

Der Fluß stieg jetzt stetig und immer schneller. Jeden Tag sah man den Unterschied, und das Wasser nahm jene grüne Farbe an, die die Ankunft Hapys mit seinen Gaben ankündigte. Bald, vielleicht schon vor der Ankunft des neuen Königs – hoffentlich nicht, denn diese Farbe wäre dann ein ungünstiges Omen – würde das Wasser sich rot färben wie die schwere Erde, die als Hapys Geschenk aus dem Süden kam, vom Oberlauf des Flusses, den manche behaupten, gesehen zu haben, und von Atbara.

Das Gespräch mit Amotju brachte Huy zu dem Entschluß, nicht in die Stadt des Horizonts zurückzukehren – was er ursprünglich geplant hatte. Jetzt würde er bleiben. Die Weigerung seines Freundes, weiter zu untersuchen, was hinter den in letzter Zeit erlittenen Mißgeschicken steckte, machte Huy nur um so entschlossener, und er hatte Amotju gegenüber keinen Zweifel daran gelassen, ehe er das Haus verließ. Aber als er jetzt durch die staubigen Straßen ging, verrauchte seine Erregung allmählich, und er dachte mit größerer Nüchternheit darüber nach, was am besten zu tun sein.

In der Stadt des Horizonts wäre er zwar sicherer als hier in der Südlichen Hauptstadt; aber auch so weit weg, daß ihm Hinweise auf kommende Ereignisse nicht zu Ohren kommen würden. Mehr noch, die Drohung, die man geradewegs in Asets Haus hineingetragen hatte, ließ seine Entschlossenheit, sie zu verlassen, nicht wachsen. Nun mußte er bleiben, weil sie in seiner Abwesenheit vielleicht ein viel größeres Unglück ereilen würde. Er bezweifelte zwar, daß er die Rolle ihres Beschützers wirkungsvoll würde spielen könne, wußte aber, daß er sie nicht verlassen konnte. Und er wußte – obwohl er es lange nicht hatte wahrhaben wollen –, daß er Aset liebte.

Aber wenn er blieb, mußte er sie ins Vertrauen ziehen. Vorläufig würde Aset ihm Auge und Ohr sein müssen. Die Situation konnte nicht von langer Dauer sein; seine Anwesenheit unbegrenzt geheimzuhalten, wäre unmöglich, und seine Mittel waren so gut wie erschöpft. Bald würde er irgendeine Art von Einkommen suchen müssen.

Zunächst machte Aset, die so erpicht darauf gewesen war, daß er blieb, sich Sorgen, er werde dadurch in noch größere Gefahr geraten. Er beruhigte sie, und mit dem letzten Rest der Ersparnisse, die er aus der Stadt des Horizonts mitgebracht hatte, und mit dem Geld, daß Amotju ihm gezahlt hatte, mietete er sich ein kleines Haus mit zwei Zimmern im belebten Armenviertel der Stadt, in der Nähe des Hafens. Hier würde er unter den Scharen von Matrosen und Ausländern aus dem fernen Norden und Süden unbemerkt bleiben. Wenn Haremheb und Rechmire glaubten, er sei fort, würde er seine Ermittlungen fortsetzen können, ohne sein Leben zu riskieren. Er mußte sich das Honorar verdienen, das Taheb ihm immer noch anbot, und der Mord an Ani hatte ihm einen Freund geraubt und damit sein Verlangen nach Gerechtigkeit – und Rache – verdoppelt. Die erste Drohung gegen Amotju, die Gestalt des Seth, die ihn am Grab überfallen hatte, der immer wiederkehrende Gestank nach verfaultem Fisch und Schwefel, die eiskalte Art, in der Anis Tod inszeniert worden war und die so eindeutig mit Intefs Hinrichtung zusammenhing – all das war miteinander verknüpft, egal, was Taheb glaubte oder ihn glauben machen wollte.

In seiner neuen Umgebung hatte er sich bald eingerichtet. Er fühlte sich wohl in der Menge und dem unbekümmerten Treiben. Der Hauswirt hatte ihn kaum eines Blickes gewürdigt und den falschen Namen, den Huy angegeben hatte, nicht hinterfragt; war erst zu Leben und echter Anteilnahme erwacht, als es um die Mietvorauszahlung gegangen war. Huy beschloß nach kurzem Kampf mit dem Ekel, seine Identität in der Völkervielfalt des Hafens noch weiter zu verwischen, und ließ sich einen Bart stehen.

Rechmire schaute durch das Zimmer zu ihr hinüber. Sie saß auf ihrem gewohnten Sessel am Fenster, ihre glatte Haut leuchtete in den letzten Sonnenstrahlen, während unten der Lärm der Straße allmählich erstarb. Der Abend wich der Nacht. Still saß sie da und war sich seiner Gegenwart anscheinend nicht bewußt; aber er wußte, daß das Stück jetzt beginnen würde, das kleine Schauspiel, das er für sie beide geschrieben hatte und jedesmal so sehr genoß, als wäre es das erste Mal. Es war ein Szenario, bei dem er vergessen konnte, daß er einen Buckel und einen Klumpfuß hatte, Mißbildungen, die ihn unerbittlich antrieben, sich selbst zu beweisen, andere Menschen zu beherrschen und zu lenken. Und noch immer suchte er den Beifall seiner Eltern, die schon lange tot waren und ihn nie gelobt, sondern immer nur noch mehr gefordert hatten.

Mutnofret verstand ihn, so meinte er. Sie schien die Grausamkeit sogar zu genießen, wenn sie sich ihm unterwarf, wie er es verlangte. Warum also hatte er Angst vor ihr? Warum zügelte er sich? War es nur die Angst, sie zu verlieren? Heute abend hätte er sich fast der Frage gestellt, die er schon so lange vermied: Warum konnte er sich ihr nur auf diese Weise nähern – ihr und allen anderen Frauen? Mit diesem kleinen Spiel von Herrschaft und Unterwerfung, das sie spielten ... Er wußte, daß er noch kein Gespräch mit ihr geführt hatte und sie – abgesehen vom Sex – kaum kannte. Nie hatte er versucht, ihre Gedanken zu ergründen – und stets hatte er, wenn er überhaupt darüber nachdachte, behauptet, daß sie ihn nicht interessierten. Jetzt fühlte er wider Willen in seinem Herzen den Verdacht, er könne vielleicht Angst haben vor dem, was er erfahren könnte – über Mutnofret und über sich selbst.

Und noch ein Verdacht unterhöhlte sein gewohntes streitbares Selbstbewußtsein: der, daß er sie verliere. Bei jeder Begegnung wirkte sie mehr und mehr in sich selbst zurückgezogen; es kam vor, daß sie ihn nicht anschaute, so als gäbe es ihn gar nicht. In solchen Situationen mußte er ihr noch größere Schmerzen zufügen, konnte aber dennoch nicht zu ihr durchdringen. Das Gefühl, das dabei in seinem Herzen erwachte, war Rechmire unerträglich. Es war ein ungewohntes Gefühl und eines, das er sich unmöglich eingestehen konnte. Wenn er ihm einen Namen hätte geben müssen – was er nie tun würde –, hätte er es Verzweiflung genannt. Was war der Name für die Angst davor, sie zu verlieren? Liebe?

Er durfte sich solche halbvollendeten Fragen in seinem Herzen nicht eingestehen. Sein Herz war von Kindheit an gewohnt, Angriff als beste Form der Verteidigung zu sehen und politische Macht und materiellen Vorteil als besten Schutz vor Spott und Herablassung.

Jetzt wandte sie sich ihm zu, und er straffte sich erwartungsvoll, obwohl sie ihn immer noch nicht wahrzunehmen schien. Sie war wie eine Gestalt in einem Traum. So stand sie da und begann mit träger Langsamkeit, sich zu entkleiden; feste braune Glieder und breite Schultern kamen unter den Falten jungfräulich weißen Leinens auf eine Weise zum Vorschein, die ebenso aufreizend wie unschuldig wirkte. Sein Blick streichelte die sanfte Kurve ihrer Hinterbacken; seine Kehle wurde trocken, und in seinen Zähnen vibrierte es. Dann trafen sich ihre Blicke, und zum ersten Mal schien sie ihn zu bemerken. Er las in ihren Augen, was er dort lesen wollte: Überraschung und verletzte Unschuld im Wettstreit mit der Erwartung schuldvoller Freuden. Sie war eine gute Schauspielerin. Er stand auf und umklammerte den Stock an seiner Seite.

Danach legte er sich nie zu ihr. Meistens ging er sofort, denn für Zärtlichkeit war in seinen armseligen Liebesspielen kein Platz. Heute aber blieb er noch. Er wußte natürlich, daß alles ein Spiel und allein der Schmerz echt war, den er ihr zufügte, wenn er die Beherrschung verlor. Jetzt aber waren da diese neuen Gefühle, und Mutnofrets innere Teilnahmslosigkeit beunruhigte ihn. Er spürte ihren Blick auf sich, doch jetzt war es der desinteressierte Blick der Schauspielerin nach der Vorstellung. Sie wollte, daß er ging, damit sie baden, sich umziehen, seinen Geruch und die Erinnerung an ihn von sich abwaschen könnte – bis zum nächsten Mal.

Diese Dinge hatten ihn nie zuvor gestört, waren ihm nie zuvor in den Sinn gekommen. Die Frage in ihren Augen war unmißverständlich: »Warum bist du noch hier?« Er fühlte, er mußte ihr antworten.

»Du bist meine offizielle Mätresse. Meine anerkannte«, begann er, wichtigtuerisch nach Worten suchend.

»Ja.«

»Es würde meine Ehre und Stellung bedrohen, wenn du mein Vertrauen verrietest.«

Schweigen. Verwunderung?

»In einem solchen Fall würde ich Schritte unternehmen müssen, um meine Position zu wahren. Verstehst du?«

»Ja.« Aber tonlos.

»Verkehrst du mit anderen Männern?«

»Auf diese Weise?«

»Auf diese Weise.« Seine Stimme blieb fest.

»Nein.«

Er schaute ihr in die Augen, und nichts spiegelte sich dort wider. Er fühlte einen Schmerz in seinem Herzen und kämpfte weiter dagegen an, aber er wußte, daß der Schmerz siegen würde.

»Es gibt niemanden außer dir«, sagte sie.

»Ich bin entschlossen, dich zu behalten. Niemand anders wird dich bekommen.«

Sie schlug züchtig die Augen nieder; er kam sich erst albern vor und ärgerte sich dann, weil diese Frau, die nicht einmal eine echte Eingeborene des Schwarzen Landes war, solche Macht über ihn zu haben schien. Nein! Zu lange hatte er überlebt, weil er sich nie von seinen Gefühlen beherrschen ließ. Er würde ihnen jetzt nicht nachgeben. Er konnte sie beherrschen, wie er es immer getan hatte und immer tun würde.

Als er ging, plante er bereits, wie er ihren Stolz brechen würde. Er hatte Schwäche gezeigt. Von nun an würde er Stärke zeigen.

Von ihrem Fenster aus sah Mutnofret zu, wie Rechmire über den Hof watschelte; seine Umrisse waren im trüben Schein der Öllampen kaum zu erkennen. In der Dunkelheit dahinter war es still. Nur das Schlurfen seiner Füße auf den Steinplatten und das leise Plätschern des Flusses klangen herauf, und als der Wind nachließ, schien sogar der Fluß einzuschlafen.

Sie badete ausgiebig, zog frische Kleider an und schminkte sich sorgfältig; von ihrem ersten Leibdiener ließ sie sich den orange-weißen Parfümkegel auf den Kopf setzen. Dann nahm sie Platz und wartete auf ihren nächsten Gast.

»Ich weiß nicht, was sie tun.« Aset war besorgt. »Aber vor allem weiß ich nicht, warum sie es tun. Wie reagiert Rechmire?«

»Er hat sich bisher nicht gerührt«, antwortete Huy. »Aber vielleicht ist das in sich schon bedeutsam. Er hat sie nicht mehr getroffen – als hätte er mit ihr gebrochen.«

»Keine regelmäßigen Besuche mehr?«

»Nein.«

»Was tut er denn?«

»Er arbeitet die ganze Zeit am Palast. Der neue König wird in weniger als zwanzig Tagen hier erwartet.«

»Zumindest ist Amotju wieder auf den Beinen«, meinte Aset besorgt.

»Mehr als das. Aber er will immer noch nicht mit mir reden?«

Aset schüttelte verneinend den Kopf.

Die Neuigkeiten, die sie ihm brachte, waren beunruhigend. Statt selbst in die Nördliche

Hauptstadt zu fahren und den neuen Pharao nach Süden zu begleiten, hatte Amotju seine Frau geschickt. Die Geschenke, die er ihr mitgegeben hatten, würden seine Abwesenheit mehr als entschuldigen; dazu kam noch seine kürzlich überstandene schwere Krankheit, von der man in der ganzen Stadt wußte. Aber eine Erklärung war das alles kaum. Und sein Benehmen seitdem war noch weniger zu verstehen gewesen.

»Taheb ist vor drei Tagen abgereist. Amotju hat vorgeschlagen, ich solle mitfahren, aber ich habe abgelehnt. Taheb und ich, wir vertragen uns nicht gut, wenn es nicht gerade nur für einen Abend ist und andere dabei sind.« Aset hatte kurz gelächelt, war aber gleich wieder ernst geworden. »Seitdem hat mein Bruder sich zweimal in aller Öffentlichkeit mit Mutnofret sehen lassen. In aller Öffentlichkeit. Obwohl sie die offizielle Mätresse eines Hohepriesters ist.«

»Ist das eine Kriegserklärung?«

»Sieht es nach etwas anderem aus?«

»Ich verstehe das nicht. Er hatte entsetzliche Angst vor Rechmire. Er glaubte, der Priester habe Macht über Dämonen.«

»Vielleicht hat Mutnofret noch größere Macht über ihn«, sagte Aset bitter.

Huy überlegte einen Moment. »Vielleicht wähnt er sich jetzt vorläufig sicher vor Rechmire. Der Priester wird nichts unternehmen, bis der Pharao hier etabliert ist. Das ist jetzt das Wichtigste – die Erhaltung des Status quo. Danach wird Haremheb die eigentliche Staatsgewalt ausüben, und Rechmire ...«

»Wird tun, was ihm paßt?«

»Mit Umsicht, ja. Es gibt keine Dämonen, nur Menschen«, fügte Huy hinzu, als er den Zweifel in ihren Augen sah. »Und Rechmire ist ein Politiker, kein Verrückter.«

»Bist du sicher, daß es keine Dämonen gibt?»

Huy war es nicht, aber er sah immer noch nicht, was ihr Werk sein sollte. Dämonen, Götter und Untote waren ja nicht die Sklaven der Menschen, und sie handelten nicht rational. Und dennoch, dachte er – was war denn rational an Amotjus Benehmen? Versuchte er nicht die Vorsehung? Oder hatte er plötzlich Macht über Rechmire; besaß er irgendeine Information, die er gegen den Priester verwenden konnte? Und wenn ja, woher hatte er denn diese Information?

Nur eine Quelle kam in Frage.

»Aber ich kann mir nicht vorstellen, daß Rechmire sich Mutnofret anvertraut. Er vertraut sich niemandem an«, sagte Aset.

»Und Amotju?«

Aset lachte trocken. »Wahrscheinlich erzählt er ihr alles. Du weißt, wie er ist, und er ist noch schlimmer, wenn er getrunken hat. Was immer öfter der Fall ist.«

»Warum verhindert Taheb das nicht?«

»Das wüßte ich auch gern. Bestimmt nicht, damit sie ihn bemuttern kann.«

»Hast du es schon versucht?«

»Auf mich hört er nicht.«

Huy wandte sich ab und schaute hinaus über die Stadt. Sie saßen im oberen Zimmer seines kleinen Hauses; es überragte seine Nachbarn ein wenig, und so konnte man nach Westen über die Dächer zum Fluß und zum Tal und nach Osten bis zu den gelben Felsenklippen schauen, die den Horizont begrenzten. Er fragte sich, wie sicher er hier war. Er hatte keine Todesdrohungen mehr bekommen, vielleicht weil die, von denen sie kamen, glaubten, ihm genug Angst eingejagt zu haben. Andererseits mußte er Geld verdienen und würde dazu seine Deckung bald verlassen müssen.

»Je früher, desto besser«, lachte Aset. »Dann kannst du dir diesen Bart abschneiden. Du siehst aus wie ein Hethiter!«

Die Tage vergingen im Fluge, während die Südliche Hauptstadt den Empfang ihres neuen Herrschers vorbereitete – des ersten, der seit dem Tod des Nebmare Amenophis III. achtzehn Jahre zuvor hier residieren würde. Zweitausend Jahre lang hatte das Schwarze Land solchen Aufruhr nicht gekannt, und die Menschen in den Städten waren besorgt. Auf dem Land hatte sich nichts geändert, und vielen dort war gar nichts aufgefallen. In diesem Land waren die Jahre wie anderswo Tage. Im Westen und Osten von Wüsten, im Norden und Osten von Meeren, im Süden aber von unerforschten, grenzenlosen Wäldern im Zentrum der Welt gehalten, sonnte das Schwarze Land sich noch immer in dem Wissen zwei Jahrtausende langer unangefochtener und unerschütterter Macht. Selbst die schändliche Regentschaft des verrückten Königs Echnaton, die dem Land Schmach und den Verlust des Nordreiches gebracht hatte, war für das Herzland nicht lebensbedrohlich gewesen. Jetzt gab es ein neues Edikt. Haremheb hatte im Namen des neuen Königs verboten, den Namen Echnatons auszusprechen. Überall waren die Steinmetze dabei, den Namenszug aus den Monumenten herauszukratzen.

Inmitten all dessen aber hatte Huy wenig Gelegenheit, sich der Trauer hinzugeben, die er wohl hätte empfinden können, weil die Ideale, die er unterstützt und an die er geglaubt hatte, verschwanden. Er mußte sich darauf konzentrieren, hier und jetzt zu überleben, so sehr er sich vielleicht nach einem neuen Land sehnte, wo die Saat des aufgeklärten Denkens, das sein alter König gepflegt hatte, wachsen konnte. Statt dessen beschäftigte er sich mit Rechmire, der anscheinend nichts anderes im Sinn hatte als die Tempelarbeiten.

Er sah Aset seltener; sie fehlte ihm, und er hoffte, daß auch sie ihn vermißte. Aber um ihrer eigenen Sicherheit willen bestand er darauf, daß sie sich nur selten trafen. Manchmal jedoch kam sie unverhofft, und dann war er froh.

»Es gibt Neuigkeiten«, sagte sie. Es war dringend. Sie hatten einander kaum begrüßt. »Es geht um Mutnofret.«

Huy war sofort in Alarmbereitschaft. »Ist sie tot?«

»Nein, aber sie wurde bedroht.«

»Sie konnte wohl kaum weitermachen wie bisher, ohne bedroht zu werden. Wie hast du es erfahren?«

»Von Amotju.«

»Amotju?«

»Ja. Er will, daß du ihm wieder hilfst.«

»Aber du hast ihm nicht gesagt, wo ich bin?«

»Nein.« Seit Huy sich versteckt hatte, wußte nur noch Aset, wo er sich aufhielt. »Es tut ihm leid, daß er dich verärgert hat – jetzt, wo er dich braucht, um Mutnofret zu helfen. Natürlich glaubt er, daß du noch in der Stadt bist – besser gesagt, er hofft es.«

»Wenn ihm so viel an Mutnofrets Sicherheit lag, warum hat er sich dann mit ihr in der Öffentlichkeit sehen lassen?«

»Vielleicht ist das eine Frage, die du ihr stellen kannst.«

»Was meinst du damit?«

Aset öffnete einen kleinen Leinenbeutel an ihrer Hüfte und holte einen steinernen Skarabäus hervor – eine schlichte, roh aus Kalkstein geschnittene Figur. Sie reichte sie ihm, und er atmete geräuschvoll ein, als er die einfache Inschrift sah.

»Das ist der zweite, den sie bekommen hat«, sagte Aset. »Sie war es, die um deine Hilfe gebeten hat.«

»Sonst ist nichts gekommen?«

»Das weiß ich nicht.«

»Wo ist sie?«

»In ihrem Haus. Sie will dich sehen.«

Huy sah Aset an. Sie mied seinen Blick, und er konnte ihre Miene nicht deuten.

Mutnofret empfing ihn im selben Raum wie beim ersten Mal. Sie trug ein schlichtes weißes Kleid, das bis auf die Füße fiel und um die Taille von einem geflochtenen bunten Lederband mit Silberschnalle zusammengerafft wurde. Huy fiel auf, daß die Schnalle nicht aus Gold, sondern aus Silber war. Nichts Vulgäres für Mutnofret.

Sie begrüßte ihn freundlich und unterließ, trotz ihrer Sorgen, keine der gesellschaftlichen Artigkeiten, die sie gelernt hatte; sie bot ihm Wein und Speise an, bevor irgendein anderes Thema zur Sprache kam.

Sie war größer und anmutiger als Aset, bemerkte Huy, aber diesmal fiel ihm auch eine gewisse Distanz – oder vielleicht eher Abwesenheit – in ihrem Verhalten stärker auf. Es war, als sitze ein Teil ihrer selbst sicher im

Schutze der Persönlichkeit, die sie der Welt gegenüber zeigte, und bewahrte dort sein Geheimnis, seine Gedanken, sogar zu einer Zeit wie dieser.

Aber ihre Aufregung war nicht zu übersehen. Ihr Körper und ihre Hände waren rastlos und hatten nichts von der Ruhe ihrer vorigen Begegnung. In ihrem Blick lag ein unübersehbares Flehen.

»Es ist schön, daß du gekommen bist«, sagte sie.

»Es war mir ein Vergnügen. Aber ich weiß nicht, ob ich helfen kann.«

Sie warf ihm einen kurzen Blick zu. »Wenn nicht du, dann niemand.«

Huy spreizte die Hände. »Hast du den anderen Skarabäus hier?«

Sie ging zu einem kleinen Kasten in der Ecke des Zimmers und holte ihn heraus. Er glich mehr oder weniger dem, den Aset ihm gezeigt hatte, und auch dem, der in der Nacht, als er den ermordeten Ani entdeckt hatte, vor seiner Zimmertür lag. Dieser Skarabäus verriet ihm nichts Neues.

»Hast du noch weitere Drohungen bekommen?«

»Nein. Aber ich habe große Angst. Ich bin sicher, daß man mich beobachtet.«

»Wo?«

»Überall. Hier ... wohin ich auch gehe.«

»Hast du eine Ahnung, wer das tun könnte?

Einer von deinen Hausbediensteten?«

»Ich habe nur wenige, und die sind schon sehr lange bei mir. Ich glaube nicht, daß einer von ihnen sich dafür hergibt.«

»Wer dann?«

Sie zögerte, aber die Antwort lag ihr offenbar auf der Zunge.

»Du kannst mir vertrauen«, sagte Huy. »Anubis könnte ein Geheimnis nicht besser bewahren.«

»Glaubst du an die Götter?«

Diese Frage verblüffte Huy. Von Mutnofret hatte er das nicht erwartet; er wußte, daß sie intelligent war, hielt sie aber für eine konventionelle Frau, zumindest was ihren Glauben anging.

«Das tun wir doch sicher alle«, antwortete er und wurde mit einem offen ungläubigen, aber gleichwohl freundlichen Lächeln belohnt.

»Ich habe deine Frage nicht beantwortet«, sagte sie.

»Du kannst immer sagen: ›Ich weiß es nicht.‹«

Sie schaute vor sich hin und rollte den Skarabäus von einer Hand in die andere. »Ich bin Rechmires offizielle Mätresse«, sagte sie. »Aber du weißt, daß ich auch die Geliebte deines Freundes Amotju bin.«

»Das hast du lange geheimgehalten, zumindest vor der Welt im allgemeinen. Warum führst du jetzt die Vorsehung in Versuchung?«

Sie sah in an. »Du darfst Amotju nicht erzählen, was ich dir jetzt sage. Ich habe ihn angefleht, es weiter geheimzuhalten, aber er wollte Rechmire herausfordern, ihn dazu bringen, daß er etwas tut, was er nachher bereut. Er will ihn vernichten. Aber es war meine Schuld. Ich habe ihm gesagt, daß ich den Priester verlassen will.«

»Das ist doch sicher nicht der einzige Grund?«

Sie senkte den Kopf. Huy bewunderte den zarten Bogen ihres Nackens über dem schlichten silbern und türkisfarben gemusterten Kragen, den sie trug.

»Als ich herkam, hatte ich eine Position. Die Stadt war stark; sie war die Hauptstadt des Schwarzen Landes. Daß ich zum Teil Ausländerin war, spielte keine Rolle. Auch die Schwiegereltern des Königs stammten aus der Heimat meines Vaters. Ich hatte einen Ägypter geheiratet. Mein Mann hatte eine hohe Stellung in der Verwaltung von Schemau. Dann ... naja, du weißt ja: Neferchepprure Amenophis – Echnaton, meine ich – verlegte die Hauptstadt nach Norden, und diese Stadt begann zu verfallen. Mein Mann verlor seine Macht und starb bald darauf. Er war kein Politiker. Nur Leuten wie Amotjus Vater, die mit der Zeit gingen, erging es blendend. Rechmire gab mir Trost. Er war ein Ausgestoßener wie ich, aber stärker. Es dauerte lange, bis mir klar wurde, daß er erwartete, für seine Güte bezahlt zu werden, aber da war es zu spät.«

»Du hast dir deine Unabhängigkeit von ihm bewahrt.«

»Ja.«

»Aber du brauchtest seinen Schutz, um zu überleben?«

Ihr Kopf sank tiefer. »Ja.«

»Niemand wird dir vorwerfen, daß du überleben wolltest«, sagte Huy.

»Ich wäre ihm ja dankbar«, sagte sie. »Aber ...« Sie stockte. »Der Mann ist eine Bestie. Er hat schlimmere Gelüste als Seth. Jetzt, da ich seinen Schutz nicht mehr brauche, will ich ihn loswerden«, schloß sie mit fester Stimme.

»Also hast du dich öffentlich mit Amotju gezeigt, um Rechmire in seinem Stolz zu treffen. Du hast gehofft, er würde jäh und übereilt reagieren, mit einer Gewalttat vielleicht, die seinen Untergang bedeuten könnte.«

»Ja.« Jetzt sah sie ihn trotzig an.

»Wie kamst du darauf, daß er so etwas tun würde? Du kennst ihn doch. Du weißt, wenn er ein Mann wäre, der seinen Gefühlen nachgibt, wäre er niemals so hoch aufgestiegen.«

»Er wußte, daß ich ihn verlassen wollte, aber er wußte nicht, warum oder für wen. Die Angst, mich zu verlieren, brachte ihn dazu, mich zu lieben.«

Angesichts dessen verstummte Huy. »Was hast du erwartet?« fragte er schließlich.

»Es war Amotjus Idee«, sagte sie beherrscht, aber mürrisch. »Nach allem, was Rechmire ihm bisher zugefügt hat – einfach aus politischer Rivalität –, war er bereit, alles zu riskieren. Und er hatte sich vorbereitet.«

»Aber Rechmire ist mächtig genug, um über Mittelsleute anzugreifen. Er würde nie zulassen, daß die Spur eines Verbrechens zu ihm zurückverfolgt werden kann.« Und ohnehin begriff Huy immer noch nicht, was Amotjus Sinneswandel ausgelöst hatte. Was immer ihm während seines Verschwindens zugestoßen war, hatte ihn in Todesangst versetzt.

»Amotju hat einen Spion als Leibdiener in Rechmires Haushalt eingeschleust.«

»Ihr werdet mehr als einen Zeugen brauchen, um Rechmire zu verurteilen.«

»Der Mann erstattet auch Haremheb Bericht.«

Huy atmete geräuschlos.

»Amotju war entsetzt über sein Erlebnis im Jenseitsleben. Wenn Rechmire die Macht hat, ihn dort hinzuschicken und durch Folter gefügig zu machen, dann muß Amotju sich entscheiden: Entweder gibt er nach, oder er vernichtet seinen Vernichter. Mag sein, daß Rechmire Dämonen zu Gebote stehen, aber er selbst ist auch nur ein Mensch.«

Huy fand, daß Mutnofret sehr erfolgreich auf seinen Freund eingewirkt hatte. Ein solcher Gedankengang überstieg zweifellos Amotjus

Möglichkeiten. Er betrachtete die Frau mit neu erwachter Bewunderung und fragte sich zugleich, was geschehen würde, wenn Taheb zurückkäme. Daß Taheb keine Diener hinterlassen haben sollte, die ihr berichten würden, was in ihrer Abwesenheit geschah, war unwahrscheinlich. Bedachte Amotju das, oder war ihm die Initiative vollends aus der Hand genommen worden?

»Aber woher kommt der Spion?«

»Du erwartest eine Menge Vertrauen«, sagte sie.

»Du hast mir schon zuviel anvertraut, indem du mir all das erzählt hast.«

»Er stand in Diensten meines verstorbenen Mannes.«

Huy erhob sich.

»Du gehst?«

»Es gibt nichts, was ich für dich tun kann«, sagte Huy schlicht. Er fühlte sich unterlegen und ratlos. Außerdem war er enttäuscht. Die Miete für sein Häuschen war fällig, und auch Essen und Trinken mußten bezahlt werden.

»Doch, das gibt es! Du mußt herausfinden – bitte! –, wer mir die hier geschickt hat.« Sie hielt den Skarabäus in die Höhe.

»Aber das weißt du.«

»Und wer mich beschattet.«

»Aber das weißt du.«

»Es muß bewiesen werden. Und beendet. Und wir haben nur wenige Freunde.«

»Dein Mann bei Rechmire ist dazu viel besser in der Lage ...«

»Aber er schafft es nicht allein. Er wird dir helfen. Ich habe Angst, und ich weiß, daß Amotju dir mehr vertraut als irgend jemandem sonst.«

Sie kam auf ihn zu, und er roch den köstlichen Duft ihres Parfüms. Aus dem Augenwinkel bemerkte er eine kurze Bewegung in einem anderen Teil des Zimmers. Der kleine rotgesichtige Affe war aufgetaucht und kletterte auf seinen Lieblingsplatz auf dem Berg von Sofakissen.

Als er das Haus verließ, fragte sich Huy, wie groß Mutnofrets Angst wohl sein mochte. Er wußte nicht, ob Amotju ihn empfangen würde, beschloß aber, seinem Freund auf gut Glück einen Besuch zu machen. In der Abenddämmerung durchquerte er die Stadt; Amotju war jetzt wohl von der Inspektion seiner Barken zurückgekehrt, und er würde ihn hoffentlich abfangen können, ehe er zu Mutnofret ging. Huy wollte herausfinden, ob die Untersuchung des Mordes an Ani, von der er ausgeschlossen worden war, irgend etwas ergeben hatte, und er wollte sich ein Bild vom Seelenzustand seines Freundes machen. Beim Abschied hatte Mutnofret gesagt, sie wisse, daß Amotju sich freuen würde, ihn wiederzusehen. Nur der Stolz hindere ihn daran, selbst den ersten Schritt zu tun. Huy hätte längst allen Stolz abgelegt, die Mitteilung aber, daß er Mutnofret helfen würde, gab ihm einen willkommenen Vorwand.

Kurz vor Amotjus Haus bog Huy in eine leere Straße ein und fiel unversehens und unerklärlich in absolute Stille und tiefschwarze Finsternis. Der Schock war zu groß, als daß er etwas anderes als ruhige Neugier hätte empfinden können: Wer hatte ihm diese mächtige Grube gegraben, und warum? Und warum hatte er das Gefühl, viel langsamer zu fallen, als er es im normalen Lauf der Natur getan hätte, wenn ihn die Erde mit der Macht ihrer eigenen Umarmung angezogen hatte? Eigentlich schien er überhaupt nicht zu fallen, sondern vielmehr zu schweben. Und er stellte sich immer noch Fragen, als die Stille und die Dunkelheit ihn vollends verschluckten.

Acht

Die Dunkelheit und die Stille, die ihn umgaben, waren abgrundtief. Sein Herz wollte ihm nicht erlauben, wahrzunehmen, daß er ... bei Bewußtsein war.

Bewußtsein. Das Wort war eine Verhöhnung seines Zustandes. Es war so dunkel, daß er seine Arme und Beine nicht sehen konnte. Nicht einmal seine Schultern, seine Brust, die Teile seines Körpers, die ihm am nächsten waren, konnte er erkennen. Er wußte nicht einmal, ob er stand oder lag. Er spürte keinen Boden unter sich – wußte nur, daß er nicht mehr fiel oder schwebte.

Da waren seine Augen. Er wußte, sie waren offen. Er konnte sie auf- und zuklappen und seine Lider dabei spüren. Wenn sie geschlossen waren, waren seine Augen geschützt. Wenn sie offen waren, nicht. Das war der einzige Unterschied. Die Dunkelheit bedrängte seine Augen, und wenn ihm nicht so merkwürdig entspannt zumute gewesen wäre, hätte er vor Panik über das Ersticken des Lichts wohl geschrien. Was machte ihn so sicher, daß seine Augen immer noch fähig waren, etwas zu erkennen? Wie konnte er in seinem Herzen unterscheiden zwischen der äußeren Dunkelheit, in der er sich befand, und der inneren Dunkelheit der Blindheit? Er wußte es nicht. Seine Hand wanderte zu dem Amulett, das er trug, dem *Udjat*-Auge des Horus, geopfert im Kampf des Gottes mit Seth und den Menschen geschenkt. Dann verharrte seine Hand. Er war nicht sicher, ob es seine Hand war oder ob sich da etwas anderes bewegte.

Später – er hatte keine Ahnung, um wieviel später oder ob er die ganze Zeit bei Bewußtsein gewesen war – begann er, seine Arme und Beine, seine Finger und Zehen, durch die Kanäle des Körpers zu fühlen. Er merkte, daß sie sich wieder bewegen und strecken ließen. Seine Arme konnte er ausstrecken. Mit den Beinen war die Sache schwieriger. Er hob das linke Bein, aber das rechte wollte nicht gehorchen. Er ließ das Bein sinken und wiederholte das Experiment, diesmal mit dem rechten Bein. Die Wirkung war die gleiche.

Jetzt betastete er seinen Körper mit den Händen. Er war da. Er hatte Form. Das Verstreichen der Zeit wurde durch diese Entdeckungsreise fühlbar. Er spürte sogar seinen Kilt. Dann verspotteten ihn seine Sinne. Sie drehten ihn um und um, so daß er wirbelte und flatterte wie ein Blatt im Wind. Es war ein angenehmes Gefühl und er gab sich ihm hin, gleichzeitig allerdings bedauerte ein Teil seines Geistes, daß er das Experiment nicht hatte zu Ende führen und nach unten greifen und ertasten können, worauf er wohl gestanden hatte. Falls er gestanden hatte. Falls er auf irgend etwas gestanden hatte. Schließlich kam er sanft wieder zur Ruhe. In einer anderen Stellung. Aber in welcher?

Er klammerte sich an den einen Gedanken: Er war in seinem Körper. Er fragte sich, ob er an seine Vergangenheit denken sollte, und versuchte es, aber die Anstrengung war zu groß, trotz der Panik, die ihn erfaßte bei dem Gedanken, er könnte alles vergessen haben. Er wagte nicht einmal, sich seinen Namen zu sagen, denn *sie* konnten unausgesprochene Worte hören, und wenn *sie* zuhörten und seinen Namen erfuhren, dann war ihre Macht über ihn grenzenlos.

Also sprach sein Herz seinen Namen bei sich, tief in seiner innersten Festung, die niemand sonst betreten konnte: Huy.

Er war also noch am Leben. Wäre er tot, dann hätte er sich bestimmt aufgelöst – in die acht Elemente. Er setzte die Bestandsaufnahme seiner selbst fort. Strenger diesmal, aber immer noch ohne Hast, schlängelte er sich durch den samtenen Nebel wie durch ein Labyrinth und formte seine Gedanken. Er spürte seinen *Chat*, seinen Körper; er mußte sein *Chou* benutzen, um überhaupt denken zu können. Er kannte seinen Namen, sein *Ren*, weil sein Herz, sein *Ab*, ihn ausgesprochen hatte. Aber die anderen Elemente, jene, die keinen Widerpart im Leben besaßen, die konnte er in sich nicht fühlen. Waren sie draußen, in der Dunkelheit, zerfloß er jetzt in ihnen? Sein *Ka*, sein *Chaibit*, sein *Ba*, sein *Sahu*? Hatten die Toten wohl eine Erinnerung an ihr Leben? Er würde sich doch bestimmt erinnern, wie man ihn für das Grab vorbereitet hatte. Müßte nicht sein *Ka* erschienen sein, um ihn bei der Hand zu nehmen und den Schmerz zu vernichten, während sein Leichnam mit Natron getrocknet und im weißen Sand vergraben wurde? Aber schon davor – müßte er sich nicht daran erinnern, wie ihm die verderblichen Teile aus dem Leib gerupft worden waren: das Gehirn, das körperliche

Herz, die Därme, die Leber, die Nieren, die Blasen, die Eingeweide? Müßte er nicht den Schmerz gefühlt haben, den die Einbalsamierer mit ihren Steinmessern ihm beim Setzen der Bauchschnitte zugefügt hatten – den Schmerz und dann die süße Pein der Erleichterung, als alles mit langen, schlanken Haken aus ihm herausgezogen worden war, nachdem Verwesung es so weich gemacht hatte, daß man damit hantieren konnte? Müßte er sich nicht daran erinnern, wie alles herausgenommen und in Natron getrocknet und dann in den Gläsern der Söhne des Horus gelagert worden war, um ersetzt zu werden durch weiche Leinenfüllungen oder sauberes Harz, damit seine Gestalt erhalten blieb? Aber was bewohnte er dann jetzt, wenn nicht den Körper, den er kannte?

Doch wer sollte sich um ihn gekümmert haben? Wer sollte die Einbalsamierer bezahlt haben? Er war allein. Sein Grab lag verlassen, halb vollendet, fern in der Stadt des Horizonts. Schon würde der Sand hineinwehen, schon würden die Mäuse dort eingezogen sein. Ob jemand Aahmes Bescheid gesagt hatte? Wer würde Speise für seinen *Ka* bringen? Dumpfes Selbstmitleid packte ihn.

Dann überlegte er, ob er einen Ton von sich geben könnte.

Er wagte kaum, das Schweigen zu brechen, und ein neuer Gedanke kämpfte sich durch den Nebel, der sein Herz umwölkte und verstopfte:

Was, wenn ein Geräusch ihn verriete? War dies ein Schweigen, das gebrochen werden durfte? Oder barg es Dinge, die von der Dunkelheit so geblendet waren, wie er, aber schon länger daran gewöhnt und fähig, geführt vom Geräusch durch das Dunkel zu ihm zu finden?

Er raffte seinen Mut zusammen, um einen Ton von sich zu geben, wollte etwas, das ihm Gesellschaft leistete, wenn es sonst nichts taugte. Dabei stieß er auf eine neue Erkenntnis: Um ein Geräusch zu machen, muß man atmen können. Eine neuerliche Woge der Panik ... Hatte er seit seinem Sturz – und sei es nur für einen Augenblick – bewußt geatmet? Er wagte kaum zu denken: Wenn er nicht atmete, war er tot. Sein Herz war immer noch gefangen in den weichen Netzen der Dunkelheit – nicht unfähig, Gedanken hervorzubringen, doch mußte es dafür gegen eine alles überwältigende Trägheit ankämpfen. Was machte es schon, ob er atmete oder nicht?

Aber er öffnete den Mund, und eine Botschaft drang durch ein scheinbar unendliches Fasergeflecht zu ihm, der er im Zentrum seines Körpers saß: daß Luft kam und ging, kam und ging. Er beschloß, sich zu räuspern.

Er tat es, bevor er weiter darüber nachdenken und so der Angst erlauben konnte, ihn daran zu hindern. Aber noch immer kam kein Geräusch zustande, abgesehen von einem dumpfen Saugen, als sein Mund Luft einatmete.

Gleichwohl genügte dies schon, um ihn zusammenzucken zu lassen, alle Sinne angespannt. Sie konnten es gehört haben – sogar das. Es war immerhin ein Geräusch gewesen.

Andererseits, wenn sie so empfindsam waren und er als Huy, als Mensch noch existierte, warum konnten sie ihn dann nicht riechen? Er war sich seines eigenen Geruches bewußt; er roch jetzt nach Schweiß, als seine Angst erwachte.

Die Weichheit wieder. Die Trägheit. Konnte sie den Ansturm der Angst überwinden? In welcher Stellung befand er sich? Unbequem war es nicht, nicht verkrampft; aber irgendwie wollte er sich nicht ausstrecken – aus Angst vor dem, was er dann berühren könnte. Er würde warten. Was konnte er sonst tun?

Aber er kam nicht zum Warten. Neue Empfindungen. Außer der Dunkelheit und der Stille, die er nun als äußerlich auferlegt empfand und akzeptierte, gab es auch Temperatur. Erst jetzt, da er Kälte spüren konnte – noch dazu aus einer bestimmten Richtung –, wurde ihm klar, daß ihm warm gewesen war. Was bedeutete die Kälte? Sein Herz stellte sich die Fragen und verwarf sie im selben Augenblick müde. Was quälte er sich mit nutzlosen Fragen ab? Warum nahm er nicht einfach alles hin und fügte sich? Schlaf.

Das nächste, was ihm bewußt wurde – nach wie langer Zeit, wußte er nicht, denn in seinem

Herzen war Nebel, und es wollte seine Gedanken immer noch nicht hervorbringen –, war ein Geruch, der mit ihm nichts zu tun hatte. Die Luft war immer noch kalt, und die Kälte kam irgendwo aus der Richtung, in die seine Füße deuteten. Erst war der Geruch schwach und schwer zu identifizieren und außerdem unangenehm. Er kam aus derselben Richtung wie die Kälte. Es war der Geruch von verfaultem Fisch und Schwefel.

Huy würgte und wälzte sich zur Seite. Seine Füße schlugen auf den Boden, er fühlte rauhe Steine in seinem Rücken und stieß sich den Kopf an einer unebenen, harten Fläche hinter sich.

Plötzlich hatte die Dunkelheit eine Dimension. Er war irgendwo. Er war in einer Höhle! Aber bedeutete das, daß er noch auf der Welt war? In seinem Kopf schwamm alles, während er sich anstrengte, wenigstens zu begreifen, wenn schon nicht zu beherrschen, was mit ihm geschah; aber sein Verstand glitschte immer einen Schritt vor ihm dahin, und er mußte sich damit begnügen, daß er irgendwo war. Er spürte Flüssiges in seinem Mund, und sofort schwenkte die Zeit wieder auf einen elliptischen Kurs, und dann war da kein Kurs mehr, nur noch die Zeit selbst, wirbelnd und flatternd wie ein Blatt im Wind. Nun spürte er weder Dunkelheit noch Stille; sie waren zerborsten in einer Invasion von Farbklecksen und

Geräuschfetzen. Gelb, orange, braun, und jede mischte sich mit der nächsten und nahm das ganze Universum auf – und da hineingemischt ein Schmettern wie von Trompeten, aber es waren keine Trompeten, und Bruchstücke von Rede, die Sinn hatte, wenn man lauschte, und keinen, wenn man versuchte, sich an sie zu erinnern. Hatte er diese Fähigkeit verloren? Begreifen ist unmittelbares Erinnern.

Aber dann erinnerte er sich doch und erzitterte vor dem, was ihm da bevorstehen mußte. Das Durchqueren der Zwölf Hallen der Dunkelheit zum Letzten Gericht. Das Wiegen des Herzens. Aber Thoth war milde. Kein Herz wurde Ammit hingeworfen, auf daß die Bestie es verschlinge. Die zweiundvierzig Richter verdammten nie. »O mein Herz, erhebe dich nicht wider mich«, wisperte er und tastete nach dem Skarabäus, den die Einbalsamierer ihm aufs Herz hätten legen müssen, eingefaltet in die Bandagen, die ihn umhüllten, damit es seine Sünden nicht verriet.

Der Skarabäus war nicht da. Sein Kopf wurde leicht vor Panik, als er zwischen den Bandagen danach suchte. Woher kamen sie, dachte er verwirrt – eine Ewigkeit zuvor hatte er sich doch nicht an den Prozeß seines Todes erinnern können. Aber jetzt war er eingewickelt wie eine Mumie. Er fühlte die Bandagen; sie waren die einzige Realität in diesem heulenden Wahnsinn, wo Kräfte, die er nicht benennen konnte, an ihm zogen und zerrten und ihn umherschleuderten, während die Farben loderten und die brutale Kakophonie der Geräusche zu einem Schrei anschwoll, der nicht mehr aufhören würde. Etwas zerrte an einem Teil seiner selbst, an seinen Händen, mit rauhen Klauen und Hunderten von Krallen – oder waren es Zähne? Etwas zwang seine Hände in die nasse Höhle eines Maules, und Zähne schlossen sich um seine Handgelenke.

Instinktiv fuhr er zurück, entwand seinen Körper dem Grauen, das jede andere Empfindung überwältigte; Huy stürzte schwer und fühlte dabei einen anderen Schmerz, scharf, aber erkennbar. Etwas schnitt in seine Brust, aber es weckte dadurch auch sein verwirrtes Bewußtsein. Er schüttelte den Kopf und hörte neue Geräusche – aber auch die klangen vertraut, und er versuchte, sie zu erkennen. Stimmen. Noch immer konnte er keinen Sinn erfassen, aber er war sicher, daß es Stimmen waren.

Er öffnete die Augen. Statt der Dunkelheit schwamm ein graues Licht herein. Sein Blick war verschwommen. Wieder wurde ihm sein Körper bewußt. An keiner Stelle berührte er den Boden. Aber er schwebte nicht. Er wurde getragen. Sie hatten ihn vom Boden hochgehoben und trugen ihn irgendwohin.

Das graue Licht wurde heller, gelber, aber es war immer noch nicht hell.

Abend also? Morgendämmerung? Solche

Tageszeiten wurden wieder zu Möglichkeiten.

Er wußte, daß er an der Brust blutete, und er wußte, warum. Er war auf die Kante seines Amuletts aus Bronze gefallen, seines *Udjat*-Auges. Er spürte den leichten Druck der Kette an seinem Hals. Als sein Herz sich zum Denken zurückkämpfte, lächelte er innerlich. Hundeelend würde ihm sein, wenn er zu sich käme, wenn die Wirkung der Droge nachließe; aber sein *Udjat*-Auge hatte seine Pflicht getan: Es hatte ihn beschützt und rechtzeitig geweckt, damit er begriff, was mit ihm geschah. Er hielt sich so schlaff, wie er nur konnte. Wenn sie merkten, daß er zu sich gekommen war, würden sie ihn umbringen. Aber wohin schleppten sie ihn jetzt? Würden sie ihn am Flußufer liegenlassen wie Amotju? Oder hatten sie andere Pläne?

Neun

Aset machte sich Sorgen. Zum dritten Mal in ebensovielen Tagen hatte sie vergebens an Huys Haustür geklopft, und jetzt hatte Mutnofret ein weiteres Mal die Kluft der Kühle zwischen ihnen überquert und gefragt, ob sie von ihm gehört habe. Aset hatte anfangs auf die Annäherung zurückhaltend reagiert; sie hatte gefürchtet, das Geheimnis ihrer Liebesaffäre sei gelüftet. Aber nach einem kurzen Gespräch, in dem sie zwei oder drei gezielte Fragen hatte stellen können, war klar gewesen, daß Mutnofret nicht ahnte, was Aset und Huy verband. Amotju hatte nichts mehr von Huy gehört und vermutete, daß Aset mehr wußte.

Aset tat unbesorgt und sagte der Geliebten ihres Bruders, sie habe keine Ahnung, wo Huy sei, fügte aber hinzu, daß er vermutlich in den Untergrund habe gehen müssen, um herauszufinden, wer Mutnofret die Todesdrohungen geschickt hatte.

Mutnofret war, offenbar zufrieden mit dieser Erklärung, gegangen, aber sie hatte darum gebeten, daß Huy sich dringend melden solle, sobald er wieder auftauchte. Aset versprach, diesen Wunsch weiterzugeben, setzte aber hinzu, daß Huy sich wahrscheinlich von sich aus an Mutnofret wenden würde.

»Es ist sehr wichtig«, hatte Mutnofret beharrt. »Ich habe ein schlechtes Gewissen, weil ich vielleicht sein Leben in Gefahr gebracht habe mit dieser Jagd ins Blaue.«

»Was meinst du damit?«

Mutnofret hatte mit der Antwort gezögert. »Du kennst die Situation, und ich weiß, daß du mich deshalb nicht magst. Wir haben nie darüber gesprochen, weil wir einander nie ... nah gekommen sind.«

»Die Gelegenheit hat sich auch kaum geboten.«

»Aber ich kann es nicht erklären, ohne dir

ein wenig über die Lage zu schildern, in der ich mich befinde.«

»Einiges habe ich schon gehört. Aber was meinst du mit einer Jagd ins Blaue?«

»Ich habe versucht, mit Rechmire zu brechen. Er will es nicht. Wie ich – und Huy – uns bereits dachten, kamen die Skarabäen von Rechmire. Er hat es mir jetzt gestanden. Er wollte mir Angst machen, damit ich mich ihm auf Gnade oder Ungnade ausliefere. Jetzt ist das Geheimnis aufgeklärt.«

»Warum hat er es dir erzählt?«

»Das weiß ich nicht. Vielleicht, weil er gesehen hat, daß sein Plan nicht funktionierte –, daß er mich damit eher vertreiben würde.«

»Was hast du ihm darauf erwidert?«

»Daß er mich nicht zwingen könne, weiter seine Geliebte zu sein.« Mutnofret senkte die Stimme zu einem Flüstern, als sei sie beschämt über die Zwangslage, die sie beschrieb.

»Was wirst du tun, wenn Taheb zurückkommt?«

»Das«, antwortete Mutnofret gleichmütig, »hängt von Amotju ab.«

Aset klopfte noch einmal an die Haustür, aber das Haus wirkte wie tot. Verstohlen schaute sie sich auf der Straße um. Huy hatte seine Behausung gut gewählt; in diesem Bezirk mit ständig wechselnden Bewohnern kümmerte sich niemand sonderlich um den anderen. Sie hatte sich schlicht gekleidet für diesen Besuch und war allein gekommen, aber sie konnte ihren Stand nicht völlig verbergen, und die Stadt war nicht groß genug, um ihr auf unbegrenzte Zeit eine perfekte Tarnung zu bieten. Vielleicht machte sie sich zu früh Sorgen; Huy hatte weder gesagt, wie lange seine Ermittlungen dauern würden, noch verraten, was er vorhatte. Aber sie fühlte sich verantwortlich für ihn – niemand, nicht einmal Amotju, schien über sein Verschwinden beunruhigt zu sein, und Mutnofret war nur besorgt, weil sie als seine Klientin womöglich betroffen war. Seit Huy in Asets Leben getreten war, hatte es einen erregenderen Sinn bekommen. Sie bedauerte nur, daß er nicht besser situiert und deshalb kein ernsthafter Freier war.

Die Tür war verschlossen, aber Huy hatte ihr den Trick gezeigt, und nach einem letzten Blick auf die Straße langte sie in die Höhlung, wo der Steinriegel war, und zog ihn zurück.

Im Hause fand sich wenig oder gar nichts, was ihr hätte verraten können, wo er war. Mutnofret hatte ihn zuletzt gesehen und angenommen, er sei danach nach Hause gegangen; sie hatte keine Ahnung, wo er wohnte. Etwas anderes hatte er ihr gegenüber nicht erwähnt, und es war spät gewesen. Daß er noch am selben Abend Rechmire in seinem Haus oder in seinem Büro im Palast aufgesucht haben sollte, war unwahrscheinlich.

Das untere Zimmer hier hatte schlichte, weißgekalkte Wände. An einem Haken neben der Tür hing ein Mantel, und auf einem niedrigen Tisch lagen zwei oder drei ungebrauchte Papyrusrollen und Huys Schreibpalette, die mit einer feinen Staubschicht bedeckt war. Zwei Stühle standen ordentlich nebeneinander. Das obere Zimmer enthielt ein Bett und einen zweiten Tisch. In einem Alkoven fanden sich vier saubere, gefaltete Leintücher, und auf dem Boden darunter stand ein Paar sehr abgetragener Sandalen aus geflochtenen Palmblättern.

Nach dem Dämmerlicht im Haus ließ der Sonnenschein auf der Straße sie blinzeln, aber sie hatte sich rasch genug an das helle Licht gewöhnt, um den Mann, der an der Ecke des Hauses gegenüber gestanden hatte, flink dahinter verschwinden zu sehen. Seine schnellen Bewegungen verrieten ihr, daß es kein Zufall war, und sie folgte ihm. Der Mann war groß und auch im Gedränge leicht im Auge zu behalten. Gleichzeitig konnte sie selbst weit zurückbleiben, um nicht seinen Verdacht zu erwecken. Dies allerdings schien eine unnötige Vorsichtsmaßnahme zu sein, denn er drängte, ohne sich umzusehen, hastig voran, und ihr kam der Gedanke, er könnte in diesem Geschäft ein ebensolcher Amateur sein wie sie selbst.

Als sollte ihr das Gegenteil bewiesen werden, sah sie sich an der nächsten Biegung von einem

Ochsenkarren aufgehalten, der, schwer beladen mit Fisch, über einen kleinen Platz rumpelte, wo vier Straßen zusammentrafen. Sie roch den Fischgestank der Männer, die den Karren zum Pökelschuppen begleiteten. Danach konnte sie ihr Wild nirgends mehr entdecken. Ihre Enttäuschung war größer als vermutet, aber statt aufzugeben, folgte sie ihrem Instinkt und eilte die Straße hinunter, die zum Fluß führte. Im Gedränge der Menschenmenge, die immer dichter wurde, je näher sie dem Kai kam, sah sie sich belohnt: Sie entdeckte den Mann wieder. Sein Kopf überragte fünfzig Schritt vor ihr das Menschenmeer.

Sie handelte sich einen oder zwei Flüche ein, als sie sich mit Hilfe der Ellbogen einen Weg zur Straßenmitte bahnte. Hier kam sie schneller und freier vorwärts und mußte nur gelegentlich den Karren oder einer Rikscha ausweichen. So konnte sie den Mann im Auge behalten. Am Wasser angekommen, wandte er sich nach links und eilte geradewegs an den Docks entlang, wo die Barken be- und entladen wurden, zum Anlegeplatz der Fähre.

Hier war das Treiben noch größer, und Aset befürchtete, nicht unbemerkt an Bord derselben Fähre zu kommen wie der Mann. Flüchtig fragte sie sich, ob er sie wohl erkannt hatte oder nur davongerannt war, weil er jemand aus Huys Haus hatte kommen sehen. Er schien ihr nicht dorthin gefolgt zu sein. Huy hatte sie im

Laufe ihres Zusammenseins gelehrt, auf solche Dinge zu achten.

Schlangen von drängenden, gestikulierenden Menschen warteten auf eine verwirrende Vielzahl von Fähren. Aset war es gewohnt, in ihrer eigenen Sänfte zu reisen, und hatte keine Ahnung, wohin die einzelnen Boote fuhren, ob ans Westufer, stromauf- oder stromabwärts. Die Fährschiffer riefen zwar offenbar ihre Strecken aus, aber ihre Stimmen ertranken im Trubel der Menge, und sie traute sich nicht, jemanden zu fragen. Diese Leute, unter die sie sich mit Huy zusammen gern mischte – was sie für abenteuerlich hielt –, machten ihr Angst, wenn es darum ging, mit ihnen zu sprechen. Sie rochen nach Schweiß, nach Fisch, nach ranzigem Öl, nach Schwefel und nach dem Fluß. Ihre Kleider waren schlammfarben und schmutzig. Hinter ihnen dümpelten die kleinen schwarzen Fährboote mit ihren kipplig festgezurrten dreieckigen Segeln schwindlig auf dem Hochwasser des Flusses – der ungefährlich war, das wußte sie, und gebändigt von Mauern, die zur Zeit ihres Ururgroßvaters erbaut worden waren, höher als der höchste bekannte Flutwasserpegel, aber trotzdem einschüchternd in seiner Macht, wie ein Riesenmuskel.

Der große Mann hatte sich an die Spitze einer Warteschlange manövriert. Ungefähr fünfzehn Leute trennten sie von ihm, aber ebensogut hätte er schon auf der anderen Seite des Flusses sein können.

»Entschuldigung«, sagte Aset zu den Umstehenden und versuchte, ihre Stimme rauh klingen zu lassen, »kann ich mal durch?«

»Wieso?« frage eine mürrische fette Frau vor ihr und stieß sie zurück.

»Das ist mein Bruder – ich bin von ihm getrennt worden«, improvisierte Aset verzweifelt.

»Wo ist er denn?«

»Da drüben.«

»Na los, laß das arme kleine Weib doch durch. Sie steht doch gar nicht für unser Boot an«, sagte ein kleiner glatzköpfiger Mann mit Hakennase und mächtigem, glänzenden Bauch, den er jetzt benutzte, um ein oder zwei Leute wegzuschieben. Aset schlüpfte dankbar vorbei und konnte gerade noch rechtzeitig auf das Boot springen, als der Fährmann ablegte. Ein oder zwei Leute, die auf dem Kai zurückgeblieben waren, schleuderten ihr Schimpfworte hinterher, die sie nicht verstand. Sie kümmerte sich nicht darum, sondern hielt den Kopf gesenkt.

Als sie wieder aufblickte, stand der große Mann am anderen Ende des Bootes und schaute in die Richtung, in die sie fuhren. Die Fähre krängte ein wenig, als das Segel aufgezogen wurde, fing sich dann und glitt mit überraschender Geschwindigkeit über das Wasser. Aset fühlte den Druck der Leiber ringsumher.

Ein Ellbogen bohrte sich ihr ins Kreuz, und ihr Gesicht war dicht an das einer anderen Frau gedrängt; ihre Blicke trafen einander immer wieder und huschten gleich beiseite.

Der Mann stieg bei der ersten Haltemole aus und Aset kletterte ihm nach; fast hätte sie vergessen, das kleine Kupferstück zu bezahlen, das der Fährmann verlangte, ein finster blikkender Mann mit so widerwärtigem Atem, daß sie würgte, als er ihr sein Gesicht entgegenreckte und sein Geld forderte. Seine Zahnstummel waren von weißlichem Schleim überzogen.

Es ging auf die sechste Stunde des Tages zu, und allmählich waren wenige Menschen unterwegs, denn die Zeit für das Mittagessen und die Nachmittagsruhe nahte. Unauffälligkeit wurde schwieriger und Aset fiel ein paar Schritte zurück. Anscheinend hatte sie noch keinen Verdacht erregt, denn der Mann hastete immer weiter, ohne nach rechts oder links zu schauen. Da sie sich auf ihn konzentrierte, nahm sie von ihrer Umgebung keine Notiz; sie merkte nur, daß sie in einem Stadtteil war, den sie nicht kannte.

Plötzlich hörten die Gebäude auf und sie befand sich auf einer schmalen Sandebene; die Stadt lag hinter ihr, der Fluß zur Rechten, und die Felsenklippen, die die östliche Wüste begrenzten, ragten links auf. Etwa fünfhundert Schritt weiter südlich erhob sich eine der langen Palastmauern, prächtig bemalt mit Jagdszenen: Ein starker junger Pharao, allein in einem von zwei schlanken Pferden gezogenen Wagen, stürmte hinter Antilopen und Löwen her; in einer anderen Szene stand er vor einem sich am Boden windenden Leopard, der einen Pfeil im Auge stecken hatte. Hier brachte er Enten und Gänse mit einem Vogelstock zur Strecke; dort stand er in einem Papyrusboot mit hochgezogenem Bug und spießte watende Flußpferde und Krokodile auf. Die Farben leuchteten so frisch, daß sie im Sonnenlicht grell wirkten.

Genau in der Mitte der Mauer war ein hohes, dunkles Eingangstor eingefügt; Oberschwelle und Pfeiler bestanden aus schweren grauen Steinblöcken. Der große Mann ging direkt darauf zu. Ihr blieb nichts anderes übrig, als ihm zu folgen, und so tat sie es flink, denn sie mußte das Tor rechtzeitig erreichen, um zu sehen, welche Richtung er dahinter einschlug.

Der Palast war nicht etwa ein einziges Gebäude, sondern eine von Mauern umgebene zweite Stadt. Sie blieb am Tor stehen und sah, wie der Mann ein niedriges, rostbraunes Gebäude betrat, dessen Eingang von schweren Säulen mit Lotos-Kapitellen flankiert war; daneben lagen Statuen des Amun-Tieres, des Widders. Hier war auf den Straßen wieder mehr Betrieb. Leute hasteten geschäftig umher; die Zeit bis zur Ankunft des Königs war nur noch in Tagen zu messen. Niemand achtete auf

Aset, zumal sie sofort die Haltung gehetzter Aktivität imitierte, die die anderen zur Schau trugen. Sie huschte dem Mann hinterdrein in das Gebäude und hielt Ausschau nach einer Tafel oder einem Schild, dem zu entnehmen gewesen wäre, wozu dieses Haus diente. Türen säumten einen zentralen Korridor, und dahinter lagen schmucklose Räume, in denen sie Männer sah, die über Pläne gebeugt waren. Etliche von ihnen trugen die Amtsinsignien leitender Priester-Beamter.

Endlich blieb der große Mann vor einer Tür stehen, öffnete sie, ohne anzuklopfen, und schloß sie sofort hinter sich. Aset war enttäuscht, bemerkte aber dann eine Treppe, die neben der Tür begann und vermutlich zu einer Galerie führte, die oberhalb des Raumes liegen mußte, in dem der Mann verschwunden war. Sie lief diese Treppe hinauf und stellte fest, daß sie recht hatte. Zwei Maler arbeiteten an einem Fries aus Inschriften und Szenen, das die Galerie schmücken sollte. Von einem kurzen Seitenblick abgesehen, kümmerten sie sich nicht um Aset. Sie spähte über die Brüstung in das Zimmer darunter und sah, daß der Mann mit einem anderen sprach. Ein breiter Tisch trennte die beiden voneinander, und Papyrusrollen waren darauf verstreut.

Der zweite Mann war massig und kräftig gebaut und hatte breite, wuchtige Schultern. Auch ohne die Amtskette des Hohepriesters der Osiris hätte man ihn nicht verwechseln können.

Es war ein schlechter Fischtag gewesen für Anpu. Die Sonne brannte ihm auf den Rücken und der Schweiß rann ihm in die Augen. Als er sein kleines Papyrusboot durch die Untiefen am Ostufer des Flusses nördlich der Südlichen Hauptstadt steuerte. Der Wasserspiegel war so stark angestiegen, daß von dem Schilf, das hier wuchs, nur noch die Spitzen zu sehen waren. Aber wegen der grünen Pflanzenmassen im Wasser konnte er keine Fische erkennen, und immer wieder kam das Ledernetz herauf und brachte nichts als Gras und Algen mit.

Mit schmalen Augen blinzelte er nach der Sonne; es war schätzungsweise um die zehnte Stunde des Tages. Um diese Zeit am Spätnachmittag hatte die Hitze ihre tote Hand schwer auf alles gelegt. Die Uferböschungen schimmerten durch den Dunst und die Ochsen und Reiher schiehen zu dösen, auch während sie durch das flache Flußwasser wateten. Anpu beschloß, nach Hause zu fahren. Er würde eben morgen besonders früh ausfahren und versuchen, die Verluste wieder wettzumachen.

Er glitt ins Heck des Bootes, griff nach dem Paddel und tauchte es träge ins Wasser. Das leichte Fahrzeug schwenkte augenblicklich herum und der Bug schnitt schräg gegen die Strömung des Wassers; Anpu paddelte jetzt angestrengt. Als er nach dem fünften Paddelzug aufblickte, um zu sehen, ob der Bug des Bootes immer noch stromaufwärts gerichtet war, sah er den Toten, der an dem umgekippten Palmenstamm ruhte. Rasch fuhr er hinüber, warf ein Seil über den Baum und sicherte das Boot.

Die Strömung war stark, aber in Ufernähe deutlich schwächer, und Anpu konnte sein leichtes Boot relativ einfach an dem Palmenstamm längsseits bringen. Den Leichnam an Bord zu hieven, würde komplizierter werden, und er wollte sichergehen, daß sich die Mühe lohnte. Es würde, auch wenn der Mann schon tot war, sicher Verwandte geben, die dem einen guten Preis zahlten, der ihnen die Leiche brachte. Aber als er näherkam, hörte Anpu ein leises Stöhnen.

Er straffte sich und stand breitbeinig, um mit seinem Gewicht das Boot in der Balance zu halten. Dann beugte er sich vor, packte den Mann unter den Achseln und zerrte ihn ins Boot. Der Mann fiel mit dem Gesicht nach unten in das runde Dutzend Äschen im Fischbehälter des kleinen Bootes. Anpu gelang es, ihn auf den Rücken zu wälzen und ihn einigermaßen bequem zurechtzulegen, ehe er an ihm vorbeikletterte, um wieder seine Position im Heck einzunehmen. Jetzt mußte er sein Paddel viel härter ins Wasser stechen, um stromaufwärts voranzukommen.

Als sie in Sichtweite der Stadt gekommen waren, konnte Huy sich immerhin benommen aufrichten und seine Umgebung begutachten. Gleichzeitig mußte er die vielen Fragen abwehren, die Anpu ihm stellte; offensichtlich betrachtete ihn der Mann mit einer Mischung aus Besitzerstolz und Mißtrauen. Aber dafür erfuhr er, wo ungefähr der Fischer ihn gefunden hatte und konnte so abschätzen, wie weit die Strömung ihn flußabwärts getragen hatte, nachdem er ins Wasser geworfen worden war. Nie war Huy dankbarer für seinen stämmigen, so gar nicht schreiberhaften Körperbau gewesen als bei seinem Bemühen, im Schutze der Dunkelheit in Sicherheit zu schwimmen. Er hatte sich gefragt, ob seine Entführer wollten, daß er starb; aber das war unwahrscheinlich. Schließlich hatten sie sich die Mühe gemacht, ihm die Droge einzugeben und ein Theaterstück vorzuführen, das ausgereicht hatte, um Amotju eine Todesangst einzujagen. Ohne Zweifel hatte es auf ihn die gleiche Wirkung haben sollen. Aber da er weniger wichtig als Amotju war, hatte man ihn vielleicht nicht so gründlich behandelt wie seinen Freund.

Ausgeraubt hatten sie ihn jedenfalls nicht. Seine Lederbörse hing noch immer am Gürtel seines Kilts, und sie enthielt immer noch die zwei kupfernen *Debens*, die er bei Mutnofret bei sich gehabt hatte. Er gab sie Anpu, den ersten als Belohnung, den zweiten, damit er schwieg und ihn vom Boot ließ, ehe sie den Hauptkai erreichten. Anpu hatte das Gefühl, daß er am Ende heute doch gar keinen so schlechten Fang gemacht hatte, ließ seinen Schützling ein paar hundert Schritt weit nördlich der Stadt ans Ufer waten, drehte dann ab und fuhr zurück zu seinem Dorf. Unterwegs malte er sich bereits die Rettungsgeschichte aus, die er seinen Nachbarn erzählen würde.

Huy war sicher, daß seine Entführer ihn für bewußtlos gehalten hatten, als sie ihn ins Wasser warfen, sonst hätten sie ihn bestimmt umgebracht. Aus ihrer Sicht war also ihr Schauerstück von den Hallen der Hölle erfolgreich gewesen. Ohne den echten Schmerz von dem Amulett, das sich in seine Brust gebohrt hatte, hätten sie bei ihm so viel Erfolg gehabt wie bei Amotju. Huy hätte, seiner Ausbildung am Hofe Echnatons zum Trotz, die Beweiskraft seiner Sinne weder bezweifelt noch in Frage gestellt, wenn ihm der Anfang des Lebens nach dem Tod vorgeführt wurde, wie er im *Totenbuch* seit den Zeiten der uralten Könige geschildert wurde.

Das Gehen machte einen klaren Kopf, und tiefes, gleichmäßiges Atmen befreite ihn von der Übelkeit, die ihn plagte. Nach und nach wurde sein Schritt fester, und seine Gedanken ordneten sich. Er begann mit einer Bestandsaufnahme seiner selbst. Der körperliche Schaden schien sehr gering zu sein, obwohl ihm alles wehtat und er hier und da auch große blaue Flecken hatte. Wie er im Gesicht aussah, wußte er nicht, aber offensichtlich erregte nichts in seiner Erscheinung Aufmerksamkeit, denn auf dem Heimweg würdigte ihn niemand in den Vororten oder auch in der Stadtmitte eines zweiten Blickes. Die Entscheidung, zu seinem kleinen Haus zurückzukehren, war ihm leicht gefallen: Einmal ans Licht gezerrt, hatte es wenig Sinn, sich weiter zu verstecken, und wer immer sich diese Unterhaltung für ihn ausgedacht hatte, würde vielleicht weniger mißtrauisch sein, wenn Huy einfach so tat, als sei die gewünschte Wirkung eingetreten. Die Pläne, die er jetzt schmiedete, erforderten eine Heimlichkeit ganz anderer Art.

Vor seinem Haus angekommen, blieb er kurz stehen, um zu Atem zu kommen, denn plötzlich senkte sich Müdigkeit auf ihn. Als er aufblickte, sah er Licht im Fenster seines oberen Zimmers. Es war so schwach, daß er nicht wußte, ob er es sich nicht eingebildet hatte, aber als er wartete und die kurze Abenddämmerung in Dunkelheit überging, wurde das Leuchten deutlicher. Huy überlegte, ob er weitergehen und sich eine andere Bleibe suchen oder sogar in Amotjus Haus unterschlüpfen sollte; aber seine Erschöpfung machte das unmöglich. Wer immer es war, irgendwann würde er ihm gegenübertreten müssen. Er versuchte deshalb gar nicht, leise zu sein, als er jetzt seine

Haustür öffnete, die zu seiner Überraschung verschlossen war.

Unten war alles so, wie er es verlassen hatte. Er schloß die Tür hinter sich und ging zu dem Alkoven, wo er hinter einem Bündel Papyrusbücher sein breites Bronzemesser versteckt hatte. Es war noch da, in einer Scheide aus eingeöltem Leder. Zögernd zog er es heraus und ging zu der Steintreppe an der gegenüberliegenden Wand, die in das obere Zimmer hinaufführte. Für einen Augenblick blieb er stehen und spitzte die Ohren, aber kein Laut kam aus dem oberen Zimmer. Langsam begann er, die Stufen hinaufzusteigen. Als er fast oben war, hielt er wieder inne, und jetzt hörte er ein schwaches, regelmäßiges, sachtes Geräusch: jemand atmete. Behutsam ging er weiter, so daß er ins Zimmer spähen konnte. Aset lag vollständig angezogen auf dem Bett. Sie hatte eine Decke über sich geworfen und war eingeschlafen.

Sie fuhr auf und starrte ihn erschrocken an. Da erst merkte er, daß er das Messer noch in der erhobenen Faust hielt. Sie wachte vollends auf, schlang die Arme um ihn und zog ihn wortlos an sich. Er schloß die Augen und wäre am liebsten in ihrer Wärme ertrunken.

Endlich lösten sie sich voneinander und sie schaute ihn richtig an.

»Was ist mit dir passiert?« fragte sie bestürzt.

»Ich weiß es nicht.« Er überlegte, wie er seinen Bericht anfangen sollte und sah ihr ins Gesicht. Zu seiner Erleichterung schien sie eher über sein Aussehen besorgt als neugierig. Wäre er weniger müde gewesen, hätte er sich vielleicht nach dem Grund gefragt.

»Wie sehe ich aus?« Er bemühte sich, die Frage scherzhaft klingen zu lassen.

Sie lächelte. »Schrecklich. Ich muß deine Wunden säubern.« Am allerliebsten hätte er jetzt geschlafen, aber sie machte es ihm bequem, verschwand nach unten und kehrte mit einer irdenen Wasserschüssel zurück. Mit leinenen Lappen wusch sie ihm Gesicht und Hände und erst jetzt bemerkte er, daß seine Fingerknöchel aufgeschürft und arg zerschrammt waren. Winzige Schmutzkörnchen saßen in den Wunden, und beim Händewaschen fiel ihm der feine rote Sand unter den Fingernägeln auf.

Sie hielt ihm einen Bronzespiegel vors Gesicht; er sah hager und mitgenommen aus, erkannte sich aber wieder.

»Ich will sehen, ob ich etwas kochen kann«, verkündete sie. »Keine Ahnung, wie das geht, denn ich habe es nicht gelernt; aber zu Hause habe ich den Köchen zugesehen, und es wird schon gehen. Glaubst du, du kannst das Feuer anzünden? Ich habe eine Ente und ein bißchen Obst gekauft, und *Schemschemet* ...«

Huy mußte grinsen und er merkte, daß er ebenso hungrig war wie müde. Er zündete ein Feuer im Herd an und besorgte Wein und Wasser aus den Vorratskrügen, während sie geschäftig die Ente zerlegte, einen Kupferkessel aufsetzte, um weiße Bohnen zu kochen, und Zwiebeln und Gurken hackte. Keiner von beiden verstand sich besonders gut auf das Kochen, aber in dieser unerwarteten, improvisierten Häuslichkeit lag eine erholsame Heiterkeit, die beiden Behagen verschaffte. Und während sie arbeiteten, erzählte Aset ihm von Rechmires Spitzel.

»Hast du gehört, was sie redeten?«

»Nein. Die beiden Maler auf der Galerie fingen an, sich zu sehr für mich zu interessieren; ich mußte so tun, als hätte ich mich verirrt, und weggehen. Aber genügt es nicht, daß Rechmire jemanden geschickt hat, um das Haus zu bewachen?«

Huy lächelte. »Doch.« Er verschwieg allerdings, daß es ihn nicht wunderte. Er wußte inzwischen mehr, als er noch vor einer Woche für möglich gehalten hätte, aber noch immer ergab das alles kein Bild, das er jemand anderem zeigen mochte.

Nach der Anspannung ihres Abenteuers sprudelte Aset über bei der Erinnerung daran.

»Weshalb bist du hierher zurückgekommen?« fragte Huy.

»Ich wußte nicht, wo ich nach dir suchen sollte. Ich dachte mir, hierher würdest du als erstes gehen. Ich wollte einen ganzen Tag und eine Nacht warten und dir dann eine Nachricht hinterlassen.«

»Das wäre aber riskant gewesen.«

»Ich habe nicht an Sicherheit gedacht. Ich hatte Angst um dich.«

Während sie aßen, erzählte Huy ihr, soweit er konnte, was passiert war.

»Und das gleiche ist meinem Bruder zugestoßen?«

»Ja.«

»Weißt du, wer das getan hat?«

»Jemand, der ihm Angst machen wollte; mir wollten sie genauso Angst machen.«

»Damit du dich zurückziehst?«

»Sicher.«

»Dann müssen sie für Rechmire arbeiten.«

»Möglich.«

Sie starrte ihn an. »Wer könnte es sonst sein? Amotju hat hier keine Feinde.«

»Daß jemand anderes einen Gewinn davon hat, erscheint jedenfalls unwahrscheinlich.«

Nachdenklich schwieg sie eine Weile. »Aber bist du sicher, daß es so war, wie du sagst? Daß es kein reales Erlebnis war? Vielleicht haben die Götter ja ihre Gründe ...«

Huy hob die Hände. »Dies sind reale Verletzungen – man muß mich über rauhen oder steinigen Boden geschleift haben, genauso wie Amotju. Und der rote Staub, der unter meinen Fingernägeln war, stammt nicht von den Feldern von Aarru, aber ich weiß, wo auf dieser Welt ich ihn schon gesehen habe.«

»Wo?«

»Bei den Gräbern im Tal, am Westufer.«

»Dann muß Rechmire dahinterstecken. Er hat bestimmt gedacht, du bist kurz davor, ihn zu entlarven.«

»Aber wir haben nichts herausgefunden, was ihn mit den Grabräubern in Verbindung brächte.«

»Weil er schlau ist.«

Huy hatte die Grabräubereien nie aus dem Auge verloren. Seit Ramoses Grab ausgeplündert worden war, hatte er nichts Derartiges mehr gehört, aber nur wenig Zeit war verstrichen seit seiner Begegnung mit Seth. Möglich, daß Rechmire beschlossen hatte, sich erst mit Huy und Amotju zu befassen, und dann sein Treiben fortzusetzen.

Aber wieso hatte er sie dann nicht einfach umbringen lassen?

»Er versucht, meinen Bruder zu vernichten.«

Huy sah sie an. Es war natürlich möglich; aber Rechmire standen wirkungsvollere Mittel zu Gebote als die Ausplünderung des väterlichen Grabes und der Überfall auf einen Goldtransport. Seine Gedanken wanderten in das Tal zurück. Ständig wurden dort Gräber in den Fels gehauen, denn die hohen Adeligen und die reichen Leute der Stadt fingen an, ihr Heim für das Nachleben zu errichten, sobald sie es sich in diesem Leben leisten konnten. Eine ganze Gemeinde von Grabarbeitern, Handwerksmeistern, Maurern und gewöhnlichen Steinhauern lebte im Tal. Außerdem gab es private Grabwachen.

»Weißt du, wo Rechmires Grab gebaut wird?«

Aset überlegte kurz. »Es gibt zwei. Eins hat er vor vielen Jahren begonnen; nachdem seine Macht nun größer geworden ist, hat er auf einem neuen, größeren Gelände nahe dem Zentrum des Tales mit den Bauarbeiten angefangen. Aber dort sind mehrere Wachen postiert.«

»Was ist mit seinem alten Grab?«

»Ich weiß nicht, was Rechmire damit vorhat. Vielleicht hat er es einfach aufgelassen.«

»Aber wenn es bewacht würde?«

»An gut bezahlten Wachen vorbeizukommen, ist unmöglich. Wenn du ihre Komplizenschaft nicht kaufen kannst, mußt du mindestens ebensoviel Einfluß auf sie haben wie ihr Arbeitgeber.«

Plötzlich arbeitete Huys Verstand nicht mehr. Die Woge der Erschöpfung, die er aufgestaut hatte, ließ sich nicht länger zurückhalten, und sie überflutete ihn rauschend. Seine Lider sanken herab, und alles wurde ihm gleichgültig: Haremheb, der sich ein Imperium errichtete durch den jungen Pharao, dessen bevorstehende Ankunft die Stadt in summende Geschäftigkeit gestürzt hatte, Rechmire und Mutnofret mit ihrer schäbigen Moral, Taheb mit ihrer kühlen Arroganz und Amotju mit seiner Leichtgläubigkeit. Alle gruben sich gegenseitig

Fallen um des eigenen Vorteils willen. So war die Welt, und so war sie immer gewesen; die Ideale der Stadt des Horizonts waren ein Traum. Nicht einmal hinter ihnen hatte man gestanden. Die Menschen hatten einfach mitgemacht, weil der, der sie vertrat, zufällig Pharao war. Wenn Echnaton nicht die absolute Macht gehabt hätte, wären seine Theorien niemals niedergeschrieben und schon gar nicht befolgt worden; nun waren sie mit seinem Tode verweht wie Spreu im Wind. Er, Huy, lebte noch in dieser Welt und mußte irgendwie in ihr weiterleben.

Er fühlte Asets kühle Hand auf der Stirn und war dankbar. Er hatte eine Freundschaftsschuld an ihrem Bruder abzutragen, und noch ehe er einschlief, gestand sein ordnungsliebendes Herz schon ein, daß er die Dinge nicht einfach sich selbst überlassen konnte. Aber wenn dies erst vorüber wäre, würde er beantragen, wieder Schreiber werden zu dürfen. Er würde akzeptieren, daß die Welt sich verändert hatte, und allen Konfrontationen aus dem Weg gehen.

Einstweilen aber brauchte er Ruhe, denn er hatte noch viel zu tun.

Zehn

Amotju bot seinem Freund Wein an und begrüßte ihn, als kehre er von einer langen Reise zurück – was, dachte Huy, in gewisser Weise ja auch stimmte; er beschloß aber, von seinem Erlebnis nichts zu erwähnen. Statt dessen berichtete er Amotju von seinem Gespräch mit Mutnofret und log, was die Zeit danach anging.

»Hast du Nachricht von Taheb?« fragte er dann.

Amotju sah ihn vorsichtig an. »Ja.«

»Was sagt sie?«

»Sie hat durch einen Kurier zwei Briefe geschickt, weiter nichts. Sie erkundigt sich nach den Kindern, erzählt von den Vorbereitungen für die Abreise des Königs. Es haben letzte Empfänge stattgefunden, ein Staatsbankett ...«

»Was wirst du tun, wenn sie zurückkommt?«

Amotju schob den Unterkiefer ein wenig vor. »Ich werde ihr sagen, daß ich mich scheiden lasse. Schwierigkeiten wird es nicht geben. Wir haben eine Trennungsvereinbarung.«

»Und dann?«

»Huy, du bist ein alter Freund, aber ...«

»Natürlich – entschuldige. Es geht mich nichts an.«

»Du wirst es sowieso bald erfahren. Aber du solltest wissen, daß das einzige Hindernis für mein Glück und meinen Ehrgeiz der Hohepriester ist. Hast du Beweismaterial gegen Rechmire, das ich verwenden kann?«

Huy wartete einen Moment, bevor er antwortete. »Ich glaube nicht, daß es irgend etwas gibt, was du gegen Rechmire verwenden könntest. Ich weiß nicht, wie er sich Geld beschafft, aber es gibt keinen Grund, anzunehmen, daß er außer vom Tempel irgendetwas bekommt.«

»Wie finanziert er sich aber dann?«

»Als Echnaton das ganze Tempeleinkommen für den Aton und an sich selbst auszahlen ließ, wurde im ein großer Teil des Vermögens vorenthalten; das weißt du so gut wie ich. Sieh dir doch nur an, wie schnell die alte Religion den verlorenen Boden zurückgewonnen hat. Das hat seinen Grund.«

Amotju spreizte ungeduldig die Hände. »Du willst also sagen, er hat weder mit den Grabräubereien noch mit der Piraterie zu tun?«

»Da bin ich ganz sicher. Vielleicht hat er sich andere Verbrechen zuschulden kommen lassen, aber diese nicht.«

»Woher weißt du das?«

»Es gibt keinen hundertprozentigen Beweis; aber er hat mich mehr als eimal in seiner Gewalt gehabt, und es wäre die einfachste Sache der Welt gewesen, mich beseitigen zu lassen.« Huy erwähnte den Mann, den Rechmire beauftragt hatte, sein Haus zu beobachten. Daß Aset den Mann entdeckt hatte und ihm zum Palast gefolgt war, behielt er für sich.

»Wie werde ich ihn dann vernichten?«

Huy war erstaunt über die Wut in der Stimme seines Freundes. »Warum willst du das?«

»Jemand führt doch Krieg gegen mich!«

»Aber nicht Rechmire, so sehr er sich über dein Unglück freuen mag. Du weißt, daß du weder der einzige prominente Bürger bist, dessen Familiengräber ausgeraubt wurden, noch der einzige Geschäftsmann, der ein Opfer der Piraten geworden ist. Du willst Rechmire zum Schurken stempeln, weil du einen Rivalen loswerden willst. Die Zeit läuft ab. Ich glaube, du wolltest die Sache abgeschlossen haben, ehe Tutenchamun ankommt. In ein paar Tagen ist er hier. Und schlimmer noch – Rechmire hat es geschafft, den Palast fertigzustellen, zumindest die königlichen Gemächer. Das wird ihm in den Augen des neuen Königs nicht gerade schaden.«

»Bei Haremheb auch nicht. Wo liegt der Unterschied?«

Huy schwieg einen Moment.

Dann fragte er ruhig: »Warum willst du diese Macht?«

»Vielleicht, um zu verhindern, daß sie Männern wie Rechmire in die Hände fällt.«

Wieso hältst du dich für besser als ihn? dachte Huy, aber er sprach die Frage nicht aus.

»Mutnofret hat mir erzählt, du hast einen Mann in seinem Hause.«

Amotju spitzte die Lippen. »Das hätte sie dir nicht sagen sollen. Aber – ja, es stimmt.«

»Warum gerade jetzt?«

Amotju sah ihm in die Augen. »Ich habe befürchtet, du könntest den Auftrag nicht zu Ende führen.«

»Du hast mir befohlen, den Priester in Ruhe zu lassen. Oder hast du dein Erlebnis in der anderen Welt vergessen?«

»Ich habe seitdem mit Freunden gesprochen.«

»Mit welchen Freunden?«

»Mit Mutnofret.«

»Hat sie dich überredet, den Spitzel einzuschmuggeln?«

»Ja.«

»Und was hat sie über Rechmires Dämonen gesagt?«

Amotju senkte den Kopf. »Wenn es Dämonen gäbe, und wenn sie ihm gehorchten, dann würde ich diese Gefahr beseitigen, indem ich ihn beseitige.«

»Müßtest du nicht den Zorn seines Geistes fürchten?«

»Wenn er erst einmal in der Geisterwelt ist, dann sind seine irdischen Ambitionen dahin. Ich müßte dann nur zu seinem Grab gehen und seinen *Ka* mit Geschenken besänftigen.«

Huy strich sich schnell über die Stirn. Wie schnell sich die Menschen ihren Glauben nach Belieben zurechtbogen ...

»Was hat dein Spitzel berichtet?«

»Ich glaube nicht, daß du ...«

»Ich soll für Mutnofret arbeiten. Willst du, daß ich ihr helfe, oder nicht?«

»Er hat nichts zu berichten; aber er ist ja auch erst seit ein paar Tagen an seinem Platz, und was immer Rechmire sonst tun mag, es ist klar, daß er zumindest im Augenblick mit den Vorbereitungen für die Ankunft des Pharao vollauf beschäftigt ist. Allerdings hat er gestern gesagt, daß er zum Tal fahren will.«

»Wieso?«

»Das hat mein Agent nicht gesagt. Wahrscheinlich will er sein Grab inspizieren. Mein Agent konnte ihn aber überreden, ihn als Leibdiener mitzunehmen.«

»Wie hat er das geschafft?«

Amotju grinste. »Rechmires sexueller Geschmack ist vielfältig. Amenmose ist ein attraktiver Mann, und er versteht sein Handwerk.«

Huy lehnte es ab, auf einen Wein oder zum Mittagessen zu bleiben, und ging wenig später. Obwohl die Sonne jetzt hoch am Himmel stand, wanderte er zum Kai hinunter, wo die Fähren lagen, und er erwischte gerade noch die letzte, die vor der Nachmittagsruhe zum anderen Ufer hinüberfuhr. Dort ging er an Land und lief eilig auf heißen Steinplatten vorbei an den kleinen, flachen Gebäuden, die die Anlegestelle umgaben. Wie ein Vorhang, der die schmale Ebene jäh begrenzte, erhoben sich vor ihm die Felsenklippen, in die die Gräber der Mächtigen gemeißelt wurden. Huy schlang sich zum Schutz vor der Sonne ein Leintuch lose um den Kopf und machte sich auf den Weg zur oberen Ecke des Tales.

Unterwegs kam er am Eingang zu Rechmires neuem Grab vorbei. Das imposante Eingangstor bestand aus einem reichverzierten Türbogen, der als Relief in die Felswand gehauen worden war; dafür hatte man oberhalb und zu beiden Seiten des Eingangs den Stein abgeflacht und geglättet. Unter einer Segeltuchplane, die an vier krummen Holzstangen aufgespannt war, saßen ein Dutzend Handwerker und aßen flache braune Fladen und süße Zwiebeln und tranken Bier. Huy trat heran und grüßte sie. Mit seinem Kopftuch und dem abgetragenen Kilt sah er aus wie einer von ihnen. Er arbeite, erzählte er ihnen, beim Wiederaufbau des Haupttempels des Amun zu Karnak; dieses riesige Gebäude am Ostufer war schon von hier aus mühelos zu erkennen. Er lehnte ab, als sie ihn zum Mitessen einluden, nahm aber einen Becher rotes Bier mit Wasser an und hockte sich zu ihnen. Er wußte, daß sie gegen jeden Fremden mißtrauisch wären, der einfach vorbeikäme und sich nach Anlage und nach Stand der Arbeiten in diesem Grab erkundigte; also ließ er einfach ein paar diskrete Fragen in den allgemeinen Strom ihres Geplauders fallen, während er ihre Nachfragen über den Tempel abwehrte. In seiner Zeit als Schreiber in der Stadt des Horizonts, in jener frenetischen Gründungsphase, hatte er genug über das Bauwesen erfahren, um intelligente Antworten geben zu können, und das zerstreute ihr Mißtrauen. So erfuhr er, daß die Arbeiten an diesem Grab vor zwei Jahren begonnen hatten.

»Der Hohepriester ist vierzig. Er rechnet damit, daß er noch dreißig Jahre zu leben hat«, sagte der Vorarbeiter, als verrate er damit wichtige Geheiminformationen. »Deshalb will er, daß hier viel Wert auf Qualität gelegt wird. Wie lange es dauert, ist ihm egal.«

»Wer wird sich darum kümmern, wenn er tot ist?«

»Wie meinst du das?«

»Na, er hat doch keine Kinder, oder?«

»Er hat noch Zeit, welche zu zeugen.«

»Wenn er Glück hat«, bemerkte einer der Handwerker. Der Vormann drehte sich um, aber niemand schaute ihn an.

»Habt ihr schon mit dem Malen angefangen?« fragte Huy; er meinte die verschlungenen Dekorationen, die innen an den Wänden angebracht werden würden: Szenen aus dem Leben des Hohenpriesters und Bilder von der kommenden Welt sowie von Menschen und Dingen, die er für sein Leben dort brauchen würde.

»Nein«, sagte der Vorarbeiter. »Wir haben den Quergang zur Kapelle noch nicht fertig, und den Korridor dahinter auch noch nicht. Dann muß der Schacht zur Grabkammer gegraben werden; das machen wir, wenn die Maler die Wandbilder in der Kapelle malen.«

»Kommt Rechmire oft und sieht nach, wie weit die Arbeiten sind?«

»Wenn er kann. Er ist ein vielbeschäftigter Mann.«

»Vor allem im Augenblick.«

»Ja.«

»Dann war er in letzter Zeit wohl gar nicht hier?«

»Nein.«

»Nicht gestern oder heute?«

»Nein«, wiederholte der Vorarbeiter und sah Huy schief an.

Aber inzwischen hatte Huy ihr Vertrauen soweit errungen, daß er einen Blick in das eigentliche Grab werfen durfte. Es war beglückend kühl und dunkel dort. Hier und da hatte man Schächte von außen durch den Fels gebohrt, um denen, die im hinteren Teil des Grabes , das schon siebzig Schritt weit im Felsinnern lag, arbeiteten, Licht und Luft zukommen zu lassen. Der Boden war sauber gefegt und glatt; nach ein oder zwei Seitenblicken wußte Huy, was er bei diesem Besuch hatte herausfinden wollen.

»Ich wette, er läßt es gut bewachen«, sagte er zu dem stolzen Vorarbeiter, als sie wieder ins Sonnenlicht traten.

«O ja. Meistens sind ja Leute hier, die arbeiten. Die erste Schicht fängt gleich nach Sonnenaufgang an, und nach dem Mittagsschlaf arbeiten wir dann weiter, bis es dunkel wird.«

»Am Tempel postieren wir nachts zwanzig Soldaten«, prahlte Huy; er hoffte, daß der Vorarbeiter dieser ungefähren Schätzung auf den Leim gehen würde.

»Na, das ist ja auch ein staatliches Projekt«, antwortete der Vorabeiter und hatte den Köder geschluckt. »Aber wir haben vier Mann hier; und bei dem, was Rechmire ihnen bezahlt, sind sie wohl kaum bestechlich.«

»Dann dürfte ja nicht viel übrig sein, um Wachen für sein altes Grab zu bezahlen.«

Der Vormann überlegte. »Kaum. Aber hat er den Platz nicht verkauft?«

»Nein.«

»Was interessierst du dich eigentlich dafür?«

»Er ist ein Mann, dessen Stern im Aufgehen ist.«

Der Vorarbeiter lachte wissend. Im Augenblick liefen in der Südlichen Hauptstadt massenhaft Leute herum und suchten die Patronage derer, die erst kürzlich wieder Gunst gefunden hatten.

Die Sonne hatte den Zenit überschritten, als Huy weiterhastete, dankbar für die Abkühlung. Er begegnete Handwerkerkolonnen, die zur Arbeit zurückgingen, und die nachmittägliche Stille im Tal verwandelte sich wieder zum gedämpften, aber allgegenwärtigen Klang der Hämmer und Meißel auf Stein, während ein Heer von Männern sich damit abplagte, die letzten Ruhestätten der Elite in den Felsen zu graben. Huys Gedanken wanderten einmal kurz zu seinem eigenen vernachlässigten Grab. Wo er wohl am Ende ruhen würde, nachdem seine Welt so auf den Kopf gestellt worden war? Würde er noch heute sterben, man würde ihn in eines der Massengräber legen, dazu – wenn er Glück hätte – zwei irdene Krüge mit Gerste, die ihm im Nachleben Gesellschaft leisten sollten. Wieso klammerten sich seine Landsleute nur so heftig an den Glauben an ein Leben nach dem Tod, wenn ihre Nachkommen sie doch schon binnen einer Generation vergaßen und die Flüche auf den Grabtüren ignorierten, die jedem galten, der den *Ka* des hier Ruhenden zu versorgen und zu speisen vergaß?

Rechmire plagten keine Zweifel. Der Hohepriester des Unterweltgottes mußte auf seinem Glauben wie auf seinem Status beharren.

Huy kam jetzt an bescheideneren Gräbern vorbei; sie gehörten mittleren Beamten, Geschäftsleuten und Frauen, deren Vermögen es nicht gestattete, genau in der Mitte des Tales zu graben. Hier hatte Rechmire zwanzig Jahre zuvor sein erstes Grab begonnen – schon zu Anfang seiner Laufbahn war er kein Risiko eingegangen, was sein Nachleben anging.

Der Eingang zu Rechmires erstem Grabgewölbe lag weit ab von allen Neubauten und war viel kleiner als die neue Anlage, die seine wichtige Position verlangte, aber Huy fand sie problemlos, und als er die schon verwitterte Kartusche mit dem Namen des Priesters neben dem Eingang entzifferte, wußte er, daß er recht hatte. Daß jemand hier Wache stehen sollte, erschien unwahrscheinlich. Seit Jahren schien niemand mehr dagewesen zu sein. Der Eingang war teilweise von Geröll versperrt, das entweder heruntergebrochen oder nach anderen Grabungen hier abgeladen worden war.

Die Steine waren von Disteln und kärglichem, graugrünem Gras überwuchert; eine große Eidechse, die Huy aufgestört hatte, huschte davon. Er kletterte auf den Geröllhaufen und spähte in das schwarze Loch, das vom Grabeingang übriggeblieben war. Darin war es so dunkel, daß er nichts erkennen konnte. Er kletterte auf demselben Weg zurück und ging vorsichtigen Schritts um den großen, wie ein Schiff geformten Felsen herum, in den das Grab gehauen war und dessen Spitze, von Unkraut und Disteln überwuchert, die Umgebung überragte.

Er hatte die westliche Ecke erreicht und wollte eben am Nordhang entlang weitergehen, als ihm die Öffnung ins Auge fiel. Sie war kaum größer als ein Spalt, aber an der breitesten Stelle immerhin einen Schritt weit, und ringsherum war der Boden abgetreten und frei von Gras. Bei genauem Hinssehen konnte man sogar einen Pfad erkennen, der vom tiefergelegenen trockenen Gelände heraufführte. Allerdings hatte sich jemand bemüht, ein paar Pflanzen darüberzubreiten. Huy schaute in seinem Beutel nach dem Feuerstein und der Öllampe, die er mitgenommen hatte, und ließ sich nach einem letzten Blick in die Runde durch den Spalt hinunter in das Grab fallen.

Es war heller, als er erwartet hatte; als seine Augen sich an die Düsternis gewöhnt hatten, sah er, daß durch drei oder vier der Luftschächte, die die Arbeiter damals durch den Fels gebohrt und nicht wieder zugeschüttet hatten, Säulen aus Sonnenlicht hereinfielen.

Der Raum, in dem er stand, mußte als Innenkammer gedacht gewesen sein, denn am hinteren Ende waren die Anfänge der Grabungsarbeiten für den Schacht zu sehen, der senkrecht hinunter zu einem kleinen Raum führen sollte, der dem Sarkophag vorbehalten war. Unmittelbar davor stand eine Statue auf einem Sockel. Die Pose war formell, aber der Kopf war erstaunlich lebensecht, und obwohl der Körper von Buckel und Klumpfuß befreit worden war, gehörte das massige Gesicht, das da scheel herniederspähte, unverkennbar Rechmire – allerdings zwanzig Jahre jünger.

Der Boden war rauh und uneben. Huy bückte sich und sah, daß scharfkantige Steine aus dem roten Sand ragten. Er betastete einen und zog hastig die Hand zurück. Es war ein scharfgeschliffener Feuerstein. Offenbar hatten Arbeiter irgendwann ihre abgenutzten Werkzeuge in das aufgelassene Grab geworfen. Aber die Steine waren seitdem nicht ungestört liegengeblieben. Rillen zogen sich über den rauhen Boden. Jemand war darüber hinweggeschleift worden. Wie lange war das her?

Wann waren die Arbeiten wohl abgebrochen worden? Vor fünf Jahren? Vor zehn? Eher früher als später, denn alle Grabbauarbeiten waren hier praktisch zum Stillstand gekommen, als der Hof nach Norden verlegt wurde. Aber obwohl an diesem Grab schon lang nicht mehr gearbeitet wurde, waren in den letzten Tagen Leute hier gewesen. Man sah die Überreste von zwei Feuern, und in einer Ecke entdeckte Huy eine Handvoll neuer Kupfernägel.

Er zündete seine Lampe an und schob sich vorsichtig durch den Verbindungsgang in die Grabkapelle; von dort aus wäre man ursprünglich in ein Vestibül gelangt,hinter dem die Außenwelt lag. Hierher wäre Rechmires *Ka* gekommen, um die Speiseopfer abzuholen. Obwohl das Grab nie benutzt worden war, schauderte es Huy unwillkürlich.

In der Kapelle war es viel heller; sie wurde durch das Loch beleuchtet, das anstelle des inzwischen versperrten Zugangs zum dahinter gelegenen Vestibül klaffte. Die Maler hatten schon mit ihrer Arbeit begonnen, bevor das Grab aufgegeben wurde, denn Huy sah sich von Reihen schattenhafter Figuren umgeben, die jene Alltagsarbeiten verrichteten, die Rechmire auch nach seiner Ankunft auf den Feldern von Aarru erwarten würden. Huy stieß auf eine Szene, die ihn frösteln ließ. Sie zeigte Rechmire auf seiner Reise durch die zwölf Hallen der Dunkelheit, wie er den dort hausenden Dämonen begegnete und sie überwand, und wie er schließlich in die Halle der Zwei Wahrheiten kam, wo er respektvoll wartend stehenblieb, während Anubis sein Herz gegen die Feder des Maat aufwog. Thoth-der-Ibisköpfige notierte das Resultat in Gegenwart der Zweiundvierzig Richter; Hinter Thoth aber lauerte die Bestie Ammit, bereit, die Herzen der Ungerechten zu verschlingen.

Noch anderes fand sich hier, Dinge, die nicht zum Grab gehörten. Ein Haufen weggeworfener *Schabti*-Figuren – magische Modelle der Diener, die in der nächsten Welt für einen Toten sorgen sollten. Huy hob eine auf und betrachtete sie. Sie war aus Flußpferd-Elfenbein, mit Gold eingelegt und mit Karnelian, Türkis und Lapislazuli besetzt. Hinter den Figuren, die, wie Huy sah, alle von der gleichen hohen Qualität waren, lag eine kleine Menge loser Goldkörner. Das Gold war noch ziemlich unrein, und die Körner waren so, wie man sie in den Bergwerken tief im Süden findet, wo das geschmolzene Gold in Wasser gekippt wurde, damit es kleine, unregelmäßige Klümpchen bildete, die leichter zu transportieren waren, wenn es nicht wünschenswert oder möglich war, in groben, in den Sand gegrabenen Gußformen Barren zu gießen.

Mochten die *Schabti*-Figuren Beute aus einem Grabraub sein, das Gold war es nicht. Huy wußte, woher es stammte.

Aber es gab noch mehr. Vier breite Lederschlaufen hingen an der Wand an einem Nagel, der achtlos durch ein Gemälde von Horus-dem-Falkenköpfigen in den weichen Fels getrieben worden war. Das Leder war grob und hart und hatte dunkle Flecken von irgendeiner Flüssigkeit. Die Flecken waren neu. Huy hielt sich eine der Schlaufen unter die Nase. Sie roch nach Leder und nach Blut. Neben den Schlaufen hing noch etwas: Eine Krokodilmaske von der Art, wie sie Anis Kopf bedeckt hatte, als Huy seine Leiche fand.

Die Erinnerung an diesen Anblick versetzte ihn ebenso in Panik, wie das plötzliche Begreifen dessen, was an diesem Ort geschehen war; Huy wich zurück, rannte den Gang hinunter zur inneren Kammer und verfluchte sich dafür, daß er seinen Rückzug nicht gesichert hatte. In seiner Hast stolperte er, fiel hin und zerschnitt sich dabei an den scharfkantigen Feuersteinen die Hände. Er kämpfte sich wieder hoch, griff nach oben und stemmte sich durch den Spalt ins blaue Dämmerlicht hinauf. Sein Instinkt trieb ihn, zu den Anlegestellen hinunterzurennen; statt dessen zwang er sich, in möglichst gerader Linie vom Grab zum Flußufer zu gehen.

Es wurde allmählich so dunkel, daß er nichts mehr klar erkennen konnte, aber vor kurzem umgedrehte Steine und abgebrochene Pflanzen zeigten ihm den Weg. Der kürzeste Weg war der naheliegende, wenn man es eilig hatte und eine schwere Last zu schleppen oder mitzuschleifen hatte. Huy hatte keine Ahnung, wie frisch das Blut war, aber er wußte, daß es, wenn er es durch den schweren Geruch der

Ochsenlederschlaufen noch immer wahrnehmen konnte, vor kaum mehr als vierundzwanzig Stunden vergossen worden war. Weder er noch Amotju hatten heftig geblutet – nur an den Händen, als sie über das Feuersteingeröll geschleift worden waren. Die Schlaufen, in denen man sie hatte hängen lassen, um ihnen im berauschten Zustand das Gefühl der Schwerelosigkeit zu geben, konnten also nicht von ihrem Blut befleckt sein.

Eilig lief er weiter und hatte das Flußufer erreicht, bevor die kurze Dämmerung vorbei war. Täglich stieg das Wasser weiter, und seine Farbe wechselte von Grün zu Rot. Aber der Pegel erhöhte sich nicht so schnell wie erwartet. Huy kam zu einer Stelle, wo mehrere große flache Felsen wie Stufen zum Wasser hinunter führten. Trotz der späten Stunde herrschte hier aufgeregtes Treiben. Umgeben von einer Wolke summender Fliegen sprangen flügelschlagend sieben oder acht Geier umher, schüttelten die nackten roten Hälse, hoben und senkten die Köpfe und fraßen weiter von etwas, das aussah wie ein unregelmäßig geformter, kleiner schwarzer Haufen, der halb im Wasser, halb am Ufer lag. Als Huy näherkam, wehte ihm der Wind den Gestank in die Nase. Es drehte ihm den Magen um, aber er zwang sich, weiterzugehen. Die großen Vögel beäugten ihn irritiert und mißtrauisch, wichen aber nicht zurück. Einer senkte den Kopf und hob ihn ruckartig wieder; ein langer Streifen roten Fleisches hing aus seinem Schnabel.

Es waren zwei Leichen, unordentlich übereinander geworfen, so daß sie ineinander verschlungen waren. Beide Gesichter waren nach oben gewandt, und Huy sah, daß die Augen schon weg waren – als erste herausgehackt, damit die Vögel mit ihren nackten Köpfen durch die Höhlen hindurchstochern und nach dem Gehirn dahinter angeln konnten. Einer hatte gerade wie ein Strauß den Kopf in einer der Leichen vergraben. Ein anderer bohrte und hackte durch den After des anderen Toten nach Fleisch.

Einer der beiden Männer war durch einen Schwertstreich von hinten getötet worden. Der andere war schlimmer zerfleischt; er hatte sich offenbar noch zur Wehr gesetzt. Huy erkannte den Leichnam nicht, obwohl noch genug vom Gesicht übrig war, daß man ihn hätte erkennen können.

Der erste Mann war älter und von massiger Gestalt. Im Tod verzerrt, hatte sein Gesicht den Ausdruck störrischer Kraft behalten, und in der herabsinkenden Dunkelheit schien es, als konzentriere sich in den blicklosen Höhlen, die seine Augen enthalten hatten, noch immer große Macht. Der bucklige Rücken wölbte den liegenden Körper hoch; der Kopf war in den Nacken gefallen, und der Klumpfuß zum Körper verrenkt.

Ein Geier taumelte an der Felskante entlang, verlor für einen Moment das Gleichgewicht und krallte haltsuchend eine Klaue in den verformten Fuß.

Elf

Es waren fünfzehn Barken, quer über die ganze Breite des sich erweiternden Flusses verteilt, die in Deltaformation stromaufwärts segelten. Im Zentrum des V fuhr die goldene Königsbarke; ihr geschmückter Bug teilte das rote Wasser und drängte es zur Seite. Der Nordwind wehte stetig hinter dem Boot und blähte das goldbetreßte Segel. Die Ruderer hatten es leicht, aber ihre Kollegen auf den Barken der Eskorte mußten sich anstrengen, um mitzukommen.

Die kleineren Barken, die das Geleit bildeten, waren Handelsschiffe, die für diese Reise zu Kriegsschiffen umgebaut worden waren; ihre Decks waren umgebaut, und an Bord eines jeden befand sich ein Kontingent von Marinesoldaten, die vom Besitzer des Bootes ausgerüstet und bezahlt worden waren. Das königliche Flaggschiff, das größte Schiff des Pharao nach der königlichen Barke, segelte an der Spitze der Flotte, und die dritte im Ostflügel des V war die *Herrlichkeit-des-Amun*.

Taheb stand mittschiffs auf der Steuerbordseite und schaute hinüber zur königlichen Barke; sie sah den Knabenkönig unter einer weißen Leinenplane sitzen, und Pfauenfederfächer in den Händen massiger nubischer Leibdiener fächelten ihm Kühlung zu. Seine Haut hatte die Farbe von hellem Kaffee, und sein Körper war spindeldürr und leicht gebeugt. Sein Gesicht hatte große Ähnlichkeit mit Echnaton, aber selbst auf diese Entfernung sah man, daß sein Blick härter war.

Taheb dachte an die Jahre, die zwischen dem Heute und der Volljährigkeit des jungen Königs lagen. Alle Machtkämpfe, dessen war sie sich sicher, würden in den ersten paar Monaten gewonnen oder verloren sein und zwar am Hofe – Haremhebs – so nannte sie bei sich diesen Ort. Was der König, wenn er mit dreizehn volljährig wäre, tun würde, um die Macht des

Generals zu beschneiden, wußte sie nicht. In atemberaubend kurzer Zeit hatte der General sich nicht nur völlig vom alten Regime und vom Atonskult gelöst, sondern auch eine eindrucksvollere Sammlung von Titeln erhalten, als sie je einem Gemeinen in der Geschichte des Schwarzen Landes verliehen worden war. Taheb wußte, welchem Stern ihr Wagen zu folgen hatte. Haremheb war jetzt der Größte der Großen, der Mächtigste der Mächtigen, der Große Beherrscher des Volkes, der Bote des Königs an der Spitze Seiner Armee im Norden und im Süden, der Auserwählte des Königs, der Oberste der Beiden Länder, der General der Generäle.

Es war schade, daß sie sich keinen Platz auf der königlichen Barke hatte sichern können; aber die Plazierung der *Herrlichkeit-des-Amun* in der Flottille war eine angemessene Entschädigung. Die Barke hatte trotz Amotjus Abwesenheit die höchste Position von all denen, die nicht dem Adel angehörten. Beim Gedanken an ihren Mann geriet sie in Wut. Was für ein Schwächling er war! Aber wenn ihre eigenen Ambitionen Wirklichkeit werden sollten, brauchte sie ihn noch für eine Weile. Vielleicht hatte der Schreiber Huy endlich gute Nachrichten für sie; das wäre ein kleiner Ausgleich, denn allmählich ging ihre Geduld zur Neige. Sie hatte gehofft, die Schlacht mit Rechmire wäre vor der Ankunft des Königs beendet.

Auf den Molen und am Kai zu beiden Seiten

des Flusses in der Südlichen Hauptstadt drängten sich die Menschen, in glitzerndes Weiß und Gold gekleidet. Als die Schiffe in Sicht kamen, ertönte Musik, und obgleich noch eine beträchtliche Strecke zurückzulegen war, trug das Wasser die Klänge der Instrumente zu ihnen hinüber, vor allem das *tschaka tschaka tschaka* der Sistra.

Der König war aufgestanden und lief jetzt, offensichtlich aufgeregt, nach vorn in den Bug seiner Barke, gefolgt von zwei Dienern, die ihre breiten Fächer schattenspendend über ihn hielten. Sie überredeten ihn, auf seinen Platz zurückzukehren, und machten sich daran, ihm den *Pschent* auf den Kopf zu setzen: die rotweiße Doppelkrone des vereinigten Schwarzen Landes.

Bis zum Anlegen verging noch eine Stunde, und nach einer weiteren Stunde hielt Taheb es für angebracht, sich zurückzuziehen. Zweimal war es ihr gelungen, den Blick des Königs auf sich zu ziehen und ein Lächeln mit ihm zu wechseln: etwas, das theoretisch verboten war, aber der König war jung und sie war entschlossen, ihr Antlitz in sein Gedächtnis einzuprägen. Haremheb war dagewesen, aber während des öffentlichen Empfangs verriet seine strenge Miene nicht das geringste, und er schaute niemandem ins Auge als dem König. Dieser erwiderte den Blick mit einem sonderbaren Ausdruck, teils furchtsam, teils musternd, als betrachte er ein starkes Pferd, das eingeritten werden mußte – das ihn aber dabei abwerfen und umbringen konnte.

Sie hatte vergebens nach Amotju oder Huy Ausschau gehalten; das ärgerte sie, aber immerhin hatte man ihr einen Wagen geschickt. Zufrieden sah sie, daß es der beste war, den sie besaßen, und er war so üppig mit kostbaren Tüchern drapiert, wie sie es sich nur wünschen konnte. Die begleitenden Diener waren allerdings nicht ihre persönlichen Leibdiener, die sie sofort nach Neuigkeiten aus dem Haus hätte befragen können, es waren Amotjus Kutscher und sein Ochsenknecht.

Zu Hause erwartete Amotju sie im Innenhof. In der kurzen Zeit ihrer Trennung hatte er sich sichtlich erholt, und sie bemerkte, daß er offenbar trotz der fortgeschrittenen Tageszeit nicht getrunken hatte.

Er sah sie mit solchem Ernst an, daß ihr der Tadel dafür, daß er sie nicht am Kai abgeholt hatte, auf den Lippen erstarb; Neugier trat an die Stelle ihrer schlechten Laune. Sie begrüßten einander förmlich, und in seinem Benehmen spürte sie eine noch größere Zurückhaltung als bisher. Vielleicht sollten sie besser aufhören, so zu tun, als hegten sie noch irgendwelche Gefühle füreinander. Taheb erwog kühl das Für und Wider der neuen Situation. Eine Scheidung würde ihre Stellung beeinträchtigen, aber seine ebenso. Sie bezweifelte allerdings, daß sein Ehrgeiz so stark wie ihrer war.

So standen sie da und musterten einander, und keiner war erpicht darauf, zuerst das Wort zu ergreifen. Aus dem Inneren Hof kam Huy; auch er sah aus, als beschäftige ihn etwas. Zwar trafen sich ihre Blicke für einen Augenblick, aber er schaute rasch wieder weg. Auch das war etwas Neues, fand sie. Wenigstens war er immer offen gewesen; jetzt aber wirkte er genauso verschlagen wie jeder andere Intrigant in der Südlichen Hauptstadt.

»Ihr seht aus wie zwei Verschwörer«, stellte sie schließlich fest.

»Bist du müde?« fragte ihr Mann angespannt und lehnte sich an einen Stuhl.

Sie betrachtete ihn mit wachsender Verwunderung. Die Reise war zwar weit, aber wohl kaum ermüdend. »Warum hast du mich nicht abgeholt? Du hast die Gelegenheit versäumt, dich dem König vorstellen zu lassen. Er hat dich erwartet.«

»Der König wird sich sehr bald mit anderen Dingen beschäftigen müssen. Wahrscheinlich erzählen sie ihm gerade in diesem Augenblick, was sie sich zurechtgelegt haben.«

»Wovon redest du?«

»Wenn du nicht zu müde bist«, sagte Amotju – irrte sie sich oder war sein Ton sarkastisch? – »wird Huy dir berichten, was in deiner Abwesenheit vorgefallen ist.«

Er drehte sich auf dem Absatz um und verschwand im Haus. Sie sah Huy an und hatte große Mühe, angesichts dieser ungeheuerlichen Beleidigung vor einem Fremden nicht die Fassung zu verlieren.

Huy hatte zu Boden geschaut; jetzt blickte er auf, und in seinem Gesichtsausdruck lag fast so etwas wie Mitgefühl.

Wie konnte er es wagen, ihr Mitgefühl zu zeigen? Er konnte von Glück sagen, daß er überhaupt in ihrem Haus sein durfte – eigentlich gehörte er in die Verbannung. Aber sie bezähmte sich. Sie würde mit Haremheb sprechen. Sie würde ...

»Rechmire ist tot«, sagte Huy.

Alle Gedanken flohen aus ihrem Herzen. Ihr Mund war plötzlich trocken.

»Ich weiß nicht, wieviele Fragen du dazu hast und ich weiß, daß du nicht betrübt sein wirst. Ich habe Rechmire und den Spion, den Amotju in seinen Haushalt eingeschleust hatte, tot am Westufer gefunden, nicht weit von dem aufgelassenen Grab des Priesters. Man hatte sie im Grab ermordet und dann zum Wasser geschleift ...«

Tahebs Gedanken jagten einander. Welcher Spion? Was hatte Amotju hinter ihrem Rücken getrieben?

»Wer immer sie dort hingelegt hatte, hat die Flut falsch berechnet, denn sonst wären sie weggeschwemmt worden. So haben die Geier sie bekommen. Mit Arbeitern vom nächsten Lager habe ich die Leichen an Land gezogen, bevor die Krokodile kamen.«

»Wann?«

»Vor zwei Tagen. Du hast die Zeit gut abgepaßt.«

»Was meinst du?«

»Daß du jetzt erst zurückkehrst. Man hätte dich sonst verdächtigen können.«

»Wie kannst du es wagen ...?«

Huy grinste. »Keine Sorge. Ich weiß, wie ehrgeizig du bist, aber ich bin sicher, daß du Rechmire nicht umbringen lassen würdest. Nach Anis Tod mußt du es allerdings mit der Angst zu tun bekommen haben.«

Taheb schwieg.

»Ich bin überzeugt, daß Ani aus eigenem Antrieb nichts unternommen hätte, um Intef zu belasten, all seinen Prahlereien zum Trotz, und obwohl er sehr gute Gründe dafür hatte. Intef war zweifellos der Piraterie schuldig, aber es gab keinen schlüssigen Beweis. Ani holte sie vom Schiff, und du hast dafür gesorgt, daß sie nicht registriert wurde.«

»Was hättest du wohl getan?« versetzte sie trotzig. »Wir können doch unsere Schiffe nicht ausrauben lassen, ohne zurückzuschlagen. Strafe mußte sein. Du sagst es selbst, der Mann war schuldig.«

»Und wer, glaubst du, steckte hinter den Piraten?«

»Rechmire natürlich.«

»Nein.«

»Wer dann?«

»Die Person, die ihn hat umbringen lassen – dieselbe, die auch Ani hat umbringen lassen. Du stehst als nächste auf der Liste; allerdings kann es sein, daß sie wartet, bis Amotju sich von dir hat scheiden lassen. Wenn du vorher stirbst, schadet ihm das, und sie will deinem Mann nichts Böses. Ich glaube, sie liebt ihn oder will ihn wenigstens besitzen; bei manchen Menschen ist das ein und dasselbe. Das hat sie vernichtet, aber jeder hat eine Schwäche, über die er am Ende stolpert. Je höher das Ziel und der Ehrgeiz, desto tiefer der Fall.«

Taheb spürte, wie sich ihre Kopfhaut zusammenzog. Sie war geradewegs in einem Alptraum gelandet.

Wovon redete dieser gedrungene kleine Ex-Schreiber eigentlich – Amotju wollte sich von ihr scheiden lassen? Aber sie mußte weiter zuhören.

»Ich erzähle dir das alles nicht, um dich zu verletzen. Du bist meine Auftraggeberin. Du hast mich gebeten, dieser Sache auf den Grund zu gehen. Wäre ich für diese Arbeit ausgebildet, hätte ich es schneller geschafft, und vielleicht wären Menschenleben geschont worden.«

»Dann solltest du mir jetzt endlich alles erzählen, was du weißt. Halt«, fuhr sie fort, als ihr ein neuer Gedanke kam. »Wieviel davon hast du Amotju erzählt?«

»Nicht alles.«

»Er ist wütend auf mich.«

»Ja.«

»Du hast von Scheidung gesprochen. Hast du dieses Gift in sein Herz gesät?«

»Nein. Du wußtest doch bestimmt, daß er das schon seit einer Weile plante.«

»Aber keineswegs!« Sie war empört, daß ihr Mann sie so erfolgreich hatte täuschen können, aber hauptsächlich war sie schon dabei, sich zu überlegen, wie weit sie ihre Ambitionen aus diesem Schlamassel würde retten können.

»Das ist ein Familienproblem zwischen euch beiden und geht mich überhaupt nichts an. Mit den Morden ist das anders. Haremheb hat alle Medjays der Stadt aufgerufen, Rechmires Mörder zu suchen. Er wird nicht lange brauchen, bis er weiß, wer der Mann war, der bei ihm gefunden wurde, und woher er kam.«

»Du hast nichts gesagt?«

»Mir schenkt Haremheb kein Gehör. Was ihn betrifft, so lebe ich nicht mehr in dieser Stadt. Als ich die Arbeiter zu den Leichen geführt hatte, bin ich gleich verschwunden; sie haben die Sache den Behörden gemeldet. Aber mach dir keine Sorgen. Wir werden die Mörderin ausgeliefert haben, ehe ein Verdacht auf dieses Haus fallen kann.«

Plötzlich begriff Taheb: »Mutnofret.«

Huy seufzte. »Mutnofret. Das ist etwas, was dein Mann noch nicht weiß. Ich brauche deine Hilfe, wenn ich es ihm sage. Allerdings weiß ich weder, ob er sich überzeugen läßt, noch ob sich diese Erkenntnis auf euer gemeinsames Leben auswirken wird. Ihretwegen wollte er sich von dir scheiden lassen.«

Taheb wandte sich ab. Ihr war übel, und sie wußte nicht, ob sie wirklich noch mehr wissen wollte – aber sie hatte keine Wahl. »Das kann nicht sein«, sagte sie. »Keine Frau ist solcher Verbrechen fähig.«

Huy lächelte. »Amotju ist wütend auf dich, weil er weiß, daß du mit Ani zusammengearbeitet hast, um Intef vor Gericht zu bringen. Erst war er natürlich dankbar, aber als ich ihm mehr berichtete, wuchs sein Groll. Intef war Mutnofrets Bruder. Ihr Halbbruder eigentlich, aber die beiden standen einander sehr nah. Ihr Vater stammt aus Mitanni. Er kam als Angehöriger einer Gesandtschaft zu Echnaton in die Stadt des Horizonts und blieb dann dort. Das in den Akten zu überprüfen, war nicht schwer, nachdem klar geworden war, daß sie den gleichen fremdländischen Hintergrund hatten und einander sogar ähnelten. Amotju liebt Mutnofret – das glaubt er zumindest.«

»Wie gut, daß du mir das sagst.«

»Ich weiß, daß solche Dinge verletzen, aber du mußt die Wahrheit wissen, um alles zu verstehen.«

»Du glaubst doch wohl nicht, daß mich das interessiert.«

»Laß mich weiter berichten. Mutnofret hatte sich als offizielle Mätresse Rechmires etabliert, bevor sie deinen Mann kennenlernte. Je sicherer ihre eigene Position wurde, desto weniger brauchte sie Rechmire, und desto weniger Toleranz brachte sie für ihn auf. Er spürte, daß sie kühler wurde, und brauchte sie deshalb um so nötiger. Am Ende hatte er das Gefühl, sie nur noch mit Gewalt halten zu können. Das aber bedeutete, ihr Geheimnis aufzudecken. Er wußte, daß ihr Reichtum geschaffen und nicht ererbt war, und er wußte, daß sie durch ihn eher Macht und Position als materiellen Wohlstand gewonnen hatte; aber erst, als Intef verhaftet und hingerichtet wurde, erkannte er die Verbindung zwischen ihr und den Flußpiraten. Bei den Grabräubereien hatte er schon Verdacht geschöpft. So ließ er mir anonym eine Notiz zukommen, die mich zu Ramoses Grab gehen und dort Zeuge des Einbruchs werden ließ. Offenbar hatte er schon frühzeitig erfahren, daß ich für deinen Mann arbeitete, und hoffte nun, daß meine Ermittlungen mich zu ihm führen würden, und sie käme dann schutzsuchend zu ihm gelaufen. Da hatte er sie allerdings unterschätzt. Sie hatte rings um das Grab eigene Posten aufgestellt, und da sie einen Sinn für Dramatik hat, waren sie als Dämonen verkleidet. Einer von ihnen entdeckte und überraschte mich. Um den Effekt – der mich in dem Augenblick tatsächlich in Angst und Schrecken versetzte – noch zu verstärken, war der Mann mit einer Paste aus Fischleim und Schwefel bestrichen: Das ist der Geruch der Unterwelt, und die Schamanen in Mitanni benutzen solch eine Paste. Ansonsten war er bloß ein großer, starker Mann mit bronzenem Armschild und Krokodilmaske. Das hätte schon genügt, um jedermann abzuschrecken.«

»Warum hat er dich nicht getötet?«

»Tote gab es nur, wenn Mutnofret das für nötig hielt.«

»Aber sie schreckte trotzdem nicht davor zurück, die Götter zu verspotten.«

»Nein. Aber Mutnofret glaubte ja auch nicht an sie. Das hat sie mir selbst gesagt durch mancherlei Hinweise und Handlungen. Sie fühlte sich mittlerweile offenbar so sicher, daß sie dem Drang nicht widerstehen konnte, anzugeben und mit der Gefahr zu spielen – aber da hat sie mich unterschätzt.«

»Was ist mit Amotju passiert?«

»Er kam der Wahrheit zu nahe, und er hatte mich engagiert, ihm zu helfen. Sie fürchtete, der Pfad, den er eingeschlagen hatte, könnte ihn (und mich) statt zu Rechmire zu ihr führen. Sie wollte ihm Angst einjagen und gleichzeitig den Verdacht auf Rechmire lenken. Je verzweifelter Rechmire fürchtete, sie zu verlieren, desto eher würde er unvorsichtig genug werden, um schließlich seinen eigenen Sturz herbeizuführen. So hoffte sie jedenfalls. Sie wollte ihn lossein, aber sie wollte auch seiner Macht die Zähne ziehen.«

»Aber wie?«

»Der Mann aus eurem Hause – Amenmose –, den Amotju als Spitzel zu Rechmire geschickt hatte ... Sie hat mir und vielleicht auch deinem Mann erzählt, er erstatte zugleich auch Haremheb Bericht; aber er hatte früher in den Diensten ihres verstorbenen Ehemannes gestanden. Sie fühlte sich so sicher, daß sie mir das erzählt hat. Inzwischen war Rechmire der Wahrheit über ihre Geschäfte ziemlich nahe gekommen und wußte außerdem, daß sie ein Verhältnis mit Amotju hatte. Mutnofret wollte, daß Amotju seinen Rivalen jetzt schnell aus der Deckung lockte, bevor Rechmire genug Informationen zusammen hatte, um sie zum Bleiben zu zwingen.« Huy lächelte grimmig. »Du warst kaum in die Nördliche Hauptstadt abgereist, da überredete sie Amotju, sich in der Öffentlichkeit mit ihr zu zeigen. Sie wußte, damit würde das Faß überlaufen, Rechmire mußte darauf reagieren.«

»Wie konnte sie wissen, daß ich bereit sein würde, zu gehen?«

»Amotju hatte keine Geheimnisse vor ihr. Er war ihre wichtigste Informationsquelle. Durch ihn wußte sie von dem Geldtransport; durch ihn kannte sie das Ausmaß deiner Ambitionen.

Durch ihn wußte sie, wie sie an mich herankommen konnte.

Aber als die Lage sich änderte, mußte sie auch ihre Pläne ändern. Zunächst sorgte sie dafür, daß Rechmire Haremheb einredete, ich sei ein Störenfried. Auf diese Weise wollte sie mich loswerden. Dann wollte sie den Tod ihres Bruders rächen; sie wußte, daß Ani dabei die Hauptrolle gespielt hatte. Anis Tod war als Warnung für mich gedacht. Diese Grausamkeit war kein Zufall. Ich war auch bereit, der Warnung zu folgen, hatte aber einen Streit mit deinem Mann, und beschloß danach, doch zu bleiben: Der Kampf war jetzt so oder so zu einer persönlichen Angelegenheit geworden. Amotju erzählte Mutnofret, ich hielte mich irgendwo in der Stadt versteckt; sie hielt die Ermittlungen, die Rechmire gegen sie in die Wege geleitet hatte, für die meinen und beschloß, mich zu finden und mir eine letzte Warnung zukommen zu lassen, die ich nicht ignorieren könnte.«

»Sie hätte dich umbringen können.«

»Ich weiß. Aber ich glaube, es war ihr wichtiger, mich durch Angst zu besiegen. Was bei Amotju geklappt hatte, würde auch bei mir klappen. Und – verzeih mir – Amotju war wie Wachs in ihren Händen. Als sie ihm einredete, sein Erlebnis in der Unterwelt sei von Rechmire inszeniert worden, und ihn so dazu überreden wollte, sich mit ihr in der Öffentlichkeit zu zeigen und so den Priester herauszufordern, da hat er ihr mehr als bereitwillig geglaubt. Der Wein tat das Seine, und ihr habt seine Trinkerei ja beide ermuntert, nicht wahr, und zwar aus ein und demselben Grunde: es machte ihn gefügig.«

Taheb antwortet nicht.

»Ich tappte im Dunkeln; auf Mutnofret war mein Verdacht noch gar nicht gefallen, und ich brauchte Arbeit. Sie nahm Verbindung mit mir auf, und zwar über Aset, die nichts für sie übrig hatte, und es gelang ihr, sogar sie davon zu überzeugen, daß sie meine Hilfe brauchte. Sie erzählte mir eine Geschichte von nicht existierenden Todesdrohungen, behauptete, sie werde beschattet – vielleicht von Agenten des eifersüchtigen Rechmire –, und versuchte gleichzeitig abzuschätzen, wie weit mein Glaube an die Götter reichte. Sie sprach zynisch über sie, was sie – als Mitanniterin – vielleicht hätte tun können, aber ich sah auch, wie achtlos sie mit den Skarabäen hantierte, auf denen die Todesdrohungen eingeritzt waren. Ich weiß nicht, ob sie von meiner Gläubigkeit überzeugt war, aber der Würfel war jedenfalls gefallen. Sie hatte mich dazu gebracht, meine Tarnung aufzugeben, und ihr Plan war schon fertig. Ich sollte die gleiche Höllenfahrt erleben wie Amotju.«

»Was wollte sie damit erreichen?«

»Sie hoffte, mich endgültig abzuschrecken oder mich von Rechmires Schuld zu überzeugen. So oder so wäre sie zufrieden gewesen. Ohnehin konnte ihr alles gar nicht schnell genug gehen. Die Tage bis zur Ankunft des neuen Pharao vergingen rasch; du würdest zurückkehren, und wenn der König erst in den Palast eingezogen wäre, hätte Rechmire eine beinahe unangreifbare Macht. Daher mußte sie das Tempo beschleunigen. Sie mußte Rechmire ausschalten und wollte den Weg für Amotjus Ehrgeiz, wie sie ihn begriff, freimachen. Sie war sicher, daß er sich von dir scheiden lassen würde; ich bin davon überzeugt, daß sie dich später hätte umbringen lassen. Dann wäre alles so gewesen, wie sie es haben wollte.«

»Also hat sie Rechmire ermorden lassen.«

»Ja.«

Taheb schaute sich in ihrem stillen Hof um, und es war ihr, als habe sie ihn noch nie zuvor gesehen. Im Haus war es ruhig, denn die Sonne hatte den Zenit überschritten, und die Schatten an der Wand wurden länger. Sie fragte sich, wo Amotju sein mochte, was er tat, was er dachte.

»Mutnofret benutzte Rechmires altes Grab als Schauplatz für die Reisen ins Jenseits. Wir bekamen Drogen, und dann ging es nur darum, unsere Halluzinationen zu steuern. Aber sie nutzte die Anlage auch als Lagerraum. Dazu war sie ideal geeignet: ein verlassenes Grab, ein Stück entfernt von anderen Grabbauarbeiten, aber nah am Fluß – und Rechmire hatte es nicht weiterverkauft.«

»Wie hat sie ihn dort hinbekommen?«

»Ich weiß es nicht. Wie hättest du es gemacht? Vielleicht hat sie so getan, als kapituliere sie? Als wolle sie ihm nun das Zentrum ihrer Operationen zeigen und sich damit vollständig in seine Gewalt begeben? Er hätte sich geschmeichelt und erleichtert gefühlt. Natürlich konnte sie nicht hoffen, daß er allein kommen würde; aber sie hatte genug Leute, um mit Rechmire und jeder beliebigen Leibwache fertigzuwerden.«

»Deshalb – der arme Amenmose.«

»Ja. Er tat nur seine Arbeit. Vermutlich hielt sie ihn nicht mehr für vertrauenswürdig. Er muß sich heftig gewehrt haben.«

»Ob sie wohl dabei war?« Taheb war wider Willen von den Einzelheiten fasziniert, und überlegte, ob sie wohl zu Ähnlichem imstande wäre.

»Ich denke schon; sie mußte sich ja vergewissern, daß ihr Auftrag ordentlich erledigt wurde.«

»Und was tut sie jetzt?«

»Sie wartet darauf, daß Amotju ihr sagt, er habe mit dir gesprochen. Und erfährt mit Entsetzen die Nachricht von Rechmires Tod.«

»Was sollen wir tun?«

»Das mußt du selbst entscheiden. Ich denke, wir müssen Amotju jetzt alles sagen.«

Aber Amotju war nirgends zu finden.

Zwölf

Warum tut er das? fragte Taheb sich immer wieder, während sie mit Huy durch die Stadt eilte. Warum? Huy ging schweigend neben ihr her. Er verfluchte seine Amateurhaftigkeit, seine Unfähigkeit, menschliches Verhalten zu durchschauen, und seine Dummheit, mit der er den Freund und die Macht seiner Liebe unterschätzt hatte.

Nur zu bald würden sie erfahren, ob seine

schlimmsten Befürchtungen gerechtfertigt waren. Sie hasteten zu Fuß durch die Stadt und drängten sich durch die spätnachmittägliche Menge, die wegen der Feierlichkeiten zum Anlaß der königlichen Ankunft dichter war als sonst. Beide waren verschwitzt und müde – ein ungleiches Paar, das eine letzte Anstrengung unternahm, obwohl beide gehofft hatten, daß alles geklärt sei.

Taheb stolperte über eine schlecht verlegte Steinplatte, und Huy griff nach ihrem Arm, um sie zu stützen. Überrascht fühlte er, wie stark sie war.

»Danke.«

»Ist nichts passiert?«

»Laß uns weitergehen.«

Ein paar Minuten wurden sie aufgehalten, weil eine Prozession von Priestern, die mit feierlicher Miene Holzstatuen des Amun, seiner Frau Mut und seines Sohnes Chons vor sich her trugen, zur Musik der Sistra ihren Weg kreuzte.

»Könnte es sein, daß du dich irrst?« fragte Taheb; aber sie wußte, sie klammerte sich an eine letzte Hoffnung.

»Wenn er nicht da ist«, sagte Huy, »werde ich mich freuen. Aber ich kann mir nicht vorstellen, wohin er sonst gegangen sein sollte. Ich hatte ihn gebeten, mich erst mit dir allein zu lassen und mir zu vertrauen. Aber natürlich wird er einfach an einem Fenster gelauscht haben. Das wäre das Einfachste auf der Welt.«

»Wieviel kann er gehört haben, bevor er ging?«

»Genug, um sie zu warnen. Aber ich glaube, selbst wenn er alles gehört hätte, würde er nicht anders handeln.«

Taheb schwieg, und Huy biß sich auf die Lippe. Er hatte sie nicht verletzen wollen, ihr nicht zeigen wollen, wie groß die Macht der Liebe war, die ihr Mann einer Mörderin entgegenbrachte; aber wer hätte so etwas auch ahnen können? Wer hätte etwas so Unvernünftiges vorhersehen können?

Ihre Schatten tanzten über Mauern, die der Sonnenschein zur elften Stunde des Tages in ein tiefes Gelb tauchte. Ein Wagen rumpelte vorüber; unendlich langsam rollte er durch das Gedränge, und der gereizte Insasse lehnte sich heraus und brüllte die Passanten an.

»Ob sie noch da sind?«

»Er hat eine Viertelstunde Vorsprung. Er wird ihr alles erklären müssen. Wenn wir Glück haben, sind sie noch da.«

»Und wenn sie ihn umgebracht hat?« platzte Taheb heraus.

Huy schwieg.

»Ich kann nicht glauben, daß dies alles wirklich passiert«, sagte Taheb etwas ruhiger.

Schweigend eilten sie weiter, jetzt eine steile Straße hinauf, die nach dreißig Schritten ihren Höhepunkt erreicht hatte und dann ebenso steil wieder bergab führte. Hinter der nächsten

Ecke, auf der anderen Seite eines kleinen Platzes, stand Mutnofrets Haus. Als sie näherkamen, verlangsamten sie, ohne es zu merken, ihre Schritte und holten tief Luft. Taheb empfand eine unnatürliche Gelassenheit. Huy versuchte, eine Strategie zu entwickeln, aber es gelang ihm nicht.

Die Haustür stand offen. Vorsichtig stieß Huy sie weiter auf. Still lag dahinter der Hof. Sie durchquerten die Innenräume, fanden aber niemanden. Nirgends gab es Spuren eines Kampfes oder einer überstürzten Flucht. Alles schien an Ort und Stelle zu sein; nicht einmal Hinweise auf ein unterbrochenes Abendessen waren zu sehen. Erst, als sie das Zimmer erreichten, in dem Huy von Mutnofret empfangen worden war, hörte er eine Bewegung hinter der Tür. Sie öffneten sie, und es raschelte hektisch. Auf seinem Platz auf dem Gipfel des Kissenbergs hockte zischend der kleine rotgesichtige Affe; er bleckte die Zähne und funkelte sie mit wütenden, verzweifelten Augen an.

Am Kai war wenig Betrieb, aber Taheb gelang es, einen der Hafenmeister ausfindig zu machen, und der erzählte, daß kurz zuvor zwei Leute mit einem kleinen Jagdboot stromabwärts gefahren seien. Viele Leute gingen am frühen Abend auf die Jagd nach Watvögeln und Enten, weil die dann fraßen; aber besonders heute hatte er es doch merkwürdig gefunden.

Schließlich feierten alle gerade die Ankunft des Nebcheprure Tutenchamun.

»Können wir ihnen folgen?« fragte Huy, zu Taheb gewandt.

»Dort liegt die *Herrlichkeit-des-Amun*. Aber ich weiß nicht, ob die Besatzung da ist, und wie lange es dauert, das Boot zu wenden und klar zu machen.« Sie sprach mechanisch, wie in einem Traum.

»Ich weiß, was du durchmachst«, sagte Huy.

»Ach ja?« antwortete sie scharf. Ihre Augen glitzerten.

Rasch liefen sie zu der Landungsbrücke, wo die *Herrlichkeit-des-Amun* vertäut war. Sie sprangen an Bord, und Taheb alarmierte den Bootsmann, der schwarzes Bier trank mit drei Männern, die als Wache an Bord geblieben waren, während die übrige Besatzung an Land feierte.

»Wir können sie nicht allein segeln«, sagte der Bootsmann und beäugte Huy mißtrauisch, nachdem Taheb mit ihm gesprochen hatte.

»Wir fahren stromabwärts«, sagte Taheb. »Du hast genug Leute, um sie zu steuern.«

»Aber nicht, um sie zurückzubringen.«

»Darüber brauchen wir uns nicht den Kopf zu zerbrechen.«

Der Bootsmann schaute skeptisch. »Ich weiß nicht. Jetzt, wo wir zu Hause sind, müßte ich den Kapitän fragen – oder den Besitzer.«

»Ich bin die Frau des Besitzers.«

»Ich weiß, aber – wir werden eine halbe Stunde brauchen, um abzulegen. Bis dahin ist es dunkel. Wieso willst du überhaupt jetzt losfahren?« Wieder wanderte sein Blick von ihr zu Huy.

»Wir nehmen das Ruderboot«, beschloß Huy. »Wir nehmen deine drei Männer als Besatzung, und du bleibst auf der Barke. Und wenn wir zurückkommen, wirst du dem Besitzer gemeldet.«

Der Bootsmann warf ihm einen finsteren Blick zu, drehte sich um und brüllte einen knappen Befehl. Die Männer rappelten sich auf und tappten nach vorn, wo das Ruderboot in seiner Halterung hing. Sie schwenkten es hinaus und ließen es hinunter. Da sie schon eine Menge getrunken hatten, verschätzten sie sich in der Höhe, und das Boot krachte mit der Nase voran ins Wasser. Aber es richtete sich wieder auf, und die Matrosen kletterten hinein, dicht gefolgt von Huy und Taheb.

Draußen auf dem Wasser ließen der kühle Wind und die stetige, geschmeidige Arbeit des Ruderns sie ruhiger werden. Die Sonne sank blutrot zum Horizont jenseits des Tales, und Huy konnte Rechmires altes Grab erkennen, einen einsamen, schwarzen Hügel, der für niemanden außer ihm eine Bedeutung hatte, und er sagte auch zu Taheb kein Wort davon. Sie saß mit versteinerter Miene da, starrte geradeaus und versuchte, in der dichter werdenden

Dunkelheit auf dem Wasser vor ihnen irgend etwas zu erkennen.

»Wir holen sie bestimmt bald ein«, sagte sie. »Allein können sie unmöglich weit gekommen sein.«

Huy fragte sich, was sie wohl dachte. Vielleicht wollte sie ihren Mann retten, ihn zur Vernunft bringen, jeden Skandal vermeiden. Vielleicht war es so einfach. Vielleicht dachte sie auch überhaupt nichts. Vielleicht tat sie, was sie tat, einfach nur, um irgend etwas zu tun. Er wünschte, er hätte Aset holen können.

Etwas stieß leicht gegen die Bootswand, und als sie weiterglitten, wirbelte das Wasser hinter ihnen rot.

»Krokodile«, sagte einer der Matrosen leise zu Huy. »Keine Angst. Unser Boot ist zu groß für sie.«

»Was ist, wenn sie ans Ufer gerudert sind und an Land weitergehen?« wollte Taheb wissen.

»Wohin sollten sie gehen?«

»Ich frage mich sowieso, wohin sie wollen.«

Plötzlich entdeckten sie in der Dunkelheit noch dunklere Umrisse, undeutlich und verschwommen, weil sie noch zu weit weg waren.

»Rudert schneller«, sagte Huy.

Die Matrosen gehorchten.

Als sie näherkamen, sahen sie, daß das kleine Boot vor ihnen auf und ab hüpfte – sehr viel heftiger, als es durch irgendeine Bewegung der Strömung hätte ausgelöst werden können.

Gleichzeitig drangen ferne Schreie an ihre Ohren.

Die Matrosen schauten in die Richtung, aus der die Schreie kamen; sie drehten das Boot mit der Breitseite gegen die Strömung und hielten es dort.

»Was macht ihr denn?« schrie Huy.

»Unser Leben retten«, antwortete der Matrose, der schon zuvor gesprochen hatte, gleichmütig.

»Du hast gesagt, wir sind so groß, daß uns die Krokodile nicht gefährlich werden können.«

»Wenn es so viele sind, ist das was anderes.«

Taheb versuchte aufzustehen, und das Boot begann heftig zu schaukeln. »Amotju!« rief sie, und abgrundtiefer Schmerz lag in ihrer Stimme.

Die Strömung trug das kleine Boot davon. Ringsherum begann das Wasser zu kochen. Mit Mühe konnten sie erkennen, wie die zwei Menschen an Bord mit ihren Rudern ins Wasser stachen. Dann verschwand der letzte Lichtschimmer aus dem Himmel, und der Wind trug keine Schreie mehr herüber.

Auf dem Fluß unterzugehen, galt als höchst ehrenvoller Tod. Als die Leichen nicht gefunden wurden, gab man Statuen von Amotju und Mutnofret in Auftrag, die den *Kas* in ihren Gräbern als Gastgeber dienen sollten. Amotjus

Standbild stellte man in das Grab seines Vaters hinter die große Zedernholztür. Mutnofrets Statue kam in das Grabgewölbe ihres Mannes, das sich nicht im Tal, sondern auf dem Grabgelände der Nördlichen Hauptstadt befand. Taheb leitete das Totenbegängnis ihres Mannes mit starrer Würde; kein Wimpernzucken ließ etwas von der Qual erahnen, mit der sie den Namen ihres Mannes geschrien hatte.

Was Huy anging, so war seine Arbeit getan. Es gab nichts zu berichten, keine Akte zu schließen, keinen Gewinn zu erzielen. Irgendwie hatte sich die Zeit über der ganzen Angelegenheit geschlossen, wie sich das Wasser des Flusses über einem Stein schließt, den man hineingeworfen hat. Das Schwerste war es, Aset alles zu erzählen. Ihr Schmerz war so intensiv, wie der Tahebs eisig war, aber Huy war gleichwohl davon ausgeschlossen. Er fragte sich, ob Amotjus Liebe zu Mutnofret am Ende nicht doch ein Geheimnis barg.

Er kehrte in sein kleines Haus in der Stadt zurück. Es erschien ihm dunkel und schäbig, und es war voller Geister. Amotju, Rechmire, Ani, aber auch Aahmes und der kleine Heby, nach dem er sich so sehr sehnte, daß er fast die Kraft des kleinen Körpers in seinen Armen fühlen konnte. Die Tage vergingen. Die Priester machten sich daran, mit neuer Kraft den Namenszug des alten Königs aus allen Denkmälern und Säulen zu tilgen. Den Medjays gelang es durch ständige Kontrollen, die Grabräubereien im Tal einzuschränken. Die Sonne schien, und der Fluß strömte.

Huy machte sich daran, den Rest seines Lebens in die Hand zu nehmen.